双葉文庫

殺意・鬼哭

乃南アサ

目次

殺意

受話器を握りしめたまま、あの時、何を眺(なが)めていたのだろうか。

生涯忘れまいと思っている瞬間のことなのに、そんなことさえ思い出せない。どれくらいの時間、同じ姿勢でいたことか、それも判然とはしなかった。当時、唯一はっきりと脳裡に浮かんでいたのは、見事に咲き誇っている深紅の花だった。花びらに水滴を湛(たた)え、微(かす)かに震えている深紅の花ばかりが、頭の中一杯に広がって見えていた。

* * *

「氏名は」
「真垣(まがき)、徹(とおる)です」
「生年月日」
「昭和二十×年五月二十二日」
「本籍」
「静岡県静岡市――」

「職業」

「会社員」

「出生地は」

「静岡です」

「家族は」

「一人住まいですが」

「一人、か。いつからここに住んでるんだ」

「五年――いや、六年前です」

「なるほどね」

「――」

「まあ、いずれ本格的に訊くことになるがね」

白い部屋だった。二畳分ほどのスペースの四角い空間は、煌々（こうこう）とした蛍光灯に照らされて、見事に味気なかった。つい小一時間ほど前に初めて会ったばかりの男は、最初から不機嫌そうな、それでいて妙に落ち着いた物腰で、こちらから目を逸らさなかった。

「実は、あんたにさ、逮捕状が出てるんだ」

「――」

「十一月八日、静岡地方裁判所から、的場直弘（まとばなおひろ）被害による殺人事件に関してさ、あんたに殺人容疑でだ」

「――」

「で、ええ――」

男は自分の腕時計を覗き込み、「十一月九日午前八時五十分」と呟いた。

「あんたを、逮捕するからね」

逮捕状を目の前に差し出されても、反応の示しようがなかった。どんな態度をとることが、もっともこの場にふさわしいのか、考える余裕もありはしなかった。そんなはずではなかったが、まったく未知の人間から、全てを見透かされたような口振りで、「じゃあ、持ってるものを、全部ここに出してね」などと言われると、黙ってそれに従うより他に、出来ることはなかった。

ハンカチとティッシュを除き、ポケットにあるものは全て出させられた。ネクタイも外し、ベルトも抜く。あまりにも日常的な行為を、白く狭い部屋で、初対面の男と向き合いながら行うことが、奇妙に思えてならなかった。ただ、首回りが緩くなり、ズボンがずり落ちかかってきたとき、情けない気持ちになったことは確かだ。こうして、プライドの一つ一つがはぎ取られてゆくのだ、自分の身を守り、気持ちを引き締めていたものが、奪われていく、そのことを実感していた。

これから、どんな日々が待ち受けているのか、具体的には何も分からなかった。机の上に置かれたネクタイやベルトのように、自分の内にある全てのものが、順番に取り出され、白日の下にさらされることになる。その覚悟をしなければならないということだけが、朧気(おぼろげ)ながら感じられた。七年近くも前のことだ。

* * *

男は、余裕のある、リラックスした笑顔でこちらを見ると、「調子はどうです」と言った。こちらも、心持ち唇の端を動かし、わずかに頷(うなず)いた。

ベルトなしの生活を送るようになってから、三週間ほどが経過していた。あの当時の記憶は日増しに鮮やかになることがあっても、薄れるということはない。

その間、外界の全てから隔離され、ところどころを塗りつぶされた新聞を読む以外に、何の刺激も与えられず、一瞬先の予定さえ知らされないまま、方々を移動させられる日々を過ごしていた。

「さて、そろそろね、時間がなくなります」

相手は既に、怒りも苛立(いらだ)ちも通り越している。話題も尽き果てていた。だが、男の目を見れば分かった。彼は諦めようとはしていない。

非難。侮蔑(ぶべつ)。理解と同情、恐怖、不信、怒り、困惑。それまで、私と向き合った人々から読み取ることの出来た様々な心の状態。中でもあの男は誰よりも執拗に食い下がってきた。

なぜ——。

何度同じ質問にあったことか。あの時、無理にでも答えようとすれば、どこかに嘘を交えなければならなかった。

受話器を握りしめていた午後、自分の内に起こったことを説明しようとするのは、当時はひどく難しいことだった。既に三年以上の月日が流れていたにも拘わらず、無理に説明をすれば、さらに自分の立場を複雑なものにしたことだろう。

「じゃあ、答えられない理由を、言ってもらえんかね」

「——」

「ここまで来て、分かりませんなんて、言うつもりじゃないだろう?」

「——」

「金か、女か、他の恨みか」

最初から私の取調べを担当していた刑事は、時には「ふざけるなっ」と怒鳴り、又、ある時は世間話などしながら、何とかしてこちらの心をほぐそうとしていた。それは、こちらにも理解出来た。

「理由がないはずが、ないんだよな。あんたが、そこまで頑なになる理由が」

既にあの段階で、責任能力の有無に関する疑念を抱かれていた。彼らの「なぜ」に答えない為に生まれたものだということは分かっていた。彼らの突拍子もない思い付き――この男は、どこかに異常を抱えているのではないか。だが、自分の犯したことが認識できていないのではないか。犯行そのものに対する記憶すら、実は持ち合わせていないのではないか――は、私を慌てさせ、プライドを傷つけ、自信を失わせようとしていた。

一方、相手と同様、私も「なぜ」と思っていた。

事実は事実として認めている。それで良いではないか。なぜ、そんなに知りたがるのだ。なぜ、こちらの精神状態まで暴こうとするのだ。なぜ、そこまで執拗に食い下がる必要があるのだ。

彼らは口を揃えて言った。

動機がないはずがないでしょう。わけを、聞いているんです。

知ってどうしようというのかが、分からなかった。彼らが何と言おうと、これは、非常に個人的な問題で、第三者には関係のないことだと思っていた。

我々は理解したいんですよ。その人間を理解し、犯行の本当の意味を理解する、その上でなければ、真実を知り、罪の重さを量ることは出来ないでしょう。

理解してもらいたいとは望んでいなかった。それに、彼らは真に理解しようとしていたわけではない。ただ単に、自分たちの好奇心を満足させ、不可解な存在への不安を払い、黒と決めつけた者と自分たちとの絶対的な相違を認識したいだけなのだ。

彼らは法の名の下に、被疑者を毛穴の隅々まで眺め回しているだけではないかという気がした。彼らが、そうしたいと言うのならば、それはそれで仕方がない。だが、彼らがどういう判断を下そうと、それは私を理解することにはならない。自分たちに都合の良い回答は導き出せるかも知れないが、それは私自身とは無関係なものだし、真実とも異なるものだ。

真実を知っているのは、私だけだ。第三者が知る必要もないことだった。私は今も、そう信じている。たとえ知ったとしても、彼らは理解しない。

今にして思えば、彼らに対する疑問が前面に押し出されていたお陰で、私は私自身に対してまで「なぜ」と問う余裕がなかった。しかも、三年もの間、自分の中で密かに増殖させ、育て上げてきたものを吐き出してしまってから、まだ一ヵ月とたっていなかったのだ。当時の私は、ある種の虚脱感に支配されていた。

「最後に、もう一度言います。あなたに有利に働くことでは、ないんですがね」

それにしても敬服に値するほど、あの時の検事は忍耐強かった。こちらとしては、彼にそれほどの忍耐を強いるつもりも、時間を浪費させるつもりもなかった。手続上必要なことは、繰り返し繰り返し、全て答えた後だった。

氏名。住所。年齢。職業。生年月日。本籍地。経歴。家族構成。そして、当日の行動。私が彼を殺しました。手にしていたナイフで突き刺したのです。以上、相違ありません。

警察も検察も弁護士も、誰一人として、それで納得しようとはしなかった。最初のうちは「それで?」を連発された。答えられることは、全て語った。

「それで？」

「彼は倒れて、傷口から血が流れ出てきました」

「それで？」

「少しの間、見ていました」

「それで？」

「動かなくなったので、死んだのかなと思いました」

「それで？」

「手を洗いました」

「それで、凶器は？」

「手と一緒に洗いました」

「それで？」

「もとの場所に戻しました。元々、彼の家の物でしたから」

「それで？」

「家に帰りました」

「それで？」

「それだけです」

それだけだ。嘘は混ざっていない。当初、彼らは犯人が凶器を持ち去ったのではないかと考えたらしい。さらに、室内を物色したような跡があることから、強盗殺人の線でも捜査をしたという話だ。だが、それらの疑問に関しては、全てを解いて見せた。即ち、手を洗ったのと同時に、凶器に使用したナイフも洗い、錆びないように——今後、誰にも使用されることなど、ないにしても——水気を拭って、所定の位置に戻したのだ。思い出の品々をこよなく愛し続けていた的場の癖が、こちらにも移っていたというだけのことだった。

室内が荒らされていたのは、酒に酔った彼が、いつもの癖で、若い頃の話をし始めると同時に、思い出の品々を探しては、引っ張り出していたからだ。小さな家だったが、あそこは的場の生家であり、別荘であり、城だった。女房も子どもも寄せ付けず、彼は二、三ヵ月に一度程度、あの家に戻ると必ず、まるで青年のようになり、昔の思い出に浸る習慣があった。

「どうやって、家に帰ったのかね」

「自分の車でです」

「運転は」

「自分で運転しました」

「自分でか」

「一人でしたから」

「それで?」

「道路は空いていましたから、十時半か十一時前くらいには、都内に戻っていました」

「運転は、危なくはなかったか」

「慣れた道ですから」

するとは「どうして?」という問いに変わる。

どうして、そんなに落ち着いていられたのだ、なぜ彼に会ったのだ、なぜナイフを洗ったりしたのだ、なぜ指紋を残したままなのだ、第一、なぜそんな真似をしたのだ——。

「なぜだ、え? 行動は分かったよ。だが、なぜなんだ」

最後の質問を受けると、私は必ず口を噤(つぐ)んだ。

最初から、黙るつもりだったわけではない。言葉を失ったのだ。毎日のように同じ質問に遭い、毎日のように同じ答え方をして、「だから、なぜ」というところで黙り込む。

「例えばね」

やがて、検事は机の上で両手を組み、こちらを見た。

「思想的な絡みがあったり、または誰かを庇(かば)っているような場合には、あなたみたいな人も少なくはないわけです。犯行は否認しないが、動機については語らないというようなのは」

私は、彼が嫌いではなかった。今でも懐かしく思い出すことが出来るほど、彼に対しては好意に近いものすら感じている。

「だが、こちらの調べた限りでは、あなたにそういう背景はないようですしね」

検察官という仕事に誇りを持ち、無数の容疑者と向かい合い、わずかな嘘も見逃すまいと、常に神経を研ぎすましてきたに違いない。彼は、私に対しては言葉による脅しや、情に訴えるような語りかけが功を奏さないということを、かなり早い時期に察知していた。そして彼の視線は、罪人としての私を捉えているのではなく、常に、その罪の程度を推し量っているように見えた。

「もちろん、嘘をつく人間も山ほどいます。涙を流して頭を下げるから、こちらもつい信じるとね、裁判になって、ころりと言うことを変えるんだな。それに比べれば、黙秘を続ける方が、まだいいとは、思うんですが」

まあ、誰だって、助かりたいものですからね、と、検事は静かに微笑む。それでもなお、彼は真実に迫ろうとしている。その気迫が、額のあたりから感じられた。真っ直ぐに、ひたむきなエネルギーが溢れ出ている、良い額をしていた。

「弁護側は、咄嗟(とっさ)の犯行だと主張するでしょうね。あなたに殺意はなかったと。ああいう状況では、計画性を立証するのは、確かに困難だ。指紋も拭き取った形跡がないし、丁寧に洗ったナイフにすら、あなたの指紋がべったりと残っていた。これだけ証拠が揃っているわけですから、まさか無罪を主張するとは思わないが、それでも傷害致死の線で行くつもりかも知れません。あなたは、それを狙っているのかな」

彼ならば、そう主張することだろうと、こちらも思った。接見の度に、「信じられない」を連発し、私らしくない、考えられない行動だと言いながら、食い入るように私を見つめ、大丈夫だ、任せておけと言い続ける弁護士は、旧くからの友人だった。

「その方が、あなたにとっては有利かも知れない。ですが、これは賭けです。こちらも手をこまねいているわけには、いきませんからね。黙秘が、あなたに利益をもたらすとばかりは言い切れないことは、ご理解いただいているでしょう」

利益という言葉も、何度も聞かされた。私としては、己の利益を守るために黙っていたわけではなかった。むしろ、黙っていたからこそ、精神状態を疑われることになった。あの時点で既に一度、私は起訴前の簡易鑑定などというものに付されていた。いくら専門の鑑定医とはいえ、一時間程度の面接で、生身の人間の何が分かるというのかと思うが、取りあえずその段階で、私は「責任能力あり」と判断された。当たり前のことだ。

「私の口から言うのもおかしいが、このままでは、あなたは妥当と思われる範囲で、可能な限りの厳しい刑を求刑されることになるでしょう。こちらとしては、動機が分からないのでは、情状を酌量しようにも、する余地が見つからない。黙秘を通したいという点では、取調べに対して不従順であり、改悛の情が見られないと、そう解釈せざるを得ないわけです」

私は、自分のとった行動について、どう解釈され、どんな代償が課せられるかということには興味がなかった。当時の私を支配していたものといえば、虚脱感と達成感、さらに大きな諦観だけだった。確かに私は後悔も反省もしてはいなかった。的場に対して、申し訳なかったとは、思っていなかった。

「あなたは評判のいい人だ。同期の中では出世頭で、上司からも部下からも信望が厚い。我々が調べた限りでは、正面からあなたを悪く言うような人は、一人もいなかった。誰もが首を傾げて『信じられない』という言葉を連発していました」

上司や部下という言葉も、遠く感じるばかりだった。かつて、十日と続けて会社を休んだことはなかったというのに、不思議なほどに、会社のことも仕事のことも気にかからなかった。全ては自分から遠く離れた世界の出来事になっていた。

全ての感情は整理されていたのだ。懐かしむとか、恋しく思うとか、または未練に感じるなどといった心の動きは、とうに失われていた。何を聞かされ、どんなことが起ころうとも、私の気持ちは、もはや波立つこともないだろう。

「二年前でしたか、離婚されたのは。あの時も、周囲はずいぶん驚かされたそうですが」

　その件に関しても、私の心は整理されていた。妻には可哀想なことをしたと思っている。だが、前日まで隣で寝ていた男が、突然殺人者になるよりは、良かったのだ。

「別れた奥さんも、ずいぶん驚かれているようですよ」

「彼女には、何の関係もないことです」

「そう言わないで下さい。あなたが何も言わないから、我々としては、何とかして真実に近づきたくて、色々と調べているんです」

　そう言われてしまうと、「ご苦労様です」とでも答えるより他になくなる。実際、ご苦労なことだ。私の知らない間に、一体何人の捜査員たちが、私の知人や隣人を訪ね歩き、ささやかなひと言を求めていたのだろう。私は、あくまでも個人的な問題のつもりでいたのに、彼らはそれを、社会問題のように扱っていた。

「気の毒なほど、憔悴なさってましたね」

「――」

「私が受けた印象を言わせていただければ、憎みあって別れたという、そういうことではないように思われたんですが」

「――」

「今回のことと、奥さんと離婚されたことと、何か関係があるのかと、思ったりもするんですが」

「――それは、考えすぎではないでしょうか」

「では、どう考えればよろしいですか。社会的な地位もある、周囲からの信望も厚い、それまでのあなたの人生を考えても、犯罪とは無縁のところにいた人だ。その人が、どうして殺人を犯す必要があったんです。しかも、相手はあなたの親友じゃないですか。誰に聞いても、兄弟同然の付き合いだったという、そういう人を、わけもなく殺す人間がいますか？」

「――」

「我々から見れば、羨ましいような付き合いだったと思うんですがね。実際、三十代、四十代になっている男の何パーセントに、親友なんていう呼び方の出来る相手がいると思います？　恐らく、九割方の男たちが、そういう存在を持っていないと思いますが」

だから、何だというのだ。ずいぶん感傷的なことを言うではないか。

「もちろん、付き合いが長ければ、それだけの摩擦もあるだろうとは思います。だが、これもまた我々が調べた限りでは、あなた方の間に、何かしら問題があったという証言は得られていない」

「――」

「つまり、二人にしか分からない、何か、もっと深い事情があったのではないかと推察するんですがね」

「――」

「表面に現れないからこそ、屈折しているということは、珍しくないことです。あなたが、衝動的にしろ、計画的にしろ、殺意を抱かなければならないほど、あなたにとってはショッキングで強烈な、何かがあったんでしょう？　親友だからこそ、許せないというようなことが、あったんじゃないですか」

「――」

検事は、案外良い線を突いてきた。だが、微妙に違っている。その違いを説明することは、不可能だった。言葉にすれば、かえって真実から遠ざかるように思われた。

私は虚脱し、疲れきっていた。あれだけ長い間、一点だけを見つめ続けていたのだ。三年間、私の中には、同じ言葉しか響いていなかった。

殺す。殺す。殺す。殺す。

殺す。殺す。殺す。殺す。

呪文のように繰り返してきた言葉が、自分の内から消え去っていた。その空虚な気分、脱力感を埋められるものはなかった。私は、完全に燃焼した後だったのだ。

「残念だな」

検事の呟きの真意は摑めない。だが、私もある意味では同感だった。彼と、もっと別の場面で出会い、違う会話を交わせていたら、と思ったからだ。それが未練であることも承知していた。どう考えても不可能なことだ。

今後二度と、私は誰とも何も語りあわないだろうということも分かっていた。何しろ、もっとも多くのことを語りあい、共に生きてきたとも言える相手を殺したのだ。

当時の私に分かっていたことは、とにかく、殺そうと決めていたということだけだ。どうしても、殺さなければならなかったということだけだった。「なぜ」という問いを、彼らと同様に自分自身に突きつけ始めたのは、それから一年近くもたってからのことだった。

判決では、私の殺意の発生は、犯行の直前ということになっている。私の友人である弁護士は、実に熱心に私を弁護した。そして、その部分では、彼の主張は検察側に打ち勝った。

事実のみを見れば、その判断に誤りがあるとは言えない。実際に、私は具体的な手順について、何らかの計画を練ったこともなければ、アリバイ工作や証拠の湮滅なども図っていない。殺すことだけは決めていたが、いつ実行に移すかも、考えていなかった。

殺すことは、犯行に及んだ日の三年以上も前から決めていた。あの、一本の電話を受け取った日に、私は受話器を握ったままの状態で、決心していたのだ。

それは「殺意」などという、生やさしいものではなかったと思う。殺したいという欲望や、殺してしまおうという意志ではなく、殺すのだ、という決意だった。まさしくあの日、一方的に会話が断ち切られた瞬間が、全ての始まりだった。あの日以来、私は的場を殺す為だけに生きてきた。殺人者となるべく、己を育て続けるのに、三年の月日がかかったということなのだ。

あの電話。あの一瞬から、殺人者となる為の生活が始まった。

——呆(あき)れてものが言えねえよっ！

始まったと同時に、それは終わった瞬間でもあった。耳に残ったのは、的場の最後のひと言と、有無を言わさず叩きつけられた受話器の衝撃音だけだった。

平衡感覚を失い、重力の支配さえも失った脳が、脈打ちながら肉体から離れて浮遊したような気がした。驚愕、動揺、激怒、衝撃などという言葉は当てはまらない、かつて経験したことのない感覚が、津波のように襲ってきた。

本能的に、命綱にしがみつくように、現実に意識を戻そうとしたのは覚えている。自分の内で起ころうとしている変化、この肉体がさらされようとしている危険から身を守らなければならない。咄嗟に、五感を支配してくれるものを探した。コーヒーの香り、髭をあたっていない自分の顎、カレンダーの写真、日常の断片であれば、何でも良かった。

徒労だった。

瞬時にして、それまでの私は押し流されていた。自分を取り巻いていた日常は、もう二度と、以前と同じ意味を持って私に触れ、心に沁み入ってくることはなくなっていた。それまでの人生の中で、ようやく手中におさめたつもりになっていた全て——仕事、家庭、社会的な立場や地位、日常の生活はもちろんのこと、日頃は口にすることもはばかられるような、希望や愛、安らぎ、夢などという類のものに至るまで——は、ことごとく遠ざかっていた。

同時に、自分に言い聞かせていた。無駄だ。すべて諦めるのだと。

私は諦めたのだ。

それと引き替えにして、的場を殺した。

的場が息絶えたと知ったとき、私は、満足しきっていた。あれほどひんやりとした満足感を、経験したことはない。

責任能力については、私の有能な弁護人の主張は通らなかった。精神鑑定の結果、私には何等の精神的異常は認められなかった。十二年の求刑に対して受けた判決は懲役八年というものだった。その結果に、私は大いに満足した。


——呆れてものが言えねえよっ！

耳の底には今でも、彼が一方的に、言いたい放題をまくしたてた挙げ句の捨て台詞と、それに続いて受話器を叩きつけた音とが残っている。呆れてものが言えないのは、こちらの方だった。あの男は、いつでもそうだった。感情をむき出しにして、自分の思い込みだけで感情を爆発させる。

鼓膜に伝わった、あのときの振動、また、あの時の受話器の重みや感触は、どれほどの年月が過ぎようと、消え去ることはない。未(いま)だにこうしてまざまざと、蘇らせることが出来るのだ。

殺すしか、ない。

それは、あまりにも唐突に起こった意志だった。意識された瞬間に、既に動かし難い決意となっていた。自分の内に、そのような激しい衝動が存在することすら、意識したことも考えたこともなかったというのに、驚くほどすんなりと、それは私を支配していた。躊躇も逡巡も、まったくなかった。

——分かっているのか。自分で自分の考えていることが。何をしようとしているのか。

もちろん、戯れ言として、「他人の死」という願望を口にすることは、それまでも幾度かあったのは確かだ。

誰だって同じだと思う。

あんな奴は死んでしまえば良いのだと、腹立ち紛れに言うことくらい、そして、口にしたことで、ささやかなカタルシスを得ると共に、若干の後ろめたさを感じることくらい、日常の中に転がる小石のようなものだ。小石につまずいたり、または、後先も考えず、それを蹴飛ばすくらいの気持ちで「死んでしまえ」と考えたことが、一度や二度あったからといって、誰もその人間を咎め立てすることは出来ない。無宗教の人間ともなれば、それは排泄行為にも等しく、垂れ流しにして忘れ去るのが普通のことだ。本当に死なれては困る。その時の覚悟など出来ているはずもない。だから、忘れていく。戯れ言、卑屈な捨て台詞、単なる憎まれ口として。

だが、あの時だけは、そうではなかった。それは、決意した瞬間に分かっていた。

——分かっているとも。殺すのだ。この手で。

決意のみが、独り歩きし始めていた。たとえて言うならば、スイッチが入ったのだ。

スイッチが入った。

それと同時に、それまでの生の意味は断ち切られた。

興奮していたつもりはない。むしろ、頭の中はしんと静まり返っていた。だが、やはり相当な衝撃は受けていたのだろう。残ったのは、この肉体のみで、あとの全ては、もはや何の意味もなさなくなってしまったと知ったのは、もう少し時が過ぎてからのことだ。日常の生活の中に身を置きながら、かつて意識したことさえなかった、ある終末ばかりを追い求めている自分に気づいた時、これは一時の気の迷いなどではなく、明らかに現実なのだと感じた。

吊革につかまる、書類に判を押す、新聞を開く、妻と揃いの箸をとる、その手を眺めて、同じ手が的場を殺すのだと信じた。妻の呼びかけに答え、会議で発言をし、部下に指示を出しながら、この声で死んだ的場に語りかけるだろうと予感した。そして、通勤の道すがら、見慣れた風景を眺め、ビルの隙間を流れる雲を認め、テレビに映し出される画面を見る同じ瞳が、やがて息絶えた的場を見据えるのだ。

そうしなければ、もはや、こちらの生命が危うかった。

――駄目だ。このままでは。

本能がそう告げていた。

ところが、世の中にはいとも簡単に殺人を犯した人間が、案外多いということを、刑務所に入ってから、改めて知った。無分別で気楽で、欲張りな殺人者たちは、常に声高に自分たちの犯した行為について語った。

それまでの人生の全てを失ったという点では、大きな違いはない。同じ服を着せられ、番号で呼ばれて日々を過ごしていれば、どこが違うのだと言われても仕方がない。しかし彼らと私とは明らかに違っていた。意識の点で、その行為に駆り立てた真の理由、という点で。

人が人を殺すという行為は、何も考えなければ、そう難しくはない。呼吸を止め、心臓を停止させる。物理的には、それだけのことだ。

計画的な殺人者の多くは、よく考えているようでも、殺人そのものより、それに付随する様々な面倒事の方に、神経の多くを奪われているように思う。アリバイ工作、証拠の消し方、逃走の準備、殺害の方法、死体の処理など。それらに考えを巡らしているうちに、殺人そのものは、徐々にその意味、その重要性を失っていく。

旅が好きだと言いながら、計画を練ることの方に熱中する者がいる。彼らは地図や時刻表を眺め、綿密に日程を組んで、持ち物や服装にも拘(こだわ)る。そして、実際に旅をするときは、ただ単に、頭の中で描いた旅を確認するような感覚に陥る。

殺人も、似たようなものだ。殺すという行為そのものよりも、それに付随する様々なことに気を取られているうちに、殺したという実感は薄れていくのだろう。

私は違っていた。大切なことは、計画を練ることではなかった。純粋に、ただひたすらに、的場を殺すこと以外、余計なことは一切考えなかった。

それにしても、見事なほどに強烈な決意だった。

あの電話を受けるまで、その日自分が何をし、何を考えていたのか、珍しく引きこもった書斎の机の上には何が広げられていたのか、何の為に書斎にいたのか——今となっては、さして重要なことでもないが——いざ思い出そうとしてみると、まるで空白になってしまっているのだ。

感情的になっていたつもりもない。

あの時、激怒し、猛り狂い、どこかにはけ口でも求めていれば、それは、やがて薄れたのかも知れない。誰もが思うことだろう。そうしていれば良かったのにと。

だが、血のたぎるような感情さえも、スイッチが入った瞬間に、凍り付き、粉々に砕けた。

残ったのは、しごく冷静に機能せざるをえない脳味噌と、そこから受ける指令を待ちわびる以外に、どうすることも出来なくなった肉体。

私は、ただ呟いていた、「殺す」と。強烈な決心だったので、取りあえずは口に出してみなければ、気が済まなかった。声に出して言ったときに、その馬鹿馬鹿しさに一人で笑うことが出来ればという微かな期待も抱いていた。

「――殺す」

笑わなかった。

私は、椅子から立ち上がって室内を歩き始めた。普段と変わらずに、手足は自由に滑らかに動いた。やがて、気持ちがほぐれれば、多少弱々しくとも、笑い飛ばせるのではないか、または、深呼吸の一つでもして、やり過ごせるのではないかと、まだ期待していた。動揺していると思いたかった。

「それしか、ないな」

だが、結果は逆だった。最終的に出てきた言葉は、自分の決意の固さを思い知らせるものだった。一瞬のことだったはずだ。なのに、既に変更は不可能になっていた。

「仕方がない」

呟きながら、これは芝居ではないのだと感じていた。自分が発した台詞が、改めて自分の内に沁み込んでいった。もはや、動かしがたい決意となっていること、修正は不可能であることを、納得せざるを得なかった。

殺す。殺す。殺す。殺す。

つまり、あの瞬間から、私は以前の私ではなくなった。そうして、三年以上の月日を過ごしたのだ。

もし、あの時、その場に彼がいたら、私は衝動的に殺していただろうか。または、そこまで固い決心をしたのだから、そのまま車を飛ばして殺しにいけば良かったのだろうか。

だが、私は車に飛び乗らなかった。たとえば目の前に彼がいたとしても、すぐには殺さなかっただろう。

なぜなら、私は冷静だったからだ。

あれは、衝動ではなかった。あくまでも決意だった。

あの電話を受けるまでの人生、営々と築き上げてきた全てについて、何かを語ることは実に困難だ。何もかもが、幻に過ぎなかったのではないか、そんな思いにとらわれる。

いや、思い出そうとすれば、記憶はある。あの瞬間のことですら、一つの映像として、脳裡に焼き付いている。

背後から穏やかな陽射しが降り注いでいるのは分かっていたし、隣家の庭で赤く色づいている木の実――ヒヨドリジョウゴかも知れないし、グミかイバラか、とにかく毎年、気がつくと秋の陽射しを集めたかのようにぽつぽつと赤い色を散らすのだ――を野鳥がついばみに来ているのも知っていた。

疲れがたまっていたとも思えない。嬉しくも淋しくもなく、愉快でも不愉快でもなかった。暑くも寒くもなく、空腹でも眠くもなかった――つまり、肉体的にも精神的にも、どこかに緊張を強いられるような要素は、何一つとしてなかった。

さほど気に入っているというわけでもなかったが、書斎には、自分で選んだ音楽が流れていた。机の上に開いていた本は、仕事とは無関係のものだったはずだし、その横には、自分で淹れたコーヒーが、まだわずかに残っていた。久しぶりに一人で過ごす秋の休日を、私はゆっくりと味わっていた。

妻が見立てたカーディガンは、わずかに黄色味がかった淡い緑色だった。彼女は、私の衣服を買うのが好きだった。私は常に無条件に妻の趣味を受け入れた。あの日、妻は「お土産を買ってくるわね」と言い残して、出かけていた。

忘れていることなど何一つとしてありはしない。具体的に質問されれば、ごく自然に、当たり前に答えることも出来るだろう。それどころか、記憶の川はうねりながら迸り、次々と違う場面を見せつけてくることになる。外界から切り離された、現在の自分という存在が、その流れに翻弄され、自らの記憶力を恨めしく感じたことが、一度ならずあったことは否定出来ない。

思い出は、貪欲なほどに些細なきっかけで蘇ってくる。音、匂い、色彩――閉ざされた世界にいるからこそ、研ぎ澄まされていく五感が捉える微細なきっかけが、心の奥にひび割れを見つけ、つい今し方まで、自分の内のどこにも見あたらなかったような古びた記憶を呼び覚ます。煮染めたように変色した雑巾で、数え切れないくらいの受刑者たちが寝起きしてきた床板を拭いている時に、幼い日、縁側で繕い物をしていた祖母の、ぼそぼそと呟いていた声が、急に蘇ったりするのだ。

――最後の最後にね、全てが分かるときがくる。今は分からなくても、後から「なるほど」と思うときがね。

なるほど。
あの日のことは、今となってもまだ、「なるほど」と思ったりは出来ない。
なぜ、スイッチが入ったのか。
なぜ、そんな自分に納得できたのか。
なぜ、抵抗しなかったのか。

六年前は、何を言っても真実からはほど遠く、結局は嘘になるように思えた。だから、黙っていた。

言葉など、何の役に立つというのだろう。この思いを、その通り言葉にして発したとしても、まったく同じように受け止められる人間など、この世の中にただの一人としていはしない。ある程度の常識と信頼の上に立って言葉を使い、受け手は、想像力と経験、自らの感情を投入し、辛うじて分かった気になるだけのことだ。
私は、私に「なぜ」と発した人々を信じていなかった。彼らは、私の話を聞き、私の感情を読み取ろうとした。そして、そこに何かを思い描こうとした。私が「感情」を放棄したことには、気づいていなかった。

身支度といっても、大した手間がかかるわけではなかった。小さな棚におさまっているだけの荷物は、二つの紙袋に移動させれば、それで済む。その紙袋と、畳んだ薄い布団を抱え、明日はまた、新しい世界へと移動する。そして、あと二週間もすれば、デザインも古臭く、恐らくサイズも合わなくなっているに違いない自分の服に袖を通して、一体どんな景色を見ることになるのだろうかと思う。

＊　＊　＊

「どこかで会うことがあったとしても、知らん顔してくれて、いいんだからさ」

その晩、吉岡（よしおか）という青年が、布団の中でそっと囁（ささや）いた。就寝時間も過ぎて、薄暗くなった房内には、疲れていなくても、時間が来れば自然に眠れるように訓練されている人々の微かな寝息や、もの悲しくさえなるほど健康そのものの、軽やかな鼾（いびき）が聞こえ始めていた。

「だからって、恨んだりしやしねえよ」

吉岡は、この二、三日ずっと、それまでの仔犬のような人なつこさから一転して、素気ない態度をとるようになっていた。その心の内が分からないではなかったから、こちらも黙っていた。第一、彼が考えているほど、心弾む思いを抱いているわけではない。

「——娑婆か」

ここの連中は、「娑婆」という言葉を使うとき、一種独特の表情になる。故郷、愛人、家族、自由を思い、全ての可能性が開けているような気になるらしい。わずかに眼の焦点をぼかし、穏やかで淋しげな、虚ろな表情で、遠い世界に思いを馳せる。だが同時に、そこには誘惑や苦痛、束縛が待ち受けており、裏切り、欲望、策略などが渦巻いているからこそ、ここへ来ることになったのだということも忘れて、彼らの多くは、祈るような表情で「娑婆」という言葉を使う。

長い沈黙の後、吉岡は「いいなあ」と呟いた。

二週間後、私は再びその娑婆に戻る。そこで、私を待ち受けているものが何なのか、今は考えたくない。考えても、仕方がないと思う。

「君だって、じきだろう」

黙っているわけにもいかなかった。彼は「まあな」と言い、ため息をついた。

「だけど、俺はあんたとは違う。ここを出たって、また同じことの繰り返しだろうよ」

吉岡は、暴力団の準構成員だという。「言うのも恥ずかしいほど」典型的な道をたどって、こういうことになったのだと言っていた。「俺も、今度こそまともに生きていこうとは、思うんだ。この前のときも、その前も。いつもそうさ」彼は笑いながら、そうも言っていた。

「結局、俺はここでの暮らしが性に合っているのかも知れねえんだな。まるっきり、ムショで生きていくために、生まれてきたみてえな気がするときがあるよ」

慣れてしまえば楽な世界だ。恥も外聞も、もはや無関係になって、何も考える必要がなくなる。

こうして、何年も薄明かりの中で眠る習慣を付けられると、ここから出た後も、部屋を暗くしては眠れないという話を聞いたことがある。確かに、夜更けに目が覚めて、目の前に闇が広がっていたときの感覚など、蘇らせにくくなっている自分がここにいる。ここへ入るまで、三十六年もの間、ずっと習慣になっていたはずのことなのに、その後の刑務所での十年にも満たない歳月が、いとも簡単にそんな習慣をもぎとってしまったのだ。

「ここにいりゃあ、悪いこともしねえで済むし、な」

今、舎房の照明に照らされて、その吉岡の諦めきったような横顔が見える。もう少し明るければ、こちらから見える左頬には、はっきりと傷跡が認められるはずだ。背中にも、吉岡には大きな傷跡がある。それは、右肩の後ろから背骨の上を通り、左斜め下にまで達しており、彼の自慢だったに違いない美しい彫物を、見るも無惨なものに変えていた。

「ちょっと出ちゃあ、また何かしでかして逆戻り。それが俺の人生さ」

仮出所の日取りも決まっていないどころか、まだ数年の刑期を残していながら、この若い受刑者は早くも、再びここへ舞い戻ってくる日のことを考える。彼が、どんな心づもりでいるのかは知らないが、とにかく、自分の将来について何かの予測をたてていることにはなる。「俺の人生」という言葉を使う分だけ、何かが見えているのかも知れない。

未来——未知なるものの到来。

「あんたは、もう二度と、臭い飯なんか食うことはねえんだろうな。だいたい、こんな場所にいること自体が、俺らにはどうも腑に落ちねえんだ。そりゃあ、ここには医者も社長も珍しくはねえが、あんたはなあ、特にちぐはぐだろう？　あんたの、その雰囲気と、殺しっていうのが、どうもぴったり来ねえんだよな」

「——分からないさ。人生、どんなことが起こるか」

吉岡は、薄い布団を口元まで引き上げながら、「ちげえねえや」と小さく笑う。

「よく、考えるよ。ここに、懲役を食らう前に入ってみたかったたってな」

「――」

「ここは、人間のデパートだ。よくもまあ、こんだけ色んな野郎どもを集めたもんだって思うんだ。大学の先生もチンピラも、工員も役人も俳優も、結局は同じ穴のむじなになってるんだからな。最初っから、そいつらに色んな話を聞いておきゃあ、俺も、もうちったあ利口になって、こんなろくでなしにはならなかったかもなって」

「――」

「俺、ここに入るたんびに、ちょっとずつだけど、利口になってるんだぜ。色んな話を聞いてよ。まあ、悪知恵もつくけどな」

吉岡は間を置きながら呟き続ける。

「俺なんかと違ってインテリだからな。あんたからも、もっと色んな話を聞きたかったよ」

彼なりに、餞（はなむけ）の言葉を贈っているつもりなのかも知れなかった。

――あなたから、もっと色んな話を聞きたかった。

まただ。

何の前触れもなく、ほんの小さなきっかけを狙って、思い出は固く閉ざしたつもりの記憶の層から、滲み出てくる。あの検事は、元気だろうか。

違う。

もっと以前にも、私は同じ台詞を聞いた。

——そうすれば、こんなことにはならなかったんだろうに。

顔と背中に傷跡のある青年の、ため息混じりのひと言が、妻のため息と重なって聞こえた。

何度、自分に問いかけたか分からない。スイッチが入った後からも、私は繰り返し問い続けた。良いのか？　本当に良いのか？　これまでの、まさしく何もかも、全てを失うのだぞ、と。柔らかさ、心地よさ、温もり、全てを失う。失うどころか、この女を不幸にする。そうまでして、やらなければならないことか？　ほんの気の迷いだったと、何とか宥めることは出来ないのか。

——子どもさえいたら。そうすれば、こんなことにはならなかったのかしら。

一度滲み出てきた記憶は、ぽとり、ぽとりと雫（しずく）になって、もう何年も前に打ち捨てたつもりの、ひからびた心に広がっていく。現在の自分を取り巻く全てのものばかりか、過去にも未来に対しても、私は未練や執着、郷愁、関心すら断ち切ったつもりだ。だが、機械仕掛けの肉体を持つわけでもなく、どこかの機能が失われているわけでもない。特に、仮釈放の期日を聞かされてからというもの、それまで固く乾ききり、軽石か何かのように感じられた私の心は、驚くほどに力強く、内側から脈打ち、血の通った人間らしく、様々なことを思い出しては蠢（うごめ）き始めていた。それに抗（あらが）う術はなかった。

別れましょうかと、口に出したのは妻の方だった。その方が良いと分かっていながら、こちらから切り出せずにいたのは、妻への、現実への、未練だった。

やがて、吉岡は軽い鼾をかき始めた。同じ房の七人の男たちの寝息に囲まれながら、私は薄明るい宙を見上げていた。他人を気遣うこともなく、使い慣れた自分の寝具に身を横たえ、闇の中で眠っていた頃のことを考えてみた。屋根を叩く雨の音が耳の底に蘇ってきた。同時に、季節外れの夏蜜柑の匂い、もう何年も、嗅いだこともない匂いが、鮮やかな色と共に心に広がった。

「あなたが何を考えているのか、私にはもう、まるで分からないのよ」

夏蜜柑の、厚い皮を剝きながら、妻は呟いた。清々しい匂いと雨の音だけが、妻と私の間を埋めていた。

「ことに、最近のあなたは——どんどん分からなくなる」

取り立てて言うほどのこともない人生を歩み、妻と出逢い、所帯を持って、当たり前に生きてきた男のことを言っているのだと思った。だが、その男は、この肉体の内で、既に方々が砕け、崩れ落ちかかっていた。私自身も知らなかった、まったく新しい私が、ひび割れた過去の私の隙間から顔を出し、ふてぶてしいほどに増殖を続けていた。

「ときどき、誰と一緒にいるのか分からなくなるくらい」

妻の指は蜜柑の色に染まっていた。言葉と裏腹に、彼女の手は、いかにも慣れた動作で切れ込みを入れた皮を剝き取り、手元の布巾を握る。白い布巾に、夏蜜柑の色が付いた。

皮を剝き終え、こぶし大に現れた夏蜜柑を二つに割ると、妻は片方を私に差し出した。私は黙ってそれを受け取り、小袋の一つを引きはがして、口にくわえた。酸味の強い果汁が、口の中に広がった。清冽に、新しい季節の訪れを感じさせる味だった。

だが私は、それによって郷愁を覚えることも、これまでに通り過ぎてきた同じ季節を思い出すこともなかった。淡々と、歯にあたってつぶれる果肉の感触を味わい、咀嚼し、飲み下した。妻のことは、見なかった。

それは萌芽にも譬えられるかも知れない。

種は蒔かれた。私の中では「殺意」という花を咲かせる植物が育っていた。徐々に、だが確実に芽が伸び、根が張るにつれて、この真垣徹という男を形作っていた全ての感覚や、様々な匂いや温もりを含んだ記憶、逡巡や未練、葛藤などは、徐々に侵食され、分断されていった。雑草のように、それは力強く、しぶとかった。丁寧に手入れをされて、ある種整然と張り巡らされていたはずの、私の内の様々な回路は、「殺意」の前ではいかにも無力だった。

伸び続ける殺意に砕破されていく私、殺人者となる為に変容を続ける男に気づく者は、誰一人としていなかった。

*　　　*　　　*

私が黙秘を通した為に、的場を殺害した動機について、犯意がいつ頃発生したものか、捜査陣は躍起になって聞き込みをして回ったらしい。公判が始まると、そのうちの数人は、弁護人からの申請により、証人として法廷に現れた。

久しぶりに見た顔の中には、私の会社の上司や、行きつけの小料理屋の女将、姉などがいた。彼らは一様に緊張にひきつった顔をして、その動作はぎこちなく、努めて私を見まいとしていた。そして、彼らは口を揃えて「思い当たるところはない」と言った。

「事件の当日も、会社では変わったところはありませんでした。いつもの、落ち着いた真垣くんだったと思います」

「真垣さんは、お酒の召し上がり方も普通でしたし、酔って暴れたり、人にからんだりということもありませんでした。扱いやすい、いいお客様です」

「小さな頃から、人と争うことが嫌いな子どもでした。どちらかといえば、私たちが歯がゆく思うほどで、滅多なことでは怒ったり、怒鳴ったりもしないような子でした」

彼らは、それぞれに私に対して抱いてきた感想を述べた。それは、私も知っている、かつての私だ。「その時」が来るまで、私は以前と変わらない姿のままで、日々を過ごしていた。意識して、そうしていたわけではない。芝居をして、周囲を欺(あざむ)いていたというのでもない。私自身も、あの日に的場を殺害するとは思っていなかったのだ。誰も気づかなかったのは当然のことだ。

小料理屋の女将は、的場のことも覚えていた。

「何度かお二人でお見えになりました。いつも、真垣さんが聞き役に回っている感じでしたが、よく笑って、楽しそうでした」

堂々とした口振りだった。商売柄か、人柄か、彼女は臆することもなく話を続けた。

「的場さんという方は、よくお酒を召しあがる方で、いつも足元がおぼつかなくなるくらいまで酔われたんです。真垣さんは、いつも苦笑いを浮かべて、私たちにも『すみません』なんておっしゃって、抱き抱えるようにして帰られることが多かったと思います」

女将の声が、そんな場面を思い出させた。最後にあの店を訪ねたのは、事件の四日ほど前のことだった。特別な用事はなかったが、的場と待ち合わせをしていたのだ。あの時も、的場は泥酔した。会社の愚痴。家庭の愚痴。少しばかり気にかかっている若い女のこと。最後には決まって年齢の話だった。四十歳を迎えて以来、的場は自分の年齢に拘っていた。焦ってもいる様子だった。

――この俺がだぞ。四十だとよ。

私はいつもと変わらず女将に頭を下げ、タクシーの拾えるところまで、的場を送った。

「その後、店に戻っていらして、少しお一人で、くつろがれていました」

「その時の、被告人の様子はどうでしたか。何か、いつもと変わった様子はありましたか」

弁護人が質問した。証人は、「いいえ」と頭を振った。

「ビールを一本だけ飲まれて、その間に、二、三言くらい雑談をされて、それで帰られました。私の方で、『いつも手のかかるお友達ですね』という風に、水を向けたんですが、『彼にも色々と悩みがあるんでしょう』と笑っていらっしゃいました。なんでも、子どもの頃からのお付き合いだから、少し老けたなと思うと、淋しい気がする、なんていうことも、お話になっていたと思います」

その言葉に嘘はなかった。だが、的場を押し込んだタクシーが走り去るのを見送りながら、やはり、彼を殺すのだということだけは感じていた。まさか四日後に実行に移すとまでは思わなかったが、いくら的場と会い、笑いながら話をしても、その決意が揺らぐということはなかった。


上司も、姉も、女将以上には私を知らなかった。彼らはときどき声を詰まらせ、その指先や膝を細かく震わせていた。

「平気でそんなことの出来る弟ではありません」

「犯行を認めているということさえ、信じられないくらいです」

それらの証言が、どういう意味を持ち、この裁判にどんな効果をもたらすことになるのか、私は理解していなかった。後から聞けば、弁護士の穂坂(ほさか)は半(なか)ば怒ったような表情で「情状面に訴えるんだ」と言った。私は不愉快だった。可能な限り他人を巻き込みたくない。第一、誰を呼びつけ、何を聞いたところで、真実からは程遠い話が出てくるだけのことだ。彼らは、私の内で育ち続けていたものの存在を知らない。

唯一、八年間寝食を共にしてきた妻だけが、敏感に何かを感じ取り、漠然とした不安を抱いていた。

「二年前に離婚しておりますから」

法廷に呼ばれた彼女は、緊張しているときの常で、青ざめた顔色で口を開いた。一度として私の方を見ようとはしなかった幸江(ゆきえ)は、少し痩せたようだった。

「そんなことをするような人ではなかったと思っていますが、この二年間のことは、分かりません」

彼女は問われるままに、離婚の原因については「性格の不一致」だと言い、一緒にいる意味が分からなくなったからだと述べた。

二年前まで、彼女は、あまりにも私に近い位置にいた。正体は分からないまでも、私の中で、未知のものが育ち始め、ある変化が起こり始めていることに気づいていた。その不安を持て余し、耐えきれなくなった。

「どうして、こんなことになったんだろうって思うの。でも、怖いのよ」

妻は妻で、自分の内側で増殖させているものがあったのだ。孤独と、不安と、絶望と、私に対する不信と。

「最近のあなたの目。どこを見ているか、分からないような目よ」

あの晩、妻は、疲れ果てたという口調で、それでも夏蜜柑を食べ続け、話すことをやめなかった。今夜のうちに言ってしまわなければ、取り返しのつかないことになるとでも言いたげな、どこか性急な話し方だった。

「私のことは、まるで見ていない」

幸江は、私に引け目を感じていた。こちらから何かを切り出されることを、常に恐れていた。それが分かっていて、私は、それを逆手に取り、暗黙のうちに彼女を追い詰めていたのかも知れない。

誰を恨むこともできない。悔やんでも始まらない。我が身を責めても仕方がない。だが彼女は、心の底から子どもを欲しがっていた。

確かに自分の分身がいて、果てしない可能性を秘め、私の庇護を必要とし、その全存在を通して、無償の愛といったようなものを私に実感させてくれていれば、私の人生は、また別のものになっていたかも知れない。

私は極めて単純に、私の血を受け継ぐ者の存在を望んでいた。ここまで受け継がれてきたものを、次の代へ繋げていくなどという明確な意識すらなく、家庭を持つということは、夫になると共に父親になることであり、特に長男であれば、跡継ぎを作ることが最終的な使命であると、誰に言われるまでもなく確信していた。

だが、的場を殺そうと決めた後、自分の内で育ち続ける殺意を実感するうち、私は私という人間を形作っているものについて、考えるようになった。一体、どれほどの人間の遺伝子が、私の中に流れ込んでいることだろうかと。

遡（さかのぼ）って考えればきりがない。

人が人を殺すことが、何の罪にもならなかった時代、名誉となった時代、善悪や名誉とは無関係に、単に生き延びるための手段だった時代、それぞれの時代に、私の祖先は人を殺し、時には、その肉を喰らい、財産を奪い、自分たちとは異なる血の流れを断ち切り、そして、生き延びてきた。その結果が、この私だ。

子どもは生まれなくて良かったのだろう。あの時の決意の強烈だったことを思うと、たとえ私の分身が、いかにも無防備に私を求めてきたとしても、決意を翻すことが出来たかどうか、確かなことは言えない。

良かったのだ。

子どもの運命を変え、十字架を背負わせずに済んだという意味ではない。

私の内に流れるもの、何世代にも亘り、何百、何千年もかけて私という人間に流れ込んできた、様々な人間の歴史が、私の代で断ち切られることになる。それが、良かったと思うのだ。

「確かに最初から、あなたには分からないところがあった」

妻は話し続けた。最初から、と言われて、私の中で何かが動いた。

「でも、焦るまいと思ったのよ。夫婦だからって、そう簡単に何もかもが分かるわけじゃないもの」

彼女の低い声に黙って耳を傾けながら、私は、内心では驚いていた。天真爛漫、単純で素直、僅かに勝ち気で虚栄心が強く、内弁慶。そんな印象ばかり抱いていた。だが、夏蜜柑を食べながら、淡々と話し続ける女は、かつて私が知り合い、共に生きていこうと決心した女とは違っていた。

「最近、あなたは余計に分からなくなった。どこがとは言えないけど、あなたは、どんどんと私から離れていくような気がするの」

もう、共にいる理由がなくなってしまった気がすると、妻は言った。子どもでもいれば、こんな風にはならなかったのかも知れないと言ったときだけ、僅かに声を詰まらせた。

「お互いに、逃げ場がなくなったのかも知れないわね。少しは余所見をするところでもあれば、もう少し気楽になったかも知れないのに」

彼女を安心させ、宥め、少しでも気持ちが楽になるような言葉をかけてやるべきだった。子どものことなど、気にしていないからと言うべきだった。または、もっと攻撃的になり、傍若無人で身勝手な、彼女を傷つけるような言葉を吐き、彼女を怒らせることで、彼女の内側に沈滞していたエネルギーをあおり立てるべきだった。呆れさせ、私を軽蔑させ、憎ませるべきだった。

だが、そんな理性から発せられている指令を、徐々に根を張りつつある殺意が遮断した。私は何一つとして答えることもせず、妻の声を聞きながら、睡魔に襲われ始めていた。

あの頃は、不思議なほどに眠かった。心地良い、暖かい眠りとは異なるが、とにかく何かまとまったことを考えようとすると、すぐに睡魔が襲って来るのだ。生のエネルギーを吸い取りながら、私の内の殺意が育っているかのように、私は少しでも暇があれば、すぐに目をつぶった。そして、微睡(まどろ)みながら、私の内の全てを犠牲にして殺意を育て続けた。それに抗うことは不可能だったのだ。

やがて、妻は出ていった。ある日、勤めから戻ると、リビングのテーブルの上に、署名捺印された離婚届と指輪がのっていた。私は、しばらくの間、その二つを放っておいた。手を触れる気にはなれなかった。そのうち、旧い友人や妻の身内から、何度か電話がかかってきた。その中には、弁護士の穂坂もいたし、的場もいた。

「特別な理由がないっていうのが、いちばん厄介なんだ」

穂坂は言った。

「まあ、いいじゃないか、なあ。出ていきたいって言うものを、引き留めることはないさ」

的場の方は、笑いながら言った。そして、今からでも遅くはないのだから、若くて健康な女を探して再婚すべきだと続けた。子どもも産めないような女では、いずれ真垣家の墓を守る人間がいなくなる。妻の方から出ていったのならば勿怪(もっけ)の幸い、今度は丈夫な子どもを産む女を探すことだと、彼は繰り返した。
私は曖昧に笑っていた。あの時だって、私は彼を殺すことが出来たと思う。だが、私は待った。自分の中で、殺意が完璧に育つのを。妻が家を出ていった、その腹いせのような殺し方はしたくなかった。

私の脳は、一時の激情にかられるような行動を、指令しなかった。極めて冷静に、殺す以外に、生きている意味がないと完璧に思えるところまで、私に「待て」と命じたのだ。日常にしがみつく私を喰い尽くすまで、私の内の殺意は、根を張り、葉を広げ、蔓（つる）を伸ばし続け、たった一つの花を咲かせようとしていた。
私は、密かに殺意を育てることに、悦びすら感じていたのかも知れない。私は、私の内のその感情を、慈しむように育てていた。他の何を犠牲にしてでも、完璧な形に開花させたいと感じていた。

現実の世界では、私は的場を殺害した後で、煩雑な手続を終え、幾度となく手錠と腰縄を打たれて移動をし、何枚もの扉を通って、刑務所という、最終的な地点にまで到達した。一度、覗いてみれば分かることだ。そこは、一般に日常と呼んでいる世界とは、時間の流れ方も、物事の価値も、何もかもが、異なっている。

私の頭の中にも、同様に何枚もの扉があった。何世代にも亘って繰り返してきた殺戮の記憶。殺人の衝動。少しでも長く自分の肉体を維持したいと思う本能。究極の欲望を、私の何世代か前の祖先は、小さな箱に詰め込んで、固く鍵をかけたのに違いない。

だが私は迷路のような自分の中をさまよい歩き、そして、本来ならば立ち寄るべきではない場所に入り、その箱を見つけてしまった。もはや存在すら忘れられていた、忘れ去られているべきだった欲望の箱だ。


妻に言われるまでもなく、私自身、自分の不可解な部分を感じていた。自分の核ともいえるそこに、何が詰まっているのか、どうすれば覗くことが出来るのか、日常生活の中では考えないようにしていた。開かれなくとも不自由はしないと自分に言い聞かせ、鍵さえも探そうとは思わなかった。


「離婚された原因について、話していただけますか」

法廷で穂坂は、他の証人に対するのとは異なる、理解と同情に満ちた声で妻に話しかけた。

「私が——結婚生活に、疲れたのだと思います」

「疲れたといいますと、具体的には、どういうことですか。例えば、被告人から肉体的、精神的な迫害を受けたというようなことでしょうか」

「そういうことは、ありません。いわゆる——性格の不一致だと思います」

「あなたにとって、被告人が、理解しがたい人物になっていったということですか」

「いえ——ただ、私がそう感じるようになったというだけのことです」

穂坂は「なるほど」と頷いた。続けて、離婚を決意するに際しては、誰かに相談しなかったかと質問した。かつては、私を挟んで交遊のあった二人が、弁護人と参考人として被告の私の前にいた。幸江は、自分の友人と、実家の両親に相談したと答えた。

「例えば、被害者の的場氏には、相談されませんでしたか。的場さんは、被告人の親友だったわけですよね。当然、あなたとも面識があったと思われますが」

「はい——ですが、相談はしていません」

「あなたが、被告人に対して、もう一つ理解できないという点でも、親友の的場さんならば、説明してくれるのではないか、解決してくれるのではないかとは、考えませんでしたか」

「考えませんでした」

幸江の口調は、きっぱりとしていた。

彼女は、虫が好かない、という表現を使って、的場を敬遠していた。

「どうしてです」

「的場さんは、あくまでも主人——真垣と親しくしていらした方ですし、私は、的場さんとゆっくりとお話したことはございませんでしたから」

「あなたは、的場氏をどう思っていましたか」

「真垣の親友としか、思っておりませんでした」

「あなたの目からご覧になって、被告人と的場氏との間柄は、常に良好でしたか」

「分かりません。男同士のことですから、立ち入らないようにしておりましたし、真垣も、あまり細かいことを話す人ではありませんから」

「では、摩擦があったとか、トラブルが生じたとか、そういうことについて、一度も聞かされたことはありませんでしたか」

「——一度も、ということは」

「あったとしたら、いつ頃、どんな内容のことでしょう」

「いつ頃といっても——的場さんは、お酒の好きな方でしたから、飲んでいて、言い合いになったとか、帰り際になって、奢る奢らないで、喧嘩になったとか、そんな話が多かったと思います。それほど、深刻な内容のものでは、ありません」

目は、閉じれば見えなくなる。だが、耳は手で塞ぐより他にない。法廷で、それをすることは出来なかった。

「何か、特に印象に残ったことなんか、ないでしょうかね」

穂坂の口調にわずかな焦りが混ざった。促すような目つきで幸江を見つめている。幸江は、我に返ったようにぴくりと動いて、細かく頷いた。裁判が始まる前に、何を質問し、何を答えるか、相談は済んでいるのだと、穂坂は言っていた。

「離婚する一年ほど前というと、今から約三年前、ということですか?」

「離婚する、一年ほど前に――」

「――はい」

「三年くらい前に、何かあったんですか」

姿勢を崩さずに、被告人席に腰掛けながら、私の心臓はあの時だけは高鳴っていた。ことに、あの日――あの電話を受けた日の、幸江のことを思い出そうとして、私の脳は目まぐるしく機能しようと努めていた。

「――何となく、おかしいなと思ったことは、あります」

「おかしいな、とは? 具体的に、どういうことですか。被告人に、何かおかしいと感じる様子があったと、そういうことですか?」

「具体的には――何があったということではないんです。ただ、ある時から急に、違和感と申しますか、それまでの主人――真垣と違う感じがしました」

意外な言葉だった。妻は、私の変化をかなり敏感に察知していたのだ。私はあくまでも孤立した世界で、密やかに「あれ」を育てているつもりだった。誰にも察知されているはずがないと思っていた。

「どうも、様子が違うと、そんな感じでしょうか」

「ええ――はい。どこがといって、大きな変化ではなかったんですが」

「なるほど。具体的には言えないが、何となく、それまでの被告人と違うような感じを受けたと、そういうことですね」

「はい」

妻の証言を得て、後に穂坂は、私の精神鑑定をさらに強く主張することになった。私が動機についてのみ語らない不自然さと、離婚した妻の証言から、既に三年ほど前から、被告人の精神状態には異常が見られたのではないかというのが、彼の主張だった。

――悪く思うな。だが、俺だってな、病気のせいだとでも説明してもらわなきゃ、納得することが出来ないんだ。

接見に来たとき、穂坂は苦しげな表情で言った。私は、黙っていた。妻が、私の内の変化に感づいていたという発見が、当時の私を、わずかに動揺させていた。

だが、たとえ妻から「どうしたの」と聞かれたところで、私は答えなかっただろう。的場を殺すことにしたなどと、口が裂けても言えたはずがない。黙っていた私の選択は、誤ってはいなかった。

ひょっとしたら、私の内に芽生えた殺意を、敏感に察知していた人間が、妻の他にもう一人、いたかも知れない。彼は、私のことは知り尽くしていると、豪語してはばからなかった。彼は証言台に立つことは出来なかった。何しろ、私が殺してしまったのだから。

*　*　*

確かに私は的場を殺した。

十代の頃から、関わってきた男。人からは兄弟同然とみなされ、死んだおふくろでさえも、息子のようだと言っていた。ひと頃は、本当に姉と一緒になるのではないかと思っていた男を、この手で殺した。だが実感というのは、それほどなかったと思う。

あれだけの月日がありながら、私は具体的な殺害方法については何も考えていなかった。目的は、的場を殺すという、そのことだけだった。逃げるつもりもなかったし、犯行を隠すつもりもなかった。あの日のことにしても、そろそろだ、という気はしていたが、会う前から決めていたというわけではない。だから、自分では何も用意していなかったのだ。
様々に思い描いていたことが、なかったわけではない。手は震えるだろうか、的場はどんな顔をするだろうか、どちらかが声を上げるだろうか、何も考えられないくらいに狼狽(うろた)えるだろうか、興奮するものか——そんなことは、日々の暮らしのふとした折に、いつも考えた。夢想といっても良いほどに、半ば憧れ、焦がれるように考えた。

刺したときの感触は、今でもはっきりとこの手に残っている。
不意を突かれたためか、彼はさほどの抵抗も示さなかった。背広を通して、その肉厚の背中に、握りしめたナイフを突き立てたとき、かつて経験したことのない感触が伝わってきた。持ち重りのする、小気味よいほどの切れ味を持ったサバイバルナイフは、的場が学生時代に買ったと聞いていた。そのナイフの柄を握りしめ、渾身の力を込めて、私は的場の背中にぶつかった。

決して滑らかではなく、的場という男が、それこそ細胞の一つ一つから、みっちりと密集しあい、連結しあうことで形作られていたのだと実感させられるような手応えがあった。その肉をかき分けて、刃物がめり込むかと思った瞬間、意外なほどに固い何か

――骨だと気づいたのは、少し後になってからだ――がナイフを受け止めた。私は急いでナイフを引き抜いた。縦に裂け目の出来た的場の背中が瞬く間に赤黒く染まっていった。

的場は、「えっ」というような声を上げ、ゆっくりと振り返った。視線が宙を泳ぎ、僅かに口元が歪んでいた。その視線が私を捉える前に、私は首に切りつけた。今度は、鮮血が勢い良く四方に噴き出し、的場はぐう、と喉を鳴らした。あの、声とも異なる音を思い出す度に、確かに私は的場を殺したのだと思う。飛び散り、私の顔にかかった血は、生温く、また、生臭かった。

私は出来るだけ東京から遠い土地にある刑務所に行くことを希望した。今までの生活から切り離されるのだから、どこにいても同じだが、やはり何の関係もない土地で生きたいと思った。その結果、送られたのは千葉刑務所だった。

「家の近くに行きたいと言えば離されて、離れたいと言えば、近くにされる。そういう連中なんだ。親切そうな顔をして、俺らに何かを聞くときにはな、何かを企んでいやがる時だ。必ず、裏をかかれると思いな」

刑務所に入って、最初に親しくなった男からそう聞かされたときには、思わず声を出して笑ったものだ。

それが、実に久しぶりの笑いだった。
人間としての最後の誇りも、羞恥心も、全てを剝ぎ取られて、下着の一枚に至るまで、私物を取り上げられた果てに押し込められた空間、人間性の全てを失わなければいられない場所まで来て、ようやくこみ上げてきたものが、その笑いだった。

殺人者や強盗、麻薬中毒患者、連続放火魔、そして、全体の中で多くの割合を占める組織暴力団員に囲まれて、私は自分が殺人者であると同時に、犯罪者であること、現代社会においては、見過ごすことの許されない、反社会的な行動をとった存在であることを改めて、実感として捉えることが出来た。それまで、常に周囲とかけ離れた次元で、密かに殺意を育て続け、道を踏み外し、一線を越えたはずの私も、この世界にいれば表向きは目立たない存在に過ぎない。それどころか、埋没する。遠慮も羞恥心もなく、咆哮するように生への欲求をまき散らす連中の中にいて、私はかえって落ち着いた、穏やかな気分になることが出来た。

私は時間をかけ、己の人生を賭けて、ここまで来たのだ。容疑者、被告と呼び名を変えられ、ついには番号で呼ばれるようになって初めて、私は自分が真垣徹という男であることを自覚し始めた。あの、平凡なサラリーマンだった男が、全てを失い、なおも生き残っている。残ったものは、殺人犯というレッテルを貼られた、この肉体だけだ。

――自分でそれを望んだのだ。あのまま、追い詰められて破滅することだけは、避けなければならなかった。殺らなければ、殺られたからだ。

不慣れな規則に従い、号令のみで行動する日々の中で、私は幾度となく自分に言い聞かせた。唯一、自由になるものは、思考のみだった。

罵声が飛び交う、屈辱に満ちた生活にも慣れた頃、私の脳は、再び機能し始めた。考える力が戻ってきた。

* * *

何度となく繰り返し思い出されたのは、やはりあの日の午後のことだった。

左耳にはツーツーという音だけが届いていた。電話はとうに切られていた。相手が受話器を叩きつけた瞬間の衝撃が、鼓膜に残っていた。

――またか。

そう、「またか」で終わるはずだった。的場が気まぐれで電話を寄越すのは、珍しいことではなかったし、彼の性格も熟知していた。ほんのわずかな瞬間、ざらざらとした不快感を味わい、後は、それをゆっくりと呑み下してしまえば、済むはずだった。数え切れないくらいに、そうしてきたのだ。果てしなく続いてきた、それが的場と私との関係だった。

——いい加減にしろよ。

知り合った当時は、もちろん、そんなことには気づかなかった。十代の頃の四歳という年齢差は、絶対的なものだ。変声期を終えて間もない、体格も子どもじみていた私から見れば、既に大学生になっていた的場は、とてもかなう相手ではなかった。明らかに大人の男になろうとしている的場に、私は憧れ、親しみを抱き、心酔した。少なくとも、自分自身が大学に入るまでは、その気持ちに変わりはなかったはずだ。的場が東京の企業に就職すると言ったから、私も東京の大学に進む決心をした。もしも、地元で就職すると彼が言っていたら、私も故郷から離れなかっただろう。

——本気で相手になっては、こちらが馬鹿を見る。

いつの頃からか、私は自分にそう言い聞かせるようになっていた。

ため息のひとつもついて、「勝手にしろ」とでも呟けば、それで終わりのはずだった。だが、あの日に限っては、私は机の上に片肘をついたまま、半分痺れた左手で、受話器を握り続けていた。

やがて私は、痺れた左手の代わりに、本のページを抑えていた右手を動かした。いつもの通りの自分の右手。重くも軽くもなく、思い通りに動く右手は、だが、奇妙なほどにぎこちなく、関節が軋(きし)むように感じられた。

眺めていたのは地図だ。大判の日本地図だった。なぜ、地図を開いていたのかは覚えていない。

その地図から手を離し、右手の人差し指を伸ばして、ゆっくりと電話機のフックボタンに近づけた。ただそれだけの動作が、とても意味のある行為のように感じられた。ある種の予感めいたものがあったのかも知れない。

やがて、人差し指は、黒く小さな突起を押した。

ぷつり。

ツーツーという音は途絶えた。左耳に静寂が流れ込んだ。その姿勢で、私はなおも動かなかった。右手を離すべきか、先に受話器を耳から離すべきか、簡単なことに迷いが生じた。数秒か、数分か、しばらくしてから、結局私は両手を同時に動かした。左の耳がわずかに痛み、離した受話器には汗が付いていた。

ぷつり。

今度は、その音が自分の中に残った。一度として人から後ろ指をさされることもなく、小心翼々と、倦むこともなく築き上げてきた人生の全てを断ち切るには、あまりにもあっけない音だった。

——ぷつり、か。

視線は、うんざりするほど当たり前の光景の上を、さまよっていた。未練がましく、受話器を戻した電話を眺めた。内容を忘れている。昔買った本の背表紙、ステレオの上のデコイ、カーテン、窓、写真たての中で笑っている幼い頃の自分と若い両親——。

若く美しかった母の写真でさえ、私を数分前までの状態に引き戻すことは出来なかった。かえって、絶望的なほどに強烈な殺意の発現が、もう後戻りは出来ないのだという実感を強めただけだった。

あの瞬間、そっとフックボタンに触れたとき、私の人差し指は、常に一方的に私に流れ込み、私を翻弄し、身勝手に去っていく的場との関係のみならず、私の人生の流れの全てを断ち切ったのだ。

それだけならば、私は空疎な存在として、途方に暮れ、右往左往した挙げ句、自分を再構築するために躍起になっていれば良かっただろう。子どものように地団駄を踏み、無意味なわめき声を上げながら、手当たり次第に何かにしがみつけば良かったのだ。

スイッチというよりも、それは鉄道の転轍機のようなものだったのかも知れない。当たり前に走り続けて来た日常というレールから、久しく使われたこともなく、存在すらも忘れ去られ、赤錆びたレールへと、線路が切り換わったのだ。

ところどころ朽ち果てた枕木と、雑草に被いつくされたレールの上を、私は無抵抗に進むしかなかった。その先に何が待ち受けているのかは、分かっていた。

——殺す。

抗う方法はなかった。私はポイントを通過してしまっていた。天の啓示を受けたかのように、私はそれに身を任せた。時の流れそのものが、まったく違うものになった。

——何を、馬鹿な。いつものことじゃないか。

既にお互いの年齢差など意識しなくなって久しかった私と的場の間には、友情とも、肉親に対するものとも異なる、特別な関係が出来上がっていた。共生関係とでもいう存在になっていた。相手の傍若無人さも、強烈な自己主張も、最初は魅力だと思われた全てを、私はただ受け容れていた。

——適当に、やり過ごせば済むことだ。

それまでの二十年以上を、そうして過ごしてきたのだ。

常に的場との間合いを計り、巧みに衝突を避けることに、かなりのエネルギーを費やしてきた。それでも、摩擦は起きた。その都度、私は的場を持て余しそうになりながら、何とか持ち直してきた。決定的に突き放すことなど、出来るはずがないと信じこんでいた。多少の不都合や矛盾が生じようと、憎悪や恥辱までも包含して、共に歩んでいくものだと思っていた。

——第一、突拍子もなさすぎる。

相手が不作法すぎるのだ。少しばかり甘やかしすぎた。何度も自分に言い聞かせた。しばらくの間、突き放しておけば良い。今度という今度は、こちらも本気で怒っているぞと、身を以て知らせてやれば良い。

――あの時は、お前を殺そうかと思ったよ、と笑って言えるときがくる。そう遠くない将来のことだ。何、じきだ。

転轍機なら、戻せば良い。スイッチも切れるだろう。私自身が、そう考えた。常識で考えれば、分かることだ。いかに反社会的で危険な考えか、破滅的で絶望的な欲望か、認識できないはずがない。

だが、蓋が開くと同時に発芽した殺意は、私の意志とは無関係に、驚異的な速度で、わずかな隙間から、私自身を押し退けるように芽を伸ばしていった。転轍機は蔓に巻き付かれ、それまで歩んできた平凡な人生のレールは葉で被われた。私は、半ば陶然と、その植物が育っていくのを眺めているしかなかった。

誰が、私の内にあんな箱を用意しておいたのだろうか。

箱の中には、既に種が蒔かれていたことになる。その危険性、毒性を知っていたから、蓋をされ、鍵をかけられていたのだ。それは、誰によってなされたことなのか。

私は私自身の内に、そんな箱をしまい込んだ記憶はない。トラウマとして、殺意につながるような怒りや恐怖の体験が自分の中に刻まれているとも思えない。

十代の反抗期の頃でさえ、私はさほど強烈な破壊衝動というものは経験しなかった。腹立ち紛れに鞄や本類を投げ出したり、激しくバットを素振りする程度で、他の何も傷つけたことはなかったと思う。

二人の姉を持つ末っ子だったからかも知れない。祖父母と同居していたせいもあるだろう。私の育った環境は、常に華やかで賑(にぎ)やかであり、殺伐とした雰囲気とは縁遠かった。必要以上に手をかけられて育った私は、多少神経質な面はあったものの、十分に伸び伸びと、自由闊達に育ったはずだ。

「一つ大きめにしておくのよ」

母は、何を買うときでもそう言うのが癖だった。服でも靴でも。ひと回り大きなものを選んでおけば、それだけで気持ちにゆとりが生まれる。やがてほんの僅かずつ、自分の方が、そのものに合っていく。実際は、家の経済状態を考えての言葉だったのだろうが、その教えをまともに受けて、私はある意味では何事に対しても物怖じせず、一つ上を望む少年に育った。

進学に際しても、私は極めて安易に、自分の実力よりも高いランクの学校を目指すと宣言した。母は、その為に有能な家庭教師を探すことになった。それが、的場だった。的場に指導され、尻を叩かれ、励まされて、私は志望の高校に入った。以来、私は大きな挫折も経験せず、無謀な大志も抱かず、常にひと回りだけ大きくなる自分を思い描いて、歩いてきた。安全だけを望んだわけではない。むしろ、安全であることなど、当然だと思っていた。無謀な選択をしたことはない。おかしな野望も抱かない。常に、ほんの一つだけ階段を上がることが出来れば、それで十分だと信じていた。そんな自分の人生に、犯罪が、ましてや殺人などが関わってくるはずはない。殺意などというものについて、考える余地すら、持ち合わせてはいなかった。私の内に、あるはずのない意識だった。

誰が種を蒔いたのだ。誰が、箱に鍵をかけたのだ。もしも、種が蒔かれるときがあったとしたら、それは、いつだったのだろうか。

決められた時に決められた場所にだけ移動し、疑問や不服をさし挟む余地もなく、機械的に身体を動かす、ぜんまい仕掛けの人形のような日々を送るうち、やがて私は、自分がこの肉体を持ち、真垣徹として生きる以前から、その箱を持っていたのではないかと考え始めた。

輪廻転生やカルマなどといった思想を抜きにして、生物学的に考えても、納得できることのような気がした。

私という人間は、連綿と受け継がれてきた人類の歴史の中で、ついに現代まで、根絶やしにされなかった血族の末裔に他ならない。それぞれの時代で、私の祖先は、自らが生き延びるために、災難をくぐり抜け、田畑を耕し、狩りをし、海に潜り、道具を作り、そして、他者を殺し続けてきたに違いないのだ。むしろ、殺戮に対して何の躊躇(ためら)いも抱かず、誇りとしてきた時代の方が、遥かに長かった。殺すことで富と名誉と安心を得て、子孫を残した。自分を脅かす存在は、殺さなければならない。それが、人間の本能とも言えるものだったに違いない。

私の内には、殺人者である祖先の血が、確実に流れ込んでいる。私の遺伝子には、殺戮の記憶が確実に織り込まれ、植え付けられているのだ。

その記憶を、私の別の遺伝子が、意識になど到底上ってこないような、私の内深くに沈めたのに違いない。人間の長い歴史の中で、いつの時代も、もっとも必要とされてきたその感情——いや、本能と言うべきか——も、現代では不要のものに成り下がったのだ。

少なくとも戦争を経験している私の父は、既に殺意を否定し、人間が人間の生命を奪う行為に対して否定的だった。祖父も戦争は経験しているが、同様に「悪いこと」という意識を持っていたと思う。曾祖父は、その父親は、どうだったのか。善悪を考える余裕すらなく、必要な行為として殺人を犯していた祖先が、そう何代もさかのぼらなければ現れてこないとは思えない。何故なら、私は常に武士の血筋であると聞かされていたからだ。戦を繰り返し、徳川の時代まで生き延びた家柄だと、常に聞かされていた。戦わず、殺さずに、続いてきた血筋ではない。

そして、時代に適応しようとする私の脳は、巧みにその箱の存在を忘れてみせた。殺意などというものは、自分には無縁なものだと、現代を生きていく上では、邪魔であり、危険であり、そして、不要なものだと、まんまと思い込まされてきたのだ。

過去の記憶か、または無意識と呼べば良いのか、とにかく入り組んだ迷路の果てに、そっと隠されていた秘密の小箱に、だが、鍵は差し込まれた。

触れてはならない、開けてはならない、だからこそ、封じ込めておいた、人間の忌まわしい記憶、重ねてきた罪、破壊的な黒々とした喜悦——それらを封じ込めた小箱に、あろう事か、たった一本の電話が鍵を差し込んだというわけだ。あの瞬間、私は確かに、その手応えを感じた。

——殺す。

その決意は、悲壮なものでもなければ、即座に家を飛び出して、後先のことも考えずに、標的に向かって突進しなければならないような、激情とも異なっていた。意識は清明なままだったし、さほどの動揺もありはしなかったと思う。ただ、ピリピリとした頭の芯が「殺す」というひと言を、幾度も幾度も繰り返していた。

——ついに、こういうことになったか。

心のどこかに、そういう思いがあった。それが的場と私の運命のような気さえした。

——馬鹿な。

当然のことながら、次にはそう思うことも可能だった。何と愚かな。何が、「ついに」なのだ。相手は他ならぬ的場ではないか。肉親以上に強い縁で結ばれてきた男ではないか。たかだか電話の一本で、そんなことが、実際に出来るはずがないではないかと、苦笑混じりに否定しようとする。

自分で思っているよりも動揺しているのに違いない。彼との関わりの中では珍しいことではない。これまでにも、さんざん経験してきている。私は、的場の単純さ、幼稚さ、身勝手さ、激しさを、誰よりも理解しているはずだ。今日は、私の受け取り方が普段と違っていたに過ぎない。少しばかりいつもと違った心の乱れを呼んだだけに違いない。

何事か呟いた記憶はある。「馬鹿馬鹿しい」「そんなことが出来るものか」と。だが、最初に口にした言葉を打ち消す力は持たなかった。あの時、ゆっくりと受話器を戻し、室内を歩き回りながら、私は言った。
「それしか、ないな」と。
数分の間に、これほどまでに運命が変わることがあるなどと、誰が考えるだろう。

箱は開かれた。スイッチは入った。

最初、私は、「的場」を殺すことだけを考えていた。

だが私の遺伝子は、思い出していたのに違いない。かつて、血をたぎらせ、歓喜のあまり叫び声すら上げながら、相手の首をもぎ取った瞬間のことを。再び味わいたくなったのだ。他者の生を断ち切り、絶対的な勝者となった達成感を。

――的場は、箱に鍵を差し込ませた。

人々の「なぜ」という問いに対して、無理にでも答えようとすれば、私は「その時がきたから」とでも答えるより他ないだろう。逮捕された当時の私には、それ以上の説明は出来なかった。

三年間、私は、自分の内で不気味に育ち続けるものを、ただ息をひそめて見守るだけで、精一杯だった。本当に花を咲かせてしまうものかどうか、怯えながらも、私は翻弄されることを悦んでいたのかも知れない。

私は、さしあたって的場を殺した。眠っていた本能を呼び覚ました男への、報酬だった。

とにかく、受話器を置き、私はコーヒーを淹れるために人気のないキッチンへ行ったことを覚えている。それほど広い住まいではなかったが、一歩一歩、足を踏み出すごとに、「それしかない」という思いを噛みしめながら、私はシンクの前に立ち、勢い良く水を出した。差し出したコーヒーポットから、水が溢れるのを、私はじっと眺めていた。片手は、シンクの縁をしっかりと摑んでいたと思う。

「殺る、か」

何とも不似合いな、不格好な台詞だった。だが、笑えなかった。あの時既に、私は流れ落ちる水に手を濡らしながら、彼の血を洗い流す様を思い浮かべていた。そういう日が来ると、確信していた。

妻が留守だったことが、結果的には決意を固める後押しをしたことになるのかも知れない。少なくとも、彼女自身は、自分を責めていたと、弁護士は言っていた。

——子どももいないんですから、いつも彼を見ていれば良かったのに。もしかすると、あの頃から、あの人の中で何かが壊れ始めていたんじゃないでしょうか。

彼女は、そう言って涙を流したのだそうだ。

「かみさんだからこそ、感じてたことだろうな」

穂坂は、私の高校時代からの友人だ。的場に尻を叩かれながら、必死で受験勉強に励み、ようやく受かった高校で得た、最高の友だった。

「壊れた？　何が」

私は穂坂をまじまじと見つめた。穂坂も、私を見つめていた。その瞳に、何とも言えない悲しみと哀れみ、そして、筋違いの理解とが溢れていたのを覚えている。

「頑張りすぎたんじゃないのか。お前は、完璧主義が過ぎたんだ」

「――」

「お前が、人を殺せるような男じゃないことは、この俺がいちばんよく知ってる。第一、相手は的場さんだぞ、え？」

穂坂は、アクリルで出来た仕切り板に顔を近づけ、握り拳を作って言葉を続けた。

「言い方は悪いが、これが逆ならな、あの人が、お前を傷つけたっていうんなら、俺も納得できるんだ。酔った勢いか何かでな。あの人には、そういう危ないところが、あったから。だが、たとえ酔っていたって、お前はあの人の挑発に乗るような奴じゃない。第一、お前は酔っていなかったという。そうだろう？」

「ああ――酔ってなかったさ。飲んで、なかった」

「酔っていたわけでもない、争った形跡もない、それなのに、どうしてお前が、的場さんを殺す必要があったんだよ、なあ。どうして動機が言えないんだ」

「――」

「ほら、見ろ。答えられないんだろう？　やっぱり、その瞬間のことが、どうもよく分からないんだろう？」

「そうじゃない」

「お前、俺を信頼していないのか」

「まさか。信頼してるから、弁護を依頼してる」

「だったら、どうして話せないんだよ！　これで、どうやって俺に弁護しろっていうんだよ、ええ？」

穂坂という男は、普段は、どちらかと言えば軽佻浮薄、何をするにも手八丁口八丁といった印象を与える男だった。幸江と別れるときでさえ、彼はまるで、訪問販売の営業マンか何かのように、いかにも気軽に手続をしてくれた。その穂坂が、食い入るように私を見つめている。

「お前と的場さんとのことは、俺がいちばんよく知ってる。ガキの頃から、ずっと見てきたんだからな」

理解したい。安心したい。病気のせいにすることで、私に対するイメージを壊すまいとしている。彼の気持ちは理解できた。

「自分のやってることが、分かってるとは思えないんだよ、なあ」

「――」

「どう考えても、不自然すぎるんだよ。犯行は認めている。それなのに、殺意の発生についても、動機についても語らないなんて、そんなことは、普通はあり得ない。まるで自殺行為じゃないか、ええ?」

そこで、穂坂は声をひそめた。

「真実を知ってるのは、お前しかいないんだぞ。何があったのか、どうして、そこまで追い詰められたのか、的場さんがお前に何をしたのか、何でもいいから、言えばいいんだ」

「――」

「そうじゃなかったら、やっぱり俺は精神鑑定を申請する。他に、お前を弁護してやれる方法がないからな」

「だけど、どこにも異常はない。起訴前の鑑定でも、そう判断されたからこそ、こうして起訴されたんだ」

穂坂は小さく舌打ちをし「あんなもの」と吐き捨てるように言った。

「あの段階で不起訴と決まるような被疑者っていったらな、一目見ておかしいと分かるような、とんでもないような奴等しかいやしないだろうよ」

「――つまり、異常者にしたいんだな」

「お前は、お前だ。俺は弁護人として、依頼人にとって最良の方法を考える」

「――」

「いいな、決まりだ。俺は、精神鑑定を申請する」

あの頃の私は、まだまだ完璧なクールダウンは出来ていなかった。ひんやりとした達成感の中に身を浸して、「終わった」という思いばかりを味わっていた。それ以外のことは、どうでも良かった。

あの日、コーヒーを淹れる間、リビングの片隅においてあるゴムの木を眺めていた。丸みのあるつややかな葉を、あれほどじっくりと眺めたことはなかった。だが、どれほど近づき、手を触れたとしても、それは風景の一つとして、私の中を素通りするだけだった。

――殺す。

同じ言葉を繰り返しながら、祈った。いつになく、過激な考えに走っただけだ、気持ちを静めれば、どうということはなくなると。無駄だと分かっていながら、あの時はまだ、多少の悪あがきをするつもりが残っていた。

本気でそんなことを考えているわけではない。少しばかり癇に障っただけのことだ。ただ、いつもよりも無防備に、穏やかな休日を楽しんでいたところに、傍若無人に割り込んできて、言いたいことだけを吐き散らし、一方的に電話を切った的場の態度が、いつにも増してかちんときた。そんな時は誰だって、あんな奴は死んでしまえば良いのだと思うに違いない、自分の前からいなくなれと、軽い気持ちで考えるに違いない。


満員電車の中で足を踏まれたとき、酒の勢いを借りて無責任に感情をぶつけられたとき、自分とは直接に関係のないことで責められなければならないとき、上司の気まぐれで不本意な仕事を引き受けたとき、徒党を組んでのろのろと歩く若造に前を塞がれたとき、いつもいつもというわけではなくても、こちらの虫の居所によっては、気軽に殺意を抱くことくらい、どこにだって転がっている。

——ちょっとしたアクシデントじゃないか。

わざとらしい一人芝居は続いた。

落ち着けと、自分に言い聞かせる必要もなかった。私は、的場の電話を受ける前も、受けた後もまるで変わらない精神状態だった。虫の居所も、悪くはなかった。

——ためしに、この木を的場のつもりで蹴り倒してみようか。葉をむしり、鉢から引き抜いてみようか。

殺意という、究極の破壊衝動を抱いたからには、それは、燃えるような勢いで、私から噴き出さなければならないはずだと、私は思い込んでいた。殺意を抱いた人間は、時には拳を震わせ、興奮のあまりに青ざめ、食いしばった歯の間から、獣のようなうめき声を上げるものだと想像していた。

——だが、この場で木を抜いて、どうなる？　そうすることで、この決意が揺らぐか？

そんなはずがないことは、百も承知していた。それくらいのことで自分の内に芽生えた殺意から目をそらすことは、もはや不可能だった。その発見に、私は、夢中になっていた。

部屋に漂い始めるコーヒーの匂い、書斎から聞こえてくる音楽、ゴムの葉の緑、足の裏に感じるスリッパの感触、全てがひどく無意味に思え、同時にまた、これまで以上の意味を持っているように感じられた。世の中の全てが、つい今し方抱いた殺意を、無条件で認めているように感じられた。

——殺らなければ、殺られるのだ。

心の奥底から、譬えようもない興奮が沸き起こってきた。興奮した結果として殺意が生まれたのではない。生まれて初めて、自分の人生の目的を知ったような、ようやく合点がいったという思いが興奮を呼んだのだ。

私の内の野性が、今目覚めた。

私は、自分の決意を翻そうと思わなかった。一旦育ち始めたものを、押し留めようとはしなかった。邪悪とは感じなかった。だがそれは、密やかな、闇の中でぬめりながら光を放つような特殊な感覚だった。獣のように五感が研ぎ澄まされていく。飼い慣らされ、鈍麻していた私は、ついに獲物を見つけたのだ。私は、自分の体内に新しい血の流れすら感じていた。

人の脳は、未開の原生林のようなものに違いない。

かつてつながっていた道筋は、新たに育った理性、知識や常識、道徳観などに分断され、忘れ去られていく。堆肥(たいひ)となり、吸い取られていく知恵がある。複雑に絡み合いながら、何ものをも寄せ付けないほどに詰まっている記憶の一角で、一つの回路が徐々につながり始めたのだ。

――下らない。

二十歳やそこいらの青二才でもあるまいに、何を物騒なことを。そんなに腹が立つのならば、金輪際、的場などと付き合わなければ良いではないか。今度、向こうが何かを言ってきたら、「好い加減にしてくれ」と怒鳴ってやれば良い。怒りを露にしてやれば、向こうだって気が付くに違いない。


何を考えても無駄だった。第一、私はさほど怒っていなかった。憤りから来るものとは、明らかに違っていた。まるで、住み慣れた部屋から引っ越そうと決めるとき、記念日に栓を抜こうと思っていたワインしか飲むものがなくなっていたとき、すっかり流行遅れになっているネクタイを処分するとき――多少の未練がないではないが、「まあ、仕方がないか」と感じる程度の、さして劇的とも思えない感覚であったように思う。

あまりにも非日常的な決断を、私は、首まで浸かった日常の中で行ったのだ。

殺すという意志――それは、何も突然変異のように、ドラマチックに現れたものではない。刑務所に入ってから、私はそのことばかりを繰り返し考え続けた。

今になって分かる。

予め、一定の条件が揃った段階で、それは芽生えるように出来ていたのだ。そう仕組まれていた。結局のところ、自分という存在は、何もないところからこの世に泡のように脈絡もなく発生したものではないということだ。

この肉体には、過去から連綿と受け継がれている、何億という個体の記憶が刻み込まれている。たとえ、経験によって新たに身に付くものがあったとしても、自分なりに考えを巡らし、ようやくたどり着いた思いがあったとしても、それは、幾たびも転生を繰り返すうちに、魂そのものに刻まれた経験や、遺伝子に組み込まれた記憶に比べれば、実に微々たるものに違いない。

そして過去の記憶は、突如として新たに発酵を始め、ぽこりと泡をたてる。

人間の、または人間になる以前からの記憶の中で、幾たび繰り返されてきたか分からないほどの殺戮の記憶は、私という人間が生きる今の世の中では、もっとも無用であり、無意識の世界に閉じ込めておきたいものに違いない。だが、私が私になる以前に積み重ねられた殺戮の記憶の前では、ほんの二、三代の血脈が築いたつもりになっていた、平和への理念や人命の尊重という道徳観など、何の役にも立たなかった。

もちろん、人間の中にも殺戮という本能、殺意という遺伝子を持たない個体もいるとは思う。猿の中にさえ、自分たちの群を脅かす存在が現れたとしても、彼らに対して警戒を現し、群を守ろうと声を上げ、動き回るのみで、決して攻撃には出ない、闖入者を殺しはしないという種類がいるというではないか。

だが、歴史を見れば明らかなように、人類は、相手を攻め滅ぼし、その種族を根絶やしにすることによって、自分たちの種を守り、生き延びてきた。ネアンデルタール人は、殺意を持っていなかったからこそ滅んだ。殺意は、必要不可欠のものであったはずだ。讃えられることはあっても、責められることなどなかった時代は、つい最近まで続いてきた。

私の内のそれを的場が目覚めさせた。発生したのではなく、「目覚めた」のだ。時を追うに従って、私は徐々にそのことに気づいていった。知性、常識、自制心——長い歴史に培われた現代社会への適応力が、私の核を何層にも包み込んで、荒々しい本能を覆い隠してはいたが、それは、密かに、確実に息づき続けていたということだ。

的場のひと言が、鍵になった。彼以外の誰であっても、そんなことは出来なかったに違いない。

あの検事が、「親友」という言葉を使い、その存在を羨ましがったように、私の核を刺激するような存在が、他にごろごろしているはずがない。私自身の存在を脅かすような相手は、的場以外にはいなかった。

自分の核。

決定的な破壊衝動。本能としての殺意。それが正体だろうか。そこに、何らかの感情は伴わないのか。

では、私の核にひそんでいる感情とは、何なのだろうか。憎悪？　嫌悪？　それとも、他の感情だろうか。取りあえずそれは、人の命を奪えるほどに——実際、殺人という行為は、かなりのエネルギーを要するものだ——強烈な何かでなければならないはずだ。衝動的に、後先も考えずに行動を起こした場合さえ、その疲労感の為に途中で我に返り、または後悔することも、珍しくはないに違いない。だからこそ、人は、銃器を使いたがるのだ。指先ひとつで人の命を奪えるものならば、こんなに手軽な話はない。罪悪感も薄れていく。

罪悪感。

そのひと言に考えが至るまでに、私は受刑期間の大半を費やしていた。それ以前に、幾度か思い浮かんだことはあったが、私は常に、それを頭の片隅に押しやった。罪悪感を得るために、殺人犯になったわけではないと思ったからだ。後悔はしていないと、私は信じていた。また、罪悪感の問題以前に、私はなおも考えなければならないことがあった。

刑務所では、過去も未来も考えず、今だけを見つめていれば時がたつ。刑が確定し、ここに送り込まれたばかりの頃の私は、ほとんど何も考えずに、ただ号令通りに身体を動かすことで日々を過ごした。

やがて、少しずつ身体が慣れてきて、気持ちも落ち着き、私の中でひとつの顔が思い浮かぶようになってきた。

「困りましたね」

その顔は、ある程度の穏やかさを持ち、さらに、私に対して親しみでも感じているような表情で言った。

「私は、あなたを裁く立場の人間ではありません。裁判所からの命令で、あなたを診察しようというだけですから」

年齢は五十前後というところだろうか。男は白衣も着ていなかった。裁判が始まって、一ヵ月半ほどが経過していたと思う。

私が部屋に入るなり、男が素早く私の全身を観察したのが分かった。鋭い、というのではない。だが、ひと言で言えば隙のない、抜け目のなさを感じさせる視線だった。

「診察ではなく、鑑定でしょう」

私は、拘置所の独房から連れ出され、殺風景な部屋で男と向かい合った。部屋の片隅には、助手らしい若い男がいて、極めて事務的な表情で、俯きがちに、だがしっかりとこちらを観察していた。

「身だしなみ、表情、態度、動作、話し方、さらに顔貌・姿勢・口頭言語などについては、なんら異常を感じさせるものはなく、意識、見当識についても正常。また書字言語についても、まったく問題はない。ただ、明らかに緊張の度合いが激しく、鑑定医に対して敵意に近いものを抱いていた」

その時の私の様子は、再開された公判の場で、そのように語られた。既に数々の証人によって、私という人間は、かなりの部分が語られていた。そして、今度は私とも事件とも無関係の専門家が、客観的に私を身ぐるみはがそうとしていた。どういう素性、肩書きかは知らないが、公判の度に傍聴席に集まって来る人々の前で、私はプライバシーの全てを失った。

それだけのことをしたのだ。今更、他人によって何を言われ、どういう判断を下されようと、抵抗する権利はない。覚悟はしていた。全てを失うとは、こういうことなのだ。痛みを伴わないはずがない。

私は、それをよく理解していた。それでも、予想以上に胸は疼いた。羞恥心が、一気に駆け上がってきた。

「私があなたの精神鑑定をすることになったのは、弁護側からの申請を裁判所が受け入れたからです。当然のことながら、あなたも承知しているんではないですか」

鑑定医は、眼鏡の奥から試すように私を見つめていた。中肉中背。半分ほど白髪の混ざった髪は、わずかに数を減らし、額の生え際は後退し始めている。艶が良いとは言えないが、まずまず健康そうな顔色。

「私は、検察側の回し者でもなければ、あなたを追及しようとする者でもない。それは、ご理解いただけているんですね？」

落ち着きと自信。輝かしい功績と、それに相応しい評価を得てきた男。

「でしたら気持ちを楽にして」

彼の言葉を信じなかったわけではない。患者の気分になり、素直に向き合うことが、不可能だったわけでもない。だが、私は患者ではなかったし、彼に何も期待していなかった。当然のことながら、自分を暴いて欲しいとも望んでいなかった。

「さて、調子はどうです」

同じ台詞を以前も耳にした。私は、あの検事を思い出した。裁判にも彼が現れるのかと思っていたが、公判を担当するのは他の検察官と知って、わずかに落胆したほどだ。敵ではないと言いながら、その一方では、自分は裁かれる人間ではなく、裁く側の人間であるという無言の威圧と線引き。あからさまに侮蔑の表情など浮かべるような真似はしないが、法の番人よりも、鑑定医の方に、私は居心地の悪い威圧感を覚えた。ただ単に学究的な立場から、純粋に容疑者の精神状態を見極めようとしているのだという誇らしさと落ち着き。私の内で、この男に理解されてたまるものかという意識が働いた。

あからさまに善意とも受け取れる職業意識を振りかざし、潔白という鎧を着ている人間の前に引き出され、私は自分と対極にいる彼に対して、奇妙にへりくだらなければならないような、後ろめたさまで感じ、まともに対峙できない気分にさせられた。罪悪感という言葉すら思い浮かんでいないときに、そういう気分にさせられるのは、迷惑な話だった。

もちろん、対極というのは、その時点での立場を言っているだけのことだ。彼の遺伝子の中にも無数の殺戮の記憶は残されているに違いない。それを意識していないからと言って、不発弾など持っていないと断言する自信は、ないはずだ。

彼は、私を自分とは異なる種類の人間だと思っている。私は、警察や検察の人間と向かい合うときとは異なる、嫌な緊張感に包まれた。見せ物にされているのと同じだ。鑑定医は虎視眈々と、私も意識していないような、私自身の内奥をえぐり出そうと、狙っている。取調官の視線、弁護士の視線、殺人者となってから、私は様々な視線を浴びてきた。私自身に大きな変化はないつもりでも、彼らの視線は、私がそれまでとは異なる種類の人間になったことを告げていた。立場や状況によってその視線は様々ではあったが、全てに共通していたもの、それは、私を自分たちとは異なると、もはや別世界の存在になったのだと、はっきり告げていることだった。

三十歳を少し過ぎた頃だっただろうか、仕事である地方を旅していたときのこと。ぽっかりと時間が空いた。私は未知の町を、あてもなく歩き回ることにした。暮の、風の強い寒い日だったことを覚えている。

何時間も歩いた。古い街道を通り、小さな路地を曲がるうち、やがて、ある集落にたどり着いた。歩いている人の姿は、まったくなかった。方々で風が鳴り、固い地面に落ちる自分の影さえ揺れるように感じられた。小さな地方都市の外れにある、ありふれた町並みは、通りすがりの者には、あくまでも素気なく、暖をとることの出来るような店もなかった。

あまりの寒さに心細くもなり、引き返すことを決めたとき、小さな駅を発見した。改札に立って路線図を見ると、終点は、私が戻ろうとしている町だった。こんな鉄道があることさえ知らずに、私は数駅を歩いてきたのだった。とにかく、冷たい強風から身を守りたかった。私は、迷わず切符を買い、無人の改札を通り抜けた。線路は高架を通っていて、ホームへは、少しばかり急な階段を上って行く。大量の砂利が混ぜ込まれた、古いコンクリートで出来ている階段だった。

プラットホームにも、強い風が吹き抜けていた。電車を待つ人影はない。私は、申し訳程度に風除けが付いているベンチに腰掛け、ホームから見下ろせる位置にある保育園を眺めていた。園庭には、赤や黄色の砂場遊びの玩具が転がっていた。

十分近くも待って、ようやくやってきた電車は、バスを二台つなげたような、小さなものだった。下校時刻と重なっていたのだろう、車内は、高校生らしい少年たちの騒ぐ声が満ち溢れ、賑やかで、暖かかった。

空いている座席を見つけて、私はようやく人心地が付いた気分になった。ところが、ふと気が付くと、賑やかだったはずの少年たちが、全員、黙り込んでいる。それどころか、車内の全員の視線が、私に集中しているのだ。私は不思議に思い、周囲の人々を見回した。すると、彼らは慌てて目を逸らした。だが、私が他に目を向けると、またこちらを見る。私を意識していることは明らかだった。

最初は不審に思っただけだった。よそ者が珍しいのだろうかとも考えた。

問題は、彼らの視線だった。こちらが慌てるほどに強烈な憎しみと侮蔑を含み、冷たく、悪意に満ち満ちていた。それが、一人ではない。車内の誰もが、まったく同じ目つきで私を見ているのだ。

私は慌てた。自分がまるで薄汚れた蛆虫にでもなった気分になり、意味もなく卑屈になりそうになり、この私が何をしたのだと大声で叫びたい気持ちになった。

——憎まれている。

それは、譬えようもなく大きな恐怖だった。

私に向けられている視線は、同じ時代、同じ国に生きている人間に向けられているものとは到底思えないような、拒絶と恐怖とを含んだ、激しい憎悪以外の何ものでもなかった。

——何故だ。何故、そんな目で見る。私が何をしたというのだ。

私は混乱し、理由も分からないままに、彼らを憎もうとした。そうする以外に、自分を守る方法などないように思われたからだ。

中でも、夫婦連れらしい初老の男の視線が、私の心をえぐった。身だしなみや風貌から、社会的地位のある、知性も教養も備わっている人に見えた。暖かそうなコートに身を包み、襟元に見えているマフラーも、趣味の良いものだった。だが、その白髪の下の目は、突き刺すような冷たさで、私の存在全てを否定していた。その視線は、彼らが手にしていた、クリスマス用に包装されたたくさんの荷物とは、あまりにもかけ離れていた。妻や家族、近親者には、この上もなく優しく、深い愛と理解とを示すに違いないことは、容易に想像できる。その同じ目で、通りすがりの私に対しては、無言のまま「死ね」と言っていた。野犬を追い払う程度のものではなかった。あの目は、自分の全存在をかけて、私を憎み、排除しようとしていた。

終点に着くと、私以上に他の乗客の方が急いで電車から降りていった。私と同じ空気など、一瞬でも吸っていたくないというように。私は、ゆっくりと駅に降り立った。そこは、現代の日本、普通の、クリスマス近くの街だった。

あの時も、私は自分の内に荒々しい感情が急速に膨れ上がるのを感じた。線路の上を進む車両、完全に密室と化した、移動する空間の中で、私は確かに身の危険を感じた。

のどかな田園地帯を走り抜ける電車の中に、緊迫した憎しみだけが詰まっていた。

——むざむざとやられてたまるか。

咄嗟に身構える姿勢になった私の中で、そんな思いが育っていた。

何故、ただの通りすがりの私が、未知の人々にあそこまであからさまな憎しみをぶつけられなければならなかったのか、彼らにとって、私という存在はどのように映っていたのか。

あの時、私は学んだ。

人は、その目、その視線だけで、誰かの運命を変え、ことによっては殺すことさえも可能だということだ。さらに、あれほどの視線を浴びれば、どんな善良な人間も牙をむきたくなる。意味もなく憎むことを知る。

初老の男に、確かに私は殺意に近いものを抱いたと思う。だが、日常の感覚の域を出ないことは自覚していた。

たまたま乗り込んだ電車の中で体験した、小さなアクシデントに過ぎない。むきになる必要はないと言い聞かせ、やがて、あの日のことは奇妙な思い出になった。ただ、人の視線というものについてだけは、強烈な印象が残った。私は、眼差しに敏感になり、自分が常日頃どんな目つきで人を見ているだろうかと考えたりした。

今回、私は特別な視線を投げかけられても、何の抵抗も出来ない立場に立った。第三者にとって脅威を与える殺人者となり、日常の生活から切り離された脱落者、人間以下の生き物として扱われることに甘んじなければならない存在になった。

精神鑑定に付され、突然目の前に現れた鑑定医に、どのような視線を向けられようと、私に抵抗できる権利はなかった。


「リラックスして下さい。急がせるつもりは、ありません。そうは言っても、そうそうのんびりともしていられないが」

私は、少しばかり大袈裟と取られたかも知れないほどにため息をつき、視線を逸らした。内心では、自分のその態度が、正しい反応であるのかどうか不安に感じていた。私は、一挙手一投足に至るまで、観察されている。


鑑定医の穏やかで冷静な視線は、あの冬の日、ローカル線の車中で見知らぬ人々から投げかけられた憎悪の視線よりも、さらに私を追い詰める。

もっとも誤解を受けず、健康的、自然、または妥当と思われる態度とは、どんなものなのだろう。赤の他人と向かい合い、さらに、その人間が、こちらの精神状態を暴こうとする専門家であるとき、どういう態度を示すことが、もっとも自然なことなのだろう。それが、分からなかった。

——とにかく、お前は疲れていたんだ。それは、証言がとれてるんだよ。

穂坂は繰り返しそう言った。そうでなければ、私が的場を刺したりするはずがない。的場と私との関係は、自分がいちばんよく知っているのだからと、ほとんど涙ぐみそうになりながら、善意の弁護士はそう続けた。

——俺は、お前を病人に仕立てようっていうんじゃないんだ。だが、動機を言わないっていうことは、本当は、お前自身、よく分かっていないからじゃないのか。ただ、事実に押しつぶされて、的場さんを刺したことに衝撃を受けて、罰を受けようとしているだけじゃないのか。そういう形で、償おうとしているだけじゃないのか。だけど、お前にはお前の権利がある。それを、主張しろよ。お前には、的場さんを殺せるはずなんか、ないんだよ。普通の状態なんかじゃ、なかったんだ。

私は、穂坂の熱弁に半ば聞き惚れ、彼の情熱にほだされる形で、精神鑑定を受けることを承知した。主導権を握っているのは被告人ではなく、弁護人だった。

「繰り返しますが、これは裁判所からの命令ではありますが、鑑定の申請は、あなたの弁護人から行われていることなんですよ」

有り難い話だった。

単に動機を語らないということが、どうして彼らをそこまで不安にするのだろう。私は、自分が犯した行為を十分に自覚している。その代償として、自らの人生が寸断され、時間が奪われ、それまでの社会生活が剝奪されることも、覚悟の上だった。だが、人々は、私を自分たちとは一線を画した世界の人間にしたいのだ。

「初対面の人間に対して、すぐに打ち解け、何もかもを話すというのが、かえって不自然だということは、百も承知しています。ですから、あなたが答えやすいような内容のことから、少しずつ始めましょう」

鑑定医は、相変わらず私を試すような目つきで言った。それから一週間か十日に一度の割合で、計七回、鑑定医はやってきた。

＊　＊　＊

久しぶりに再開された法廷で、私の履歴は公衆の面前にさらされることになった。穂坂は、提出された精神鑑定書の内容を確認し、さらに詳細な説明を求めるために、鑑定医を証人として申請していた。その結果、私の履歴や性格、精神状態等は、公にされるだけでなく、私の耳にも入ることになった。

鑑定書には、鑑定医の質問に対して私が答えたことの他に、私の身内、別れた妻などから聴取した情報も加わっていた。


「一、家族歴」


父、真垣　進（すすむ）。七六年。無職。元銀行員。

母、真垣キミ。七〇年で死亡。死因は脳内出血。

長姉　原田弘枝（はらだひろえ）。四四年。主婦。専門学校を卒業後、地元企業に経理事務員として就職し、二三歳で結婚。

次姉、宮野清子（みやのきよこ）。三八年。主婦。四年生女子大学を卒業後、製薬メーカーに勤務し、二六歳で結婚。

さらに、父方、母方の祖父母、父の兄弟、母の兄弟、各々の祖父母の兄弟、また二人の姉の子どもたちに至るまで、鑑定医は私の知る限りの近親者の情報、つまり年齢、職業、死亡している者については死亡年齢、死因、精神障害、性格異常の有無などを聞き出していた。

「息子のあなたから見て、お父さんはどんな人です。お酒は飲みますか」

「お母さんは、どうでした。たとえば、あなたが幼かった頃の叱り方などは、どんなだったでしょう」

すっかり忘れていたような親戚の名前までも思い出さなければならない作業は、私にとって苦痛以外の何ものでもなかった。赤の他人である精神科医に、どうして祖父母の話までしなければならないのだと考えながら、それでも私は自分の記憶力を疑われたくない、医師に対して非協力的な態度を示していると思われたくない一心で、知る限りの情報を与えた。

「祖父は、酒の好きな人でした」

「よく飲まれましたか」

「若い頃は、飲んで喧嘩をしたようなこともあったと聞いていますが、私が覚えている祖父は、毎晩、晩酌をする程度で、いつも上機嫌でした」

彼は、私という個体を掘り当てるために、ぐるりと周囲から掘り進めていく。

私は若い日の母を想い、幼い日の食卓の光景を思い出し、夏休みの情景を蘇らせた。

そして、決まって苦々しい、重苦しい気分にさせられた。精神状態を鑑定するためと言いながら、これではただ動揺させるだけではないかと思った。

殺意が芽生えてから、私は自分自身に天涯孤独になるのだと言い聞かせ、血縁の者への思いを断ちきるために、相当の時間と労力を必要としてきた。私は純粋に自分の内の殺意を育てたかった。彼らのうちの、たった一人のことでも、心のどこかに引っかかっていては、私の決意は鈍り、どうしても身内の受ける衝撃や、彼らの未来に投げかける絶望的な状況を考えないわけにはいかなくなる。

私は、妻に対してそうしたように、彼らをも自分の内から締め出した。私の内の殺意は成長を止めなかったし、私は、増殖を続ける殺意に、自分の肉体を明け渡すことを少しも躊躇わなかった。

「では、次にあなたの結婚生活のことですが」

鑑定医は追い打ちをかけるように、妻とのことを聞き始めた。結婚した年齢、妻との年齢差、彼女の性格と簡単な経歴などを、私は努めて淡々と答えた。

「子どもは、いないとありますが。これは？」

「出来なかっただけです」

「原因は、分かっていますか」

「——分かっています」

私は、妻が二度にわたって流産したこと、それ以降は子どもが出来なくなったことを話した。

「離婚の原因は、何だったんです」

「——」

「奥さんの不妊と、関係がありますか」

私は「ない」と答えた。妻がどう思っているかは、考えなかった。

「ですが、欲しかったんじゃないですか。子どもは」

「私の方には、それほどの拘りはありませんでした。出来ないものは、仕方がないと思っていましたから」

的場の顔が頭の片隅でちらつく。彼は「真垣家の墓は誰が守るのだ」と、いかにも不満そうに眉をひそめて、私の顔を覗き込んだことがあった。墓守のために生きているわけではないだろうと、私は笑って見せたものだ。

まだ完全にうつ状態から脱しきっていなかった妻が、懸命に作った手料理をつまみながら、あの男は、それならばゆくゆくは養子でも取るのかと言っていた。

——お前の方には問題はないんだろう？　だったら、なあ、幸江さんを納得させて、他の女の腹を借りるっていう手も、あるな。

思い出す必要のないことまで、思い出さなければならなかった。警察にも、検察にも、聞かれなかったような質問が、後から後から続いた。

「夫婦間の、コミュニケーションというものは、どうだったんです」

「――子どもがいませんでしたから」

「いなかったから?」

「かえって、夫婦で出かけたり、話したりしたと思います」

幸江が流産したときのことを思い出した。彼女は病院のベッドで泣き続け、退院後も、惚けたように窓の外ばかり眺めていた。家の中には淡いピンクや黄色といった、いかにも甘ったるい色あいの表紙の本や毛糸玉などが溢れていた。私に出来ることは、彼女が病院から戻ってくる前に、それらの物を片づけ、後はひたすら彼女の傍にいることだけだった。二度とも、彼女はうつ状態になり、私に対して「申し訳ない」を繰り返した。私は、その都度幸江の肩を抱いて、彼女を慰め、励ました。いいじゃないか、二人でのんびり生きていけば。私が繰り返した言葉だ。

「では、夫婦関係は問題なかったということですか」

「離婚したんですから、問題がなかったとは、言えないと思います――離婚を希望したのは、妻の方からですが」

彼女を利用している気分だった。希望させたのは、私だった。そこまで追い詰めたのは、私と、私の内の殺意だった。

「奥さんは、どうして離婚を決意したのだと思いますか」

「――一緒に暮らす意味が、なくなったと感じたんでしょう」

「一緒に暮らす意味、ですか。なるほど」

精神科医の表情というのは、実によくできているものだ。別段、非難めいた顔もせず、かといって理解している、同調しているようでもない。情に流されることもなく、薄情にも見えない。ひたすら、こちらの真意を推し量ろうとする表情だ。目の前にいるのが殺人者だと十分に意識した上で、それだけ冷静な、かつ冷酷に見えない表情を維持し続けるのは、なかなかの訓練が必要だろうと思った。

「そういう夫婦は、珍しくないと思いますが」

「なるほど。そうですね」

刑事被告人という立場でなかったら、私は、彼に対してあれこれと質問してみたいことがあったと思う。だが、あの魅力的な検察官に対するのと同様、私は彼に対しても質問を出来る立場にはなかった。

「被告人の遺伝関係には精神病等の病的負因の著しいものは発見され得ないが、実父並びにその母に、若干の性格的異常が目立つ」

時間をかけて、自分の感傷的な気分と戦いつつ、私なりに医師に誠意を見せた結果が、その判断だった。私は、我が耳を疑い、およそ信じられない気持ちで私に関する精神鑑定書を読み上げる鑑定医の横顔を見つめた。

「この、『若干の性格的異常』というものについて、説明してもらえませんか」

私は、私の弁護をする立場にあるはずの穂坂を恨んだ。何も、父や祖母のことまで言い立てることはないではないかと思った。一体、誰のための裁判なのだ。彼らの名誉を傷つける権利は、この法廷にはない。

——罪悪感。

この時初めて、私は罪悪感を覚えた。私の家族に対して、同じ血を受け継いでいる者たちに対して、大きな汚辱を与えたと思った。善良な人々の顔が頭を過(よぎ)った。

その時、的場のことは忘れていた。

「性格的異常とは、執着性格、あるいはメランコリー親和型性格ともいえるものでありまして、怒りにせよ悲しみにせよ、一度起こった感情が正常者のごとく、時と共に冷却することがなく、長くその強度を持続し、あるいはむしろ増強する傾向を持つというものであります」

「なるほど。普通の人というのは、たとえば腹が立ったり、不愉快な思いをしたとしても、翌日には、案外けろりとする。翌日には無理でも、日がたつに連れて、少しずつ気分転換もできていって、やがて、忘れますよね。ところが、その執着性格という性格では、そういうことがないと」

「そうです」

「その性格は、どういう傾向の人が持ちやすいものなんでしょう」

「この異常気質に基づく性格としては、仕事熱心、凝り性、正直、几帳面、強い正義感や義務責任感、ごまかしやずぼらが出来ないことなどが上げられます。

たとえば、被告人の実父は、復員後、銀行員となり、その几帳面さと仕事熱心な態度は高い評価を受けていた、いわゆる模範的銀行員であったということです。この、典型的とも言える猛烈社員ぶりというのが、もっとも象徴的なものかと思われます」

父の仕事ぶりについては、私にも記憶がある。定時で帰宅することなど滅多になく、また、家に仕事を持ち帰ることも多かった父は、職場で不愉快なことがあったときなど、一度布団に入った後も、改めて怒りを蘇らせ、夜中に起き上がって文句を言い始めることがあった。母との間の小さな諍(いさか)いでも、二、三日も過ぎた頃に蒸し返すようなことを言い出し、最初は笑っていたはずなのに、顔色を変えて怒鳴るようなことがあった。

「また、被告の祖母——実父の母親も、潔癖で教育熱心であるが故に、子どもの悪戯や失敗に対しては、これを厳しく叱りつけ、何日も小言を言い続けることが多かったといいます。また、正直者という近所での評判だったようですが、それが高じて、他人の嘘やごまかしを許すことが出来ないというところもあったようです。たとえば、戦後の物資の不自由な時代には、闇で食料などを買う行為に対して大いに抵抗を示し、闇で物を買う人に対しては、あからさまに批判的なことを口にしていたということです。

　このように、潔癖もしくは几帳面で仕事熱心などという二つ以上の要因を持つ人は、ややもすれば躁うつ病者に多いわけでして、病的とまでは言わないまでも、被告人の実父、祖母に関しましては、その度合いの激しさから、性格異常と呼ぶのが妥当かと思われます」

「異常」というひと言が、頭の中で渦を巻いていた。既に老境に達して、子どもには頼ろうとせず、一人で生活している父親や、孫である私を可愛がってくれていた今は亡き祖母に対して、そうも簡単に「異常」というレッテルを貼ることが出来るものか。性格異常とは、どういうことなのだと、手を挙げてでも発言したい気持ちになっていた。

　だが、身内の顔に泥を塗るような、彼らに恥をかかせるような真似をしたのは、もとをただせば私自身であることは間違いない。私が司法精神鑑定などを受ける立場にならなければ、彼らはごく一般の市井の人として、それ以外の評価を受けることはなかった。

　全ては、私に責任がある。

　その一方で、そういう祖母、父から受け継いだものが、私自身にも流れ込んでいるのだろうかという思いもあった。その頃から、私の内には、血に対する拘りが生まれ始めていたのかも知れない。

「被告人には、実父や祖母の、そういった異常性格が受け継がれていると、そういうことですか」

　穂坂の言葉は容赦がなかった。

　私は理解した。彼は、私自身を救おうとしているのではない。私の権利を守り、周囲に理解を求め、一日も早い自由の獲得を目指しているわけではない。彼は、私の行為そのものだけを見つめている。私自身を、この社会のどこに位置づけようかと考えているのではなく、私の犯した行為、動機の分からないままの殺人という反社会的な行為を、どう評価し、位置づけようかと考えているのだ。

「これらの遺伝的傾向を受け継いだものか、さらに生後、直接あるいは間接に、その影響を受けたものか、いずれにしても、被告人の、その性格形成上に、この二人の人物から何らかの影響があったことは、十分に認められることかと思われます」

私は父を尊敬していた。祖母を慕っていた。母は、生前確かに夫と姑に対して「しつこい」と言っていたことがある。だが、父たちとは対照的に、何事にも大雑把で拘りのない母は、大して気にもとめていない様子だったし、皆が健在だった頃、私の家族は、概ね幸福だったはずだ。彼らは社会的にも極めて善良な人々であり、よき夫、よき姑だった。

――だまされた。

親切とまでは言わないが、こちらに対して敵意を持っているようにも見えなかった鑑定医の仕事の意味を、私は理解した。

私自身のとった、極めて個人的な行為を、こういう形で切り崩そうとする。私には非常に侮辱的なことに思えた。何故ならば、私が私個人の中で完結しようとしたことを、結局は、この肉体に流れ込んでいる全ての要素のなせるわざだと決めつけようとしている、そんな印象を受けたからだ。

精神鑑定の続いていた日々、ある時は、その日の私の体調を聞いた上で、医師は「テストをしましょう」と言った。私は、何のテストかと質問した。

「心理テスト、と申し上げればいいでしょうか。いっぺんにすると疲れますから、今日はまず、知能検査から受けていただきます」

はるか昔、知能検査を受けた記憶はある。まさか、こんな世界に来てまで、再び検査をされるとは思っていなかった。奇妙に懐かしい気分に浸りながら、結局私は大した抵抗も示さず、ウェクスラー成人知能検査を受けた。

「性格検査は、性格と共に精神機能をも知りうる利点がありますが、判定に検査者の主観が入る可能性があります」

鑑定医は、知能検査に続いて、性格検査を行ったと報告した。投影法としてロールシャッハ法を用い、次いで、質問紙法による検査も行ったと言った。

受験戦争世代の悲しさか、机に向かうと一生懸命になる、そんな自分の習性を、皮肉にも滑稽にも感じながら、鉛筆を走らせたことを思い出した。幼い日から、私は何枚の解答用紙を埋めてきたことだろうか。その解答用紙が、私に関する何かの解答になったことが、あっただろうか。

「質問紙法と申しますのは、性格特徴に関する多数の質問を印刷した質問紙を用い、質問に対する回答を整理して性格傾向を判定するものです。

これには、検査者の主観が入らない利点があります一方で、被験者が作為的な回答をしたり回答を拒否したりすることがあり、さらに、文字を理解できない者には使用できません。今回の被鑑定人に関しましては、そういった不都合は生じませんでしたが」

私は一問残らず、真面目に質問には取り組んだ。作為的な回答をしたところで、それが、どんな結果を招くかということは、私には分からなかったし、それこそ、元々の性格というものだろうか。そんなところで手を抜くことは、私の主義に反するものだった。

「質問紙法の中で、今回使用しましたものは、ミネソタ多面人格検査——MMPIと呼んでおりますが、全部で五五〇の質問項目について自己評価を行わせるものです。質問には、イエス、ノーで答えさせ、その結果を合計一四の尺度に従って整理し、その人の性格特性のグラフを作図します。

一四の尺度のうち四つは妥当性尺度を表し、それぞれ、疑問、虚構、信頼、修正尺度であります。そして残りの一〇個の尺度は、臨床尺度になります。その一〇個とは、心気性、抑うつ性、ヒステリー性、精神病質性、パラノイア性——ええ、偏執性と言い換えることも出来ますが――精神衰弱性、分裂性、軽躁性、男性的・女性的興味、社会的内向性であります。

これらのどの尺度も、得点が七〇以上になったら問題があるとされます。正常値は、四〇から五〇であります。この間、もちろん、テスト時の被験者の状態についての検査者の観察も重要視されるわけです」

尺度のことも、私は知らされないままに検査を受けていた。動機について語らなかった男は、イエス、ノーによって、丸裸にされた。私は真面目に検査に取り組み、半ば自発的に恥部までもさらしたことになる。

罪悪感と恥辱。かつて、これ程までに強烈に感じたことはなかった。だが、私は冷静さを失ってはいなかった。何故、そういう思いをしなければならないのか、十分に承知していたはずだ。全てを引き替えにするとは、こういうことなのだという実感が増しただけのことだった。

――これで、良いのだ。的場に勝った代償として、これが、私の得たものだ。

「『被告人の現在の精神状態』について、要約のみを読み上げていただけますか」

穂坂の声が、感傷的になりかかっていた私を現実に引き戻す。私がいなくても良い場面だ。鑑定書の内容を聞けば、私という人間の全てが分かる仕組みになっているのだから。

「被告人の頭部に現在異常を認められない。大きさも日本人成人男子の平均値の範囲に属する」

「その他身体的現在症に、特記すべき病的所見を認め得ない」

わざわざ読み上げるようなことでもない。私にしてみれば、まるで時間潰しとしか思えない、私個人に関することがらについての報告を、抗うこともせず、聞き続けるしかなかった。

「次。主として知能発達程度に関する事項について」

「知能発達水準は、検診の結果からも、さらにウェクスラー・ベルヴュー式知能検査、その他の検査の結果からも、平均よりも上位にあるものと判定せられる」

「記憶力、記銘力においては、検診並びに特別検査法による検査結果でも、その能力の低下を証し得ない。また神経衰弱様症状も認められない。その他、全発達史、既往症、本人歴を通じて、知能を低下せしめる原因を証し得ない」

外見から始まって、さらに性格形成に関する事項のうちの要所要所を、鑑定医は自らが作成したと思われる鑑定書から読み上げていく。ことに、私の性格形成については、その遺伝関係、教育歴などを含めて報告されていた。

「養育状態については、実父母に養育され、家族には実父の両親もおり、三人姉弟の末っ子でもあったことから、幾分過保護の傾向が強かったものと思われる」

「中学校終了時の学業成績は、比較的優秀だったということが出来る。決して目立つ生徒というわけではなかったが、クラスでは信頼を勝ち得ていたという。クラブ活動としては、野球部に属していたが、特別に目立った活動はしていない」

「さらに、県内で有数の進学校といわれる高校に入学し、在学中も成績は概ね良好で、特別に優秀な方とはいえないまでも、実力は安定していた。部活動としては、中学の時に続いて野球部に所属していたが、進学校ということもあり、部活動そのものが活発とはいえなかった。被告人は、二年生の三学期まで、レギュラーとして外野を守っていたというが、対外試合などにおいて、大きく勝ち進んだということはない」

「概ね順調な成長期を過ごしており、学業成績が極端に上下することはなかった」

「高校卒業と同時に上京し、A大学経済学部に入学した」

「運転免許証については、普通乗用車運転免許を一九歳当時に取得している。その後、現在に至るまで、数回にわたって駐車違反、スピード違反などにより、交通反則告知書を渡されたことがあるが、その程度はいずれも軽微なものであり、対人、対物などの重大な交通事故を起こしたことはない。また、過去三年間以内では、交通違反により罰則を受けたことはない」

「飲酒は上京後、大学入学と同時に覚えたといい、学生時代は、相当の酒量を連日のように摂取した時期もあるというが、異常酩酊、酒精中毒などに陥ったことはない。就職後は、飲酒の機会がある時だけにとどまり、その量もビール二本、日本酒三合程度であり、泥酔することなどはなかった」

「喫煙は、一八歳頃から覚えたといい、その習慣は三三歳当時まで続いた。当時は、一日に平均二〇本程度を喫煙し、何年かごとに好みの煙草はかわっていった。三三歳当時、風邪を悪化させ、気管支炎を患ったことをきっかけに、妻のすすめもあってやめたという」

「睡眠薬、抗不安薬、頭痛薬などを使用したことはないという」

「性病に感染したことはない」

「信仰については、特別なものは有していない」

例えば、薬物を使用した上での犯罪の場合ならば、飲酒、喫煙の習慣についての報告などは、多少の重要性はあるのだろうと思う。だが、信仰についてまで聞かれた時には、裁かれる身でありながら失笑しそうになった。

ここまで微に入り細をうがって調査し、報告することに、何の意味も感じられなかった。赤の他人について、どうしてここまで熱心に掘り返さなければならないのだという疑問が、どうしても私の頭にこびりついて離れなかった。

「大学を卒業と同時に、M食品株式会社に就職、営業部勤務を経て、食品、調味料等の原材料輸入調達を業務とする海外事業部に異動し、犯行当時は課長職にあった。同期入社の社員の中では、出世は早い方で、その評価は概ね高く、信望も厚く、職場に於ける人間関係などに問題は見出されない。また、被告人からも、同僚等に対する特別、あるいは異常な自己関係づけ等は見出し得ない」

「家庭生活については、二六歳当時に同じ会社に勤務していた尾田(おだ)幸江と結婚するが、幸江は二度の流産を経験した後、不妊になったということで、子どもは生まれなかった。二年前の三四歳当時に協議離婚しているが、原因については被告人は性格の不一致と答えるのみであり、念のため、幸江にも事情を聞いたところ、同様の答えが返って来るのみで、異性問題、金銭問題などの原因はないという話であった。

また、友人や近隣との付き合いなどについては、特記すべき点はなく、いずれの評判も概ね良好であり、素行などについても特別な印象は持っていないということであった」

私は半ばうんざりしていた。報告には、私が質問された記憶のない事項も含まれていた。誰に、どういう質問をしたのかは知らないが、恐らく私が考えている以上に様々な人のところへまで余波は及んでいることだろう。例えば職場での人間関係、友人との付き合いならばともかく、会社勤めの男が、どんな近所付き合いをするというのか。どれほどの手間をかけて鑑定の結果を導き出したのだとしても、私は、鑑定医に対して、慰労の念を抱くつもりにはなれなかった。はた迷惑な話、時間の浪費だ。

そうまでして、何を知ろうというのだ。知ることで、何が、どう変わるのだ。ただ、安心したいだけではないのか。私の行動について、特殊な理由づけを行って、自分たちとは異なる人間の、常軌を逸した行動であると、線引きをしてしまいたいだけではないのか。

的場を殺すまでの三年間、私は、ある程度の抑圧された状態にいたことを自覚している。日々の生活に流されてしまいたい私がいなかったとは言い切れない。葛藤が生じたのは当然のことだ。その一方で、自分の内に、確実に育っていく殺意を感じ、次第にそれを慈しむような感覚を抱くに至った。
あれほど重大な秘密を抱えたのは、初めてのことだった。どんな内容でも、秘密は常にある種の魅力を持つ。恐怖につながり、絶望を呼ぶものであったとしても、秘密である間は、独特の魔力を持つ。

黒々とした未来しか想像できない秘密を抱えながら、当たり前に毎日を過ごしていた三年あまりの月日よりも、公判が始まってからの重圧感の方が、私には不快だった。次の公判予定日まで、無為に時を過ごすことの虚しさは、私の精神状態をよほど不安定にした。ことに、精神鑑定が始まり、また、公判でその結果が提出されてから、不快感は募る一方だった。

未決勾留の中には、そう遠くない将来、自らに下されるであろう判決の内容に怯え、不安に翻弄される者も少なくない。
何の因果関係もない人を、驚くべき残忍さをもっていとも簡単に傷つけ、財産や生命を奪ったような男が、ネズミのように縮こまり、目は落ち着きなく、声も震わせて救済を求める。彼らは、弁護士の来訪を待ち望み、すがりつくように、希望のある未来の予測につながる、確かな約束を取り付けたがる。

――だったら、やるな。
彼らを見ていると、私はいつも思った。法を犯せば、どういうことになるか、自分の行動が、どんな結果を生み、未来を呼ぶことになるか、考えもせずに「赦してくれ」と泣く彼らを、私は軽蔑した。

私の感じた抑圧感は、彼らと同種のものではない。確かに、一人の男を殺害した程度では、死刑の判決は受けないという安心感はあった。私は、あくまで生き延びる為に的場を殺したのだと信じていた。もしも、必ず死刑になるとしたら、私はどんな無理をしてでも、芽生えた殺意を封じ込めたことだろう――少なくとも、公判中は、そう思っていた。

私を不安定にし、不快にしたものは、判決に対する不安ではなく、やはり「なぜ」ということだった。時間と費用を使って、なぜ、そこまで私の精神をえぐり出す必要があるのかということだった。

「被告人の態度は、概ね警戒的で、繰り返して面接し、警察の取調べとは異なることや、こちらの立場を説明しても、その表情や態度には変化は見られず、知能検査等については義務的に取り組むものの、具体的な質問については、詳しく答えようとしないことから、一般的に、妄想の存在が推定できるわけであります」

そこで、鑑定医の口から初めて「妄想」という言葉が聞かれた。私は、初めて鑑定医の声に耳を澄ませた。

私が話さなかった理由を妄想と結びつけようというのだろうか。そういう解釈が成り立つのだろうか。他の被鑑定人たちは、初対面の赤の他人に対して、すぐに打ち解け、自分の歴史を根ほり葉ほり聞かれても、素直に何もかもを話すというのだろうか。あれは、診察ではなかったのだ。自ら望んだものでも、ましてや、治療に結びつくものでもない、あれは、あくまでも、鑑定だった。

——何かの妄想によって、的場を殺したというのならば、その妄想の内容とは、何だったのだろうか。

例えば、的場を殺さなければ自分が的場に殺されると、明確に意識していたのならば、それは妄想ということが出来るだろう。

確かに、それに近いほどの危機感を抱いていなかったといえば嘘になる。だが、的場が、その手で、直接私を殺すことがあるなどとは、考えもしなかった。その存在そのものが、私を圧倒し、やがて押し潰すだろうという意味で、私は、「殺らなければ殺られる」と感じたのだ。

そんな感じ方さえも、ある種の妄想に支配されているということになるのだろうかと、私は、とにかく耳を澄ませていた。

「妄想の存否は、精神科診察では極めて重要な問題です。患者から自発的陳述がなくても、こちらからそれとなく質問をして確かめておく必要があります。その内容によっては、事実か妄想か区別しにくいこともあるので、家族や第三者の陳述も聞く必要があります。また、患者は妄想を隠すこともあるので注意を要するものです」

患者。被告人。私は、どちらなのだろうか。専門家の報告が、今後、その呼び名を決定することになるのだろうか。

第三者——職場の人間、親類、別れた妻や学生時代からの友人、近所の連中等々——の中で、私について、何らかの不自然さ、普通とは思われない感覚を抱いていると感じたことのある者は存在しなかったと、鑑定医は言った。

私は俯いたまま、わずかにほくそ笑んだ。さぞかし、がっかりしただろう。それだけの労力を使って、何の収穫も得られなければ、落胆するのは当然のことだと思ったからだ。たとえ、裁判所からの依頼であっても、医師として、科学者としての探究心を失わずにいる者であればあるほど、目新しい症例が欲しいに決まっているのだ。

「その、妄想というものについて、医学的な知識の乏しい我々にも分かるように、ひとつ説明していただけないでしょうか」

穂坂の声が響いた。

その日の公判前に、彼は「複雑な気分だ」と私に弱々しく微笑んだ。何も、私を異常だと決めつけたいわけではない。むしろ、そんなことは思ってもいない。ただ、犯行当時の精神状態は、とても正常だったとは言い難いと自分は信じているのだと、彼は繰り返し言った。友情に篤く、己の信念を貫き通そうとする男に、私は感謝こそすれ、恨むなどという感情は抱くものではないと思っていた。こんな展開になるとは思ってもみなかったからだ。

だが穂坂の、プロとしての意識——私ではなく、私の犯行そのものの扱いを、検察との駆け引きの上で、少しでも自分の方に有利に導こうとする、まるで陣取り合戦に挑むような意識——を感じ、その結果、私に罪悪感と恥辱を味わわせ、さらに「妄想」という言葉まで引き出させてしまった段階では、その思いは消し飛んでいた。

穂坂自身が納得したいというよりも、それはむしろ、負け戦と分かっていながら、少しでも多くの領土を確保しようとする彼の戦術の一つでしかないことを、私は悟っていた。

犯行そのものは認めており、動機については語ろうとしない被告人に対して、許される限りの軽い量刑にとどめたいという熱意は、即ち、むざむざ相手の言うなりにはなりたくないという、勝負師としての意地のようなものだ。私は、友人に弁護を依頼したことを後悔していた。仕事に私情がからむ時は、好ましい結果を生まない場合が多いことを、知らないわけではなかった。一般社会にいる間は、私は常に用心深く行動していた。

――それが、こんなところにも当てはまるとはな。

友人同士が、刑事被告人と弁護人という立場に立つということは、そう多いことではないだろう。よくあることならば、どこかで耳にしたはずだ。知り合いに弁護は頼むなと。

――私の、どの部分が妄想に支配されているんだ。妄想によって、的場を殺したというのか。

人類は、その文明の発展と共に、本来持っている能力を徐々に磨滅させ、動物としての機能そのものは、退化している。以前はもっと遥かなものを見、感じ、嗅ぎ分け、それらに対して全身で反応し、生き延びるために、可能な限りの能力を発揮したに違いない。そうしなければ、外敵から身を守り、迫り来る危機を予知し、子孫を残していくことは不可能だった。

いわゆる霊能者と言われる人々は、特別な存在でもなければ、進化した人類でもないと私は思っている。その逆だ。彼らは、原始の記憶を持ち続けて生まれた人間、かつては誰もが持っていた能力を、辛うじて保ち続けている類の人々なのだと、私は考えている。

そして私も、ある種の先祖返りなのかも知れない。野生の中に溶け込み、弱肉強食が常識であり、自らの血を守り抜くことだけが倫理であった時代の、微かな記憶を取り戻してしまった者なのかも知れない。

――それも妄想なのだろうか。

声高に主張しないまでも、誰もが密かな妄想を抱いている。人に迷惑さえかけなければば、己の妄想の中で羽ばたくことは、自由だ。

「妄想とは、病的に作られた、誤った——つまり、不合理な、あるいは実際にはあり得ない、ということですが——その、誤った思考内容、あるいは判断で、根拠が薄弱であるにも拘わらず、強く確信されているもの、他人が論理的に説得したとしても、訂正不能なものをいうわけです。

体系的に説明いたしますと、妄想は、まず大きく分けて、一次妄想と二次妄想とに、分けられます」

鑑定医は解説を始めた。私は一瞬、被告人、あるいは被鑑定人という立場を忘れ、耳を傾けた。私自身のことについて語ろうとしているのでなく、一般的な話として聞いた場合には、その解説は興味深いものだった。

「一次妄想は、原発妄想、あるいは真性妄想とも呼ばれます。これは、心理学的には、それ以上さかのぼり得ない、現象学的には、究極的なもので、その発生を了解することの出来ないものです。

妄想気分、妄想知覚、妄想表象、妄想覚性という風に分けられますが、例えば、自分は神であると言い出す、というようなものも含まれます。突然不合理な思考が起こり、これが直感的事実として確信される場合を言うものです」

不合理なことを口走り、周囲に理解されず、怯えさせるという図は、一般的に、容易に連想される、いわゆる異常者の横顔だ。

「それに対して、二次妄想とは、妄想様観念とも呼ばれ、患者の異常体験、感情変調、性格特徴、状況などから、妄想の発生や内容が心理学的に了解可能なものを言うわけです。

例えば、異常体験に基づくものとしては、隣家から聞こえる物音に対して、自分個人に向けてラジオ放送していると考えたり、自分の家の天井に盗聴器が仕掛けてあり、自分の言動が盗み聞きされていると考えたりするものです」

私はそのような異常体験を持っていない。例えば、あの日受けた電話によって、私が明確に「殺される」と感じたのならば、それにつながるのかも知れない。

——呆れてものが言えねえよっ！

そのひと言さえも、私は真に受けはしなかった。叩き付けるように電話は切られた。

こちらには何を話す余地も与えられなかった。それでも、的場が本気で私に対して「ものが言えない」ほど「呆れて」いるなどとは、露ほども思わなかった。あんなことは、そう珍しいことではなかったのだ。ただ、それまでも常に、的場という男を受け入れてきた私の器が、ついに溢れることになった、最後の一滴だったとも言える。それでも、あの電話そのものが、私を追い詰めたわけではなかった。

公判当時、今ほど冷静に考えることもできず、自分の身に起きていることが、どうしても今一つ現実味をもっていないように感じられていた私にとっては、鑑定医の解説は、自分という素材を客観的に観察するには、良いヒントになったようには思う。

あの頃の私は、完璧な俎上の魚でしかなかった。ただ座っているだけでも、法廷の被告人席は抑圧感と緊張とを強いる、疲れる場所だった。自分の上を通り過ぎる一連の手続が、取りあえず一日も早く終わり、この中途半端な身分から、完全な犯罪者へと確定し、誰からも忘れられた世界で、静かに暮らしたいと、私は願っていた。

「感情変調による妄想としては、たとえば躁状態での誇大妄想は、爽快気分と自我感情高揚から、反対にうつ状態での罪業、貧困、心気妄想などは、抑うつ気分や自我感情低下から了解出来ます。

性格特徴との関連としては、自信欠乏者、敏感者には関係妄想——敏感関係妄想とも言いますが——が生じ、一方の熱狂者、パラノイアの場合には次々に訴訟を起こすタイプの、いわゆる好訴妄想が生じやすいと言われます。状況との関係で起こるものには、難聴者の迫害妄想、長期拘禁者の赦免妄想などがあります」

仕事とは無関係の話に、じっくりと耳を傾けるのは、学生の時以来かも知れなかった。そういえば、十代の一時期、誰もがよく理解できないまでも、思想書や哲学書、または詩集などを手に取り、抽象的な概念を自己流に弄くり回したり、または友人との議論を楽しもうとしていた頃、私もご多分に漏れず、心理学に興味を持ち、人の心の移り変わりというものを、何とかして理解したいと考えたことがあった。皮肉な話ではあるが、そういう私に、少なからず影響を及ぼした存在が、他ならぬ的場だった。

こちらが青臭い考えに囚われ、愚にもつかないことで悩んでいる頃、的場は既に社会人となり、背広に着られているような姿で、私を笑い、人生を説き、人の心の機微について、その不可思議さについて、まさしく悟りきったようなことを冗舌に語ったものだ。そして、数年前の自分が、たっぷり買い込みはしたものの、結局は一ページも開かなかったような本を、何冊か私にくれたことがある。あの本は、何だったろう。私は、彼からもらい受けた本を、果たして読んだだろうか。私は書物からよりも、的場自身の言葉によって、常に悩み、考えさせられた。

「その、妄想とは、具体的に言うと、どんな内容のものを指すわけですか」

私は、反射的に顔を上げそうになり、その場が法廷であることを思い出すと、急いで目をつぶった。もはや、外界から身を守る術としては、目をつぶる以外になかった。

「妄想の具体的な内容についても、また、細かく分類されるものです。

まず、一般的にもよく使われる言葉として、被害妄想というものがありますが、この被害妄想というものを、もう少し細かく分類いたしますと、関係妄想、注察妄想、被毒妄想、追跡妄想、嫉妬妄想、物理的被害妄想、憑き物妄想、好訴妄想などがあります。

自己に対する過小評価を内容とする妄想で、うつ状態の抑うつ気分、自我感情低下を背景にしている微小妄想には、貧困妄想、罪業妄想、心気妄想、虚無妄想、永遠妄想、臓器否定妄想などがあり、逆に自己に対する過大評価を内容とする誇大妄想では、発明妄想、血統妄想、宗教妄想、恋愛妄想などがあります」

それらの説明の中の、どこに私が位置するのか、皆目見当がつかなかった。ただ、客観的に聞かされる、様々な妄想のネーミングは、確かに患者本人を苦しませ、深刻な状況に追い込むだろうということくらいは容易に想像がつくものの、どことなく滑稽で、不思議な印象を与えるものだった。何の根拠もなく、荒唐無稽なことを主張する人間は、第三者から見れば、まさしく興味深い、ひたすら人間の不可思議さを感じさせる存在となる。

これだけの説明が続く以上は、私もそれらの中の、どれかに位置することになるのかと、恐怖とも、期待ともつかない気持ちになっていた。

「これらの妄想の形態や内容は固定したものではなく、種々の変化を示すものです。妄想は、一過性妄想と固定妄想とに分けられますが、通常、最初は断片的な非体系妄想であるものが、経過と共に、ひとつの妄想が次第に発展して、広がりとまとまりを持ち、やがて妄想体系を形成するようになります。がっちりと体系化、組織化されて形成された妄想の世界を妄想建築または、妄想絵画などと呼び、患者はその世界の中に住むことになるわけです」

妄想建築。妄想絵画。エッシャーのだまし絵のような世界。または、永遠に出ることの出来ない迷宮のようなものか。

「また、妄想の発展のひとつの様式として、最初、他人から迫害を受けているという被害妄想が生じ、患者はその相手に対して逆に攻撃的になり、自分が加害者として行動するようになるというものがあります。このような状態は、被害者・加害者妄想と呼ばれるものです」

つまり、妄想は患者個人の中で、変容と増殖とを繰り返していくというわけだ。だが、私の中で増殖したのは、殺意以外にはなく、それは、最初から殺意でしかなかった。変容は、起こしていない。

「そういった妄想は、いわゆる精神分裂病などの精神病の症状と考えて、よろしいわけですか」
「妄想は、精神分裂病、躁うつ病など、いわゆる内因精神病、外因精神病だけでなく、一定の性格者における心因反応としても起こるものです」
「一定の性格者、ですか」
「性格反応としての妄想出現ということです」
「それについて、もう少し説明していただけませんか」
「性格反応としての妄想出現には、敏感性格者の敏感関係妄想、熱狂的・攻撃的性格者の好訴妄想や嫉妬妄想、自閉的性格者の願望充足反応としての恋愛妄想、さらに、長期受刑者・拘禁者の赦免妄想などがあります。

精神分析学においては、妄想発現は、抑圧されている無意識的、衝動的観念や欲求が、そのまま意識に侵入して、自我が破局状態に陥るのを防ぐための防衛機制として、それらが偽装して現れたものだと考えられています」

抑圧されている、衝動的観察や欲求——私は、抑圧されてきただろうか。

目の前から的場を消してしまいたい。二度とかかわらない場所へ遠ざけたい。無縁の存在にしてしまいたいと、そう思い続けてきたのだろうか。

——あいつが嫌いだった。

そのひと言を明確に意識するまでに、何年もの月日がかかったことに、私は気づいていた。

的場と会い、話をする度に、何故、あんなにも疲れ、心を乱されるのか、迂闊なことに、私は、その原因を考えたことがなかった。少年の頃から、常に自分よりもわずかに高い所にいた彼を、私は無条件に受け入れようとし続けてきたのだ。

私の中には、的場に対する恐怖心があった。そんなことで、希望の高校に受かると思っているのか、人の話を真面目に聞いているのかと、怒鳴られながら勉強を教えられたときの感覚が染み付いていたのだ。

——俺が試験を受けるわけじゃないんだぞ。俺が、あの高校を受けろって言ったんでもない。お前が行きたいって言い出したんだろう、ええ？

中学生だった私は、時には家族が心配して覗きにくるほどの大声で怒鳴られ、涙ぐんだこともあった。いくら反発しても、とてもかなう相手ではなかった。そのときの恐怖心と、素直に言うことを聞きさえすれば、確実に実力が向上するという彼への信頼感が、結局はその後も彼に繫がれる鎖になった。あの頃の的場は、いつも腹を空かしていた。勉強の途中で母が差し入れてくれる菓子や茶を残したことはなく、帰り際に持たされる手土産も、いつも待ち受けているようなところがあった。私は、その遠慮のなさに驚きつつも、それさえ彼の男らしさであると思い、食物くらいで機嫌が良くなるものならば、いつでも相応のものを用意したいとさえ考えた。的場を知ったことによって、不遠慮、不躾こそ、男の美徳であるようにさえ、私は感じていた。いつしか身長も追い越し、肩を並べて酒を酌み交わすようになっても、その感覚が変わらなかった。私にとって、的場はいつまでも「先生」のままだったのだ。

——面白いもんだなあ。これも、何かの縁なんだろうな。

時折、的場は懐かしそうな表情になって言うことがあった。その台詞が出ると、決まって昔話になる。その都度、私は彼を「先生」と呼んでいた時代を思い出さなければならなかった。しかし若く、力強く、優秀で、とても歯が立たないと思われた青年は、もはや消え去っていた。私が向き合っているのは、「先生」でも何でもなく、短気で扱いづらい、出世コースからも外れかかり、家庭にも身の置き所のない、ただの愚痴っぽい男に過ぎなかった。私の中で的場は宙ぶらりんな存在になり、それでも繋がれている鎖を完全に断ち切ることはできなかった。

恐らく、自分で考えるよりも遥か以前から、彼に対する反発と憎悪とを募らせ始めていたのだろう。離れられないだけに、以前の「先生」とは別人のようになっただけに、余計に嫌だったのだ。私はその気持ちを自分の内に抑え込み過ぎていたのだろうか。

だからといって、それが妄想とつながるとは思えない。例えば、「殺さなければ、こちらが殺られると思った」などと口に出して言ってしまえば、第三者からは妄想と取られるだろう。これまでに聞いた説明の中では、「被害者・加害者妄想」というものが、もっとも当てはまるかも知れない。

だが、私は妄想など抱いてはいない。謎と魅惑に満ちているとは思うが、私は妄想建築の住人ではなかった。私は、狙われているとは思っていなかった。的場が直接、何かの行動に出るとは思っていなかった。

ただ、このままでは、死と同様の意味を持つ状態にまで追い詰められる、的場の存在そのものが、私を押し潰すときが来ると、確信していた。

「今回、鑑定人は、特に、パラノイアという症状に注目したわけです」

「パラノイアとは、具体的にどういう症状をもつものですか」

いつの間にか、話は妄想から移っていた。私は再び鑑定医の言葉に耳を傾けた。彼は、パラノイアと呼ばれる疾病について、概ね次のような説明を行った。

一、この疾病は、特に認めるような誘因がなくても、徐々に発生することがある。だが、多くの場合においては、一定の誘因が認められる。その誘因としては、殊に、一時的、または持続的な精神感動、疲労（監禁、訴訟事件の勃発、期待の齟齬、従軍、貧窮など）、アルコール中毒、頭部外傷、動脈硬化などが上げられる。発病は、青年期以降の場合が多く、男子に多い。

（私は、鑑定医がゆっくりと読み上げる誘因を自分の中で丁寧に反芻し、どこかに当てはまるのではないかと考えた。最後のひと言、「青年期以降の男子」という部分だけは、当てはまる）

二、この症状の主な徴候となる妄想の内容は、通常、被害妄想、殊に好訴妄想、嫉妬妄想、宗教的誇大妄想、系図妄想、政治的誇大妄想、発明妄想のいずれかである。
この症状の患者の妄想の特徴は、漸次系統的に組成されて、徐々に妄想の内容が強固なものとなって、患者の全精神生活を支配するに至ることである。

（精神生活を支配されていたことは、否定できない。だが、的場を殺すという決意、また殺したという事実が、私の思考の系統的に組成された結果とは言いがたい。また、それ以上に発展しているとも思えない）

三、妄想以外の症状としては、追想の錯誤、及び妄覚が上げられる。追想の錯誤は、本病者においては非常に顕著で、既往の経験を、自己の妄想と結合し、その内容を妄想と嚙み合うように変化させて、あるいは、純然たる空想を用いて、実際に経験した事実であるかのように話をするものである。

（あの一本の電話を、私の空想だなどと断じられてしまっては、もはや何を主張すれば良いかも分からなくなっていたことだろう。あの電話からして、私の空想なのだとすれば、確かに私はどこか病んでいるとしか思えない。また、彼の捨て台詞が、私の内で次第に変容していったというのならば、間違いなく、私は病んでいることになる。

私は、電話のことを話さなくて良かったと心から思った。何を話したか、相手が何を言ったかなどということを、証明する手だてなどありはしない。しかも、三年以上も前の電話が、引き金となったのだと言えば、私は余計に異常性を疑われたはずだ）

四、だが、この妄覚（幻覚、錯覚）は、本病に必要な症候ではない。一過性に発現することがあるのみである。

（ならば、あの声を今でもまだ耳の底にこびりつかせている私は、どう位置づければ良い存在か、なおさら、分からなくなってくる。私は一度として幻覚、錯覚などを抱いたことはないはずだ。自分では証明できないことにしても）

五、以上の症候を除けば、本病者の知能には、異常は甚だ少ないことが特徴である。パラノイア患者は、常に明らかな悟性を有し、見当識も正しく、姿態応対に異常なく、注意は殊に妄想に関する事項に対してだけ鋭く、散乱性にならず、領会もまた正しいが、ただ、屢々妄想的に曲解するのみである。記憶力、追想力にも異常は認められず、妄想以外の事項に関しては、判断力の減退なく、計算能力、推理力も佳良である。要するに、知力薄弱の症状は認められないということである。

（この部分は、私に当てはまっている。長年育ててきた殺意を花開かせたという以外、私は、なんら、普通の人と変わるところはなかった。

だが、例えばあの電話以降も、私は幾度となく的場と会い、また、電話で会話も交わしたが――的場は、そういう男だった。半月もたたないうちに、彼は、自分が何をしたか、相手にどんな思いをさせたか、見事なほどに忘れて、連絡を寄越すのだ。それまでも、常にそうだった。唯一、あの時ばかりは、私の反応が違っていたこと、殺意の詰まった箱を開けてしまっていたことを、彼は知らなかった――彼の発言を妄想的に曲解するなどということはなかった。それどころか、私はあれ以降、的場のどんな言葉も、まともに解釈しようとさえ、しなかった。的場だけでなく、他の誰の言葉も、私の上を素通りしていくだけだったのだ）

六、感情界における顕著な障害は、自我感情の亢進である。この障害は、本病においても表れる各症候、殊に、妄想の基地をなすものといえる。患者は、外界に現れる事象を自己の妄想と関連させようとし、自己の見解に反するものは、敵とみなして、被害妄想中に編入する。その態度は尊大、傲慢、頑固であり、容易に人を容れず、刺激性であることから憤怒しやすい。顔貌は緊張し、妄想に関する会話をするときに際しては、屢々興奮し、顔面紅潮し、あるいは憤怒の表情を表し、あるいは涙を流す。

（これも私には当てはまらない。私は、的場を殺すという決意以外に、何かを発展させたことはない。その他に、なんら特殊な見解は持っておらず、当然のことながら、彼を殺す意志があることを口外するなどということもなかったのだから、誰かが的場の話をし、たとえ、褒めることがあったとしても、その都度興奮するような真似はしなかった。私は、極めて個人的な理由で的場に殺意を抱いた。その身勝手さを十分に承知していた。最終的には、被害者となった彼自身さえ、そのような状態の私とは無関係だったと、言えなくもない。

原因を作り、きっかけとなったのは的場の個性であり、私との関わり方だったが、ひとたび殺意が芽生えてからは、それは、私の中で勝手に増殖されていった。最終的には、的場は、ただ、そこに存在していたという、その程度の役割しか果たさなかったように思う）

七、本病者の意思行為は、妄想及び自我感情の亢進に支配される。パラノイア患者は他の多くの精神病者と異なり、自己の妄想に対して傍観的態度を示すことが出来ない。その妄想は、全人格を支配するものであって、その日常の行動はまったく妄想に支配される。その意思の方向は、常に妄想に拘束され、他を顧みる余裕もなく、日常の業務を放棄し、専心妄想に執着し、このために、財産を使い尽くし、家族は離散し、友人にも見放され、あるいは警察に勾留され、または精神病院に収監されるなど、あらゆる悲劇的な状況に直面することになるが、それでも頑として屈せず、その妄想的信念を翻すことなく、妄想行為を持続する。

(私が離婚したことを取り上げれば、当てはまらないこともないだろう。だが、私は、相手の生命の対価として、自分の全生活を賭ける覚悟をしただけで、その日常の全てを、的場への殺意のために拘束されたという意識はない。

無論、その覚悟のために、自分の身辺を徐々に整理していったことは確かだし、些末な出来事に煩わされる余裕が失われていったことも否定は出来ない。また、日常のささやかな楽しみ、喜びなどから、自分を遠ざけるために、いかなる事物に対しても、心動かされることなどないよう、全てを諦めつつあったことも、確かだ。殺すことに夢中になっていたから、そうなったのではなく、それが、人間の生命を奪うことへの、せめてもの代償だという気がしていたからだ。

結局のところ、あのまま的場との関係を絶たずにいても、私はにっちもさっちもいかなくなっていただろうと思う。殺しても、殺さなくても、私は、私の人生を失った。それが、私と的場との縁だったのだと、今も確信している。それが、妄想なのだろうか）

八、身体症候については、本病において特別のことはない。
（これは、十分に当てはまる）

九、一般に本病の経過は、恒常性であり、病症に著しい消長のないことを特徴とする。ただ、患者の意に反するような周囲の状況、生活の苦境などによって、一時的に興奮することがあるのみである。
（逡巡を消長と言い換えられるならば、そう受け取れないこともない。犠牲の大きさを考えれば、逡巡は当然のことであり、その反社会的な行為が、どのような結果を生むことになるか、予測できないはずはなかった。私は、日々の生活に逃げ込みたいと、何度も祈った。その度に、自分の意思とは無関係に、たくましく育ちつつある殺意に気づかされ、やがて、自分自身は肉体を提供するのみであり、現実に意思を持っているのは、私の肉体を構成している、殺意という細胞であるかのような気持ちになっていった）

一〇、パラノィア患者の主張する信念は、一見甚だもっともらしく聞こえ、かつ根底に多少の事実があったりするものであるが、論理は独断的であり、空想、追想の錯誤、曲解をもって異常に誇張されて妄想的信念に発着しているものであって、その妄想に左右される患者の行動は、真の事実に不相当に熱心であり、強烈なものである。

(私の主張は、もっともらしく聞こえるだろうか。今回の決断と行動について、私は、別段、誰かに理解してもらいたいと望んだことはない。だからこそ、こういうややこしいことになったのだ)

いつの間にか、私は、パラノイアと言われる病気の、その症状のどこかに自分を当てはめようとさえしていたと思う。そこまで熱心に語られるものならば、そして、パラノイアの症状として、見当識に誤りが生じないというのならば、私は、以前と変わらない清明な意識で、極めて客観的に、自分をそのどこかに当てはめることが可能なはずだと考えたからだ。

だが、部分的に頷ける箇所があったとしても、結果的には、私とは無縁な解説でしかなかった。有意義な講義も、結局は収穫のない、時間の無駄でしかなかった。

やがて、話題はようやく私自身のところへ戻ってきた。精神鑑定書の書式というものを私は知らない。ここまでパラノイアについての説明が長々と続いた上で、すぐに「彼はパラノイアだ」と断じないところが、私の被告人という立場を自覚させ、法に則った「手続」という言葉を思い起こさせた。何をするにせよ、全て他人によって所定の手続を経た上でなければ、立つことも、歩くことも許されない。それが、刑事被告人というものだ。

「被告人の本件犯行当時の精神状態で、ありますが」

犯行の動因及び、その直前の状態について、鑑定医は、

「被告人に、平素と異なったところは認められず、特別の異常や変化を認め得ず、また、犯行直前に飲酒した事実もなかった」

と、警察での調書を引用し、さらに、犯行時の状態については、

「当然のことながら、興奮状態、または緊張状態にあったことは容易に推察できるにしても、特に激しい異常状態にあったとは認められず、しかも、躊躇なく犯行に着手し、むしろ冷静と思われるほどに、確実に、犯行を遂行したと解せられる」

と続けた。

異論を挟む余地はない。あの夜、私はその場になって初めて、殺意の花が開ききった

ことを知った。その上で、何を考えるよりも早く、その夜が実行に移す時だと知り、迷うことなくナイフに手を伸ばした。鳥肌が立つような緊張、興奮が私を襲った。だが、それから的場の死を確認するまでの一部始終を、私は鮮明に記憶している。

「犯行直後の行動に関しても、概ね明確に、詳細に述べており、著しく狼狽した様子も見られず、凶器に使用したナイフを丁寧に洗い、元の位置に戻すなど、むしろかなり平静に行動していたものと解せられる。

しかし、その一方では、指紋は拭き取っておらず、被告人の勤務する会社の、社名入り封筒を遺留するなど、ずさんな証拠を残しており、その行為が意図的でない限り、計画的な犯行とは考えられない。また、意図的な行為であると仮定しても、被告人には何らの利益はないものと考えられることから、被告人の緊張・興奮状態を示すものとなっても、計画性を示すものとは考えにくい。

さらに、被害者宅を出たところで出くわした昔なじみとは、普段と同様に挨拶を交わし、その折の会話の内容も記憶しているなど、動揺、または自棄を起こしているとも考えられない平静さを見せているとある。

また、逮捕されて以後も、心身共に特別の変化が加わったとは、認められていない」

あの時、的場の生家を出たところで出くわしたのは、中学の時の同級生で、同じ野球部にいた男だった。家業を継いで、地元で米屋と燃料店を営んでいる友人とは、私が大学に進んだ後も、帰郷の折に何度か顔を合わせていた。

——おう、何だよ。こっち来てたの？

配達の途中だという彼は、野球帽を被り、街灯の下で、昔と変わらない人なつこい笑顔を見せた。私は、悪趣味にも「ちょっと、人を殺しにね」と答える自分を想像した記憶がある。

私と的場の関係も、的場の家のことも知っていた彼は、私が的場の家から出てきたことについても、何の不審も抱いていない様子だった。むしろ、先回りをするように顎で的場の家の方を指し、彼は元気かと聞いてきたくらいだ。

——あの人も、相変わらずかい。

——まるで、変わらないよ。

私の答えに、同級生は軽く頷き、寒そうに肩をすぼめながら、これからの季節は灯油の配達があるから、遅くまで走り回らなければならないのだと言った。そして、今度帰って来るときには、予め連絡をしてくれとも言った。

——たまには野球部の連中で集まろうや。的場さんと関係ないときでも、帰って来るんだろう？

——そりゃあ、そうだ。まだ、親父がいるしな。

——たまに見かけるよ、おまえんとこの親父さん。一人でも、かくしゃくとしてるなあ。俺のことも、覚えてくれててな。

——たまに、見てやってくれるか。

——おう、任しとけ。

頼むなと、軽く手を振った後、私は車に乗り込んだ。友人は、ヘッドライトに照らされながら、手を振って見送ってくれた。

「なお、行動の内容について、多少の不可解な点が含まれていることに関しては、被告人本人が、本鑑定に対して協力的とは言えず、固く口を閉ざしていることから、その真意を量り知ることは不可能であった」

鑑定人の正直な証言を、私は支持した。初めて、鑑定人を受け入れられる気持ちになったほどだ。たとえ、人間の精神を探る専門家であっても、語らない相手のことを真に鑑定するのは無理に決まっている。

私のとった行動に、さらに「なぜ」が浴びせかけられるかも知れないことは、覚悟の上だった。

なぜ、そこまで頑ななのだ。なぜ、医者に対してまで語ろうとしないのだ。なぜ、誤解さえも甘んじて受けようとするのだ。大方、そんなところだろう。私は、ただ単に、何かを答えることによって、自分の立場を少しでも有利に導こうという気持ちすら、さらさら無くなっていただけのことだ。そのことを、誰も理解していなかった。

鑑定医は「犯行、特に殺人についての、被告人の反省と、その心理に関する考察」と題して、私の倫理観、道徳観などについて述べ始めた。

「——甚だ無造作に、躊躇なく着手され、かつむしろ冷静と思われるほどに遂行されており、その時点での無思慮、無分別さは、本被告人においては、特殊な精神障害状態の追加が見られない点から、本来の性格的異常の発展とともに、道徳性、倫理性の発達に重大な欠陥があると解せられる」

「——性格異常の程度は、かくのごとき行動を、甚だ無造作に敢行することを可能にするものであり、かつまた、その反省においても、本被告人は一切の感想を述べないというものである。また、殺人行為に関して、非社会的な行動であることは明快に認識しているとと言いながらも、それは一般論の域を出ない感想であり、個人がどのような倫理観をもち、反省を行っているかについてすら、まったく話そうとしない点から、その異常性は、相当に顕著な程度と認められる」

「——即ち、犯行後においても、比較的無頓着に振る舞っていたと思われる。犯行前後にわたる全経過に見られる異常性も、本被告人の性格に於ける異常性に帰すべき以外に、特別の原因が加わった証も認め得ない」

性格異常という判断が下されるとは、予想していなかった。私は、素人考えの常として、これまでの説明からも、パラノイアと言われるか、または、精神分裂病とでも判断されるのではないかと、漠然と予測していた。だが鑑定医は、私には分裂病の可能性はないと断じた。

背後で、穂坂が荒々しくため息をついたのが耳に届いた。それに反して、私の真正面に座っている検察官は、余裕のある、静かな表情をしていた。

「――結局、性格異常の種別、その程度、ならびにその原因が問題であると考えられる。本被告人に認められる現在の性格異常の程度、並びに犯行当時に於ける精神状態が、果たして心神耗弱(しんしんこうじゃく)と判断される程度に重症であるかどうかだけが、問題となるであろう。

犯行当時、本被告人には、特に飲酒、薬物などによる一時的な中毒症状もなく、本被告人が話そうとしないことから、推測の域を出ないにしても、甚だしい感動状態も、また、その原因となるほどに重大な事態も認められなかったと考えられる。また、意識障害その他の精神障害が加わったという証拠も認められない。つまり、本犯行の全体が、被告人の性格に於ける異常さに起因するものであると、認めざるを得ないわけである。従って、心神喪失、または心神耗弱の程度についての考察は、問題外となる」

さらに鑑定医は、犯行直後の私の態度に言及し、私の内にひそむ背徳性、冷酷さ、反社会性を指摘すると共に、それらは私の性格異常の程度を明示するものであると言った。

——確かに、異常なのかもな。

三年もの長い歳月、たった一点だけを見つめて、しかも、殺人のための殺人というような、他の人間から見れば無意味としか思われない、破壊的な一点だけを見つめて生きるなどということは、通常の生活では、到底考えられないことに違いない。

最後に、鑑定医は私の性格異常を相当程度に重いものであると言い、私を、いわゆる精神病質者であると断じた。実はこのような人間は、一般には心神耗弱と認められる可能性があるという説明を聞いて、私はにわかに落ち着かない気分にさせられた。

「しかし、そもそも性格異常の程度の判定は、困難をきわめるものです」

私は、鑑定医の色つやの良い横顔を見つめていた。

「性格異常者の多くは、家庭生活や社会生活に破綻を来し、ある者は犯罪行為に陥ることもあります。そして、その『結果』から、ようやくその異常性や、異常性の程度が判定されることにもなるわけです。つまり、本被告人においても、今回のような犯罪行為に走らなければ、その異常性は埋没し、誰の目にも明確には認識され得なかったものであろうと思われます。また、一般論になりますが、心神喪失、または心神耗弱についての判断とは問題外の場所に位置する、この種の衝動性を持つような性格異常者が、正常者より罪が軽減されて良いかどうか、ということも、問題となることと考えます」

つまり、鑑定医は私を正常者と同様に扱うべきだと主張したわけだ。私は、その意見に胸を撫で下ろした。

判決では、私は性格異常と「認定」された上で、刑事責任能力を限定する必要はないと判断された。穂坂が、最後の突破口として望みを託した精神鑑定も、結局のところは徒労に終わったということだ。懲役八年の判決は、私には意外なほどに軽いものだった。

「納得できるのか。あんな鑑定結果を出されて、ええ?」

穂坂は、直ちに控訴をすべきだと言い、すがるような目で私を見た。自分の力不足を責め、私の不運を嘆きながら、彼は「諦めたくない」と言った。

「お前の性格は、俺がいちばん良く知ってる。お前は、あの鑑定で言われていたような、冷酷な奴でも、残忍な奴でもないじゃないか。なあ、あんな結果を出されて、その上、性格異常とまで言われて、引き下がるのか」

私は、控訴の意思はないとだけ言った。穂坂は殴られたような表情になり、指先が白くなるほどに握り拳を作った。

「俺は、納得できない。お前なりに考えて、黙秘を通したんだとは思うが、だからって、どうして性格異常なんて言われなきゃならないんだよ。大体、どうして何も話してくれないんだ」

「また、その質問か。それじゃあ、振り出しに戻るだけじゃないか。もう、いいよ。これ以上、『なぜ』と言われるのは、たくさんだ」

穂坂は、うなだれて帰っていった。その後も、何度か面会には来てくれたが、やがて、その回数も減っていった。私にとっては有難いことだった。

一定のリズムを刻むだけで、決して前には進まない時計が支配しているような刑務所で暮らしている私にとっては、肉体のあらゆる場所に確実に時を刻み、生活の記録を残しているような、俗世間の人間と接触することは、心を乱すことにしかならなかったからだ。

確かに、私は異常なのかも知れない。

何の得にもならないことに命を賭けた。その上、自己主張することさえ放棄した。三年以上を費やしたとはいえ、機が熟したと感じるや、何の躊躇いもなしに的場を殺害した。動揺はしなかった。後悔も、していない。残忍、冷酷と評されたことも、受け入れた。

ついに、私は公の場で語ることをしなかった。千葉刑務所に移されて、二週間の教育訓練期間を終え、看守の横暴な態度や暴言にも、規則ずくめの生活にも慣れた頃、私はようやく肩から力が抜け、「なぜ」という言葉に出くわさずに済むようになった安らぎを感じ始めていた。同時に、放心状態とまではいかないが、公判という抑圧からも解放され、ようやく、かなりの疲労を感じるようにもなった。

何を考える気にもならなかった。無表情で、誰とも話さず、脇見もせず、淡々と黙々と身体を動かしていれば、日々は過ぎる。それが、有難かった。命じられるまでもなく、喋らず、笑わず、逆らわず、木偶のように日々を過ごした。食事、入浴にも、他人の目にさらされる用便にも、恥辱や反発や絶望を感じることはなかった。唯一、看守の罵声が飛ぶときだけ、私の中の何かが反応した。

——生き延びたんだ。奴に勝った。


看守はことあるごとに、鼓膜を震わすほどの大声で、受刑者に罵詈雑言を浴びせかけた。お前たちは人間以下のクズなのだ。俺たちの怒りは、お前たちの手にかかった人たちの怒りと思え。辛いと思ったら、二度とこんな場所へ来ないと肝に銘じろ。彼らは毎日飽きもせず、受刑者の誇りを傷つけ、汚物のように扱い、それに我慢の出来ない連中を、待ってましたとばかりに痛めつけた。

「顔が気に入らねえんだよ。クズのくせしやがって、澄ましてんじゃねえ」

「走れって言ってんだよ。おめえのは、這ってんじゃねえのか」

若い看守は、その目にありったけの憎悪を漲(みなぎ)らせて、理由もなしにからんできた。私は、旅先で乗った電車での体験を思い出していた。あの時は、まさしく謂(いわ)れのない憎しみを向けられた。私は戸惑い、恐怖を感じ、そして、最後に相手と同様の憎しみを抱こうとさえ思った。だが、今回は違う。私は正真正銘の犯罪者であり、性格異常者であり、憎まれるべき存在だ。だが、生き長らえている。

——ようやく、あの男から離れてな。

的場を刺したとき、私は何を感じただろう。ナイフを突き立てたときに、私は「今、殺人を犯しているのだ」などと感じていただろうか。

——感じていた。こんなものかと。

特別なことではなかった。見える景色も、見慣れたものだった。少しばかり、珍しい感触があったことは確かだが、生きているうちには、様々なものに出くわすのが当然だ。初めて殴り合いの喧嘩をしたとき、女を抱いたとき、ネクタイを締めたとき、冷たくなった母の額に触れたとき、私は緊張し、時には戦慄し、後々まで、その時の感触を蘇らせた。

同様に、的場を刺したときの感触も、私は幾度となく思い出した。そして、味わった。ナイフの柄の握り心地、全体の重み、的場の背の厚み、そして、手応え。研ぎ澄まされた鋭い刃物が、彼の骨に当たったときの感触。抜くときの抵抗感も、再び首を切りつけたときの、今度は頼りないほどに感じた軽やかな手応えも。

——あいつは、驚いていた。痛みを感じる暇もないくらいに。

あまり強く握っていたために、しばらく痺れたままだった手の感覚まで、まざまざと思い出すことが出来る。あの日、的場はずいぶん酔っていた。あの出血の勢いは、そのせいもあったかも知れない。

的場を殺そうと決意したときから、私には一つだけ分かっていたことがある。間違いなく、私は目的を達成するだろう。そして——どのような手段により、どんな損傷を与えるかまでは思い描かなかったが——絶命し、倒れている的場を、静かに見下ろすことだろう、と。

あの時初めて、私は自分の中に、的場の血の色と同様の、深紅の花が開いたのを感じた。大輪の、熱帯の密林に咲くような花だ。濃密な、湿度の高い大気の中で、静寂という蜜を出し、突如として開ききるような花だ。血の広がりの中に横たわる的場を見下ろしながら、私は陶酔し、その花を愛(め)でていた。たった一輪の、この花のために、私は全てを犠牲にした。ひたすら丹精して育て、肉体の全てを提供したのだと、改めて感じていた。

鑑定医は、私の異常性を指摘した。これだけ冷静に思い出すこと自体が、私の異常性なのかも知れない。殺意が育つ過程を考えれば、それは当然のことだ。私の中に張り巡らされていた日常的な感覚は、全て寸断、遮断されたのだ。情緒と呼ばれるもの、温りを求めるものは絶えていた。顔の筋肉すら、ほとんど動かなくなっていた。

鑑定医は、言っていた。

「犯行前後にわたる全経過に見られる異常性も、本被告人の性格に於ける異常性に帰すべき以外に、特別の原因が加わった証も認め得ない」

正常な状態のままで、殺人を犯すことの方が、よほど異常だというパラドックスに、あの男は気づいていないのだろうか。日常の感覚を備えたままで、他人を殺せるというのか。

結局、何度、あの男に会っただろうか。

あの、精神科医に。

法廷で、私は時折目を上げて、一、二メートルと離れていない証言台に立つ彼を眺めていた。鑑定医を見たのは、あの時が最後だった。

落ち着き払った表情で鑑定書を読み上げる姿を見ながら、私は、彼に初めて会わされたときの印象の全てを打ち消していた。

興味を抱いたのは、あの男の人間性そのものにではなく、彼の内に蓄積されているはずの、経験から来る豊富な知識、人間の心を覗く、プロとしての眼差し、彼が私という、いわゆる犯罪者と向き合ってもなお維持し続けていた落ち着き、そういったものに対してだったのだ。

私は、あの男によって心のひだの奥底までも暴かれようとした。あらゆる手段を使ってテストをされ、語らないことを暗に責められた。私個人の問題で、既に没している肉親や、別れた妻にまで、影響が及んだことを知った。そのことにより、つまり彼のとった行為によって、自分の内の罪悪感を呼び覚まされたのだ。

それにしても、殺人者としての感覚ばかりを追及されていた私は、相当長い間、「友の死」というものを考える余裕を与えられなかった。

的場は死んだ。もう彼はこの世にいないのだ。この空気を吸い、この風に吹かれ、陽に当たることもない。世の中で何が起きようと、彼はもはや何も感じない存在になったのだと、しみじみと感じるようになったのは、この刑務所での暮らしも板につき、わずかながら季節の推移を感じる余裕が生まれてからのことだ。

奇妙なもので、殺した実感はあっても、的場が逝ったという実感は、あまりなかった。倒れた的場は、脳裡に焼き付いている。それは、いわゆる一般にイメージされる死体というものとは、異なっていた。死体という物体ではなく、大量に出血している、生身の的場そのものだった。私は、彼を眺めながら少しの間陶然とした時を過ごし、それから血糊の付いた手とナイフを丁寧に洗い、最後に、あの家を後にするとき、身じろぎもせず横たわったままの的場に触れてみた。脈は止まっていた。しかし、温もりは残っていた。私は殺した実感を追い求めることに懸命になっていた。

その後の的場を見ていない。葬式にも出ていない。その上、あの三日後には、私の時間は止まった。

逮捕されたのは月曜日の朝だ。的場を殺したのは金曜日の夜だった。日曜日の夕方になっても、夫が帰宅しないことから、的場の女房は夫の親戚に電話をかけ、様子を見て欲しいと頼んだらしい。的場の生家から比較的近い土地で暮らしていた親戚は、的場の家を訪ね、そこで、冷たくなった彼を発見した。現場に、私の勤務する会社の社名入り封筒が残されていたことから、その日のうちに、私は警察官の来訪を受けた。その時点で、私の時計は止まった。

二人組でやってきた刑事は、的場の顔写真を示しながら彼の死を知らせ、慇懃な口調で、事件当日の私の行動を質問し、現場に私の物と思われる封筒が残されていたのだと言った。

「金曜日に、彼と一緒にあの家に行きましたから。置き忘れてきたのでしょう」

逃げるつもりも、隠すつもりもなかった。最初から「殺しましたか」と聞かれれば、「殺しました」と答えただろう。そんな容疑者を扱い慣れていないのか、刑事は、遠回しに私の仕事のことや、的場との関係などを質問した。私は、それらの質問に、一つ一つ答えていった。

日曜日は、刑事はそのまま帰っていった。私は一晩をかけて、家の掃除の続きをした。殺した日の夜から、私は家を去る準備に入っていた。あの日に殺すとは考えていなかったので、気持ちの整理はついていても、私の周囲には、サラリーマンとしての日常が、まだ溢れかえっていたのだ。

月曜日の早朝、再び刑事が今度は四人でやってきた。前日とは打って変わって、最初から威圧的な態度になっていた。両脇を挟まれ、私は車に乗った。都心に向かう車の列を横目で眺めながら、私は故郷の警察署に連行され、現場に残されていた指紋が、私のものと一致したと言われた。

「これを、どう説明するつもりだ」

「説明することは、ありません」

「つまり、あんたが殺ったってことかね」

私は、ゆっくり頷いた。口に出して、「私が殺しました」と言うまで、刑事は納得しなかった。そして逮捕された。

起訴が決まり、留置場の独房に入れられて、ふと、こんな私の姿を見たら、彼ならば何と言うだろう、どんな顔をするだろうと思うことはあった。私が的場ではなく、他の誰かを殺していたとしたらと。

——馬鹿野郎。

あの男のことだ。拳を震わし、涙を流して激怒することだろう。次には、手紙や差し入れを、こまめに届けてきたに違いない。そして、心配するな、きっと無事に社会復帰をさせてやる、何の不安もないように、お膳立てをして待っていてやると、ことあるごとに伝えてきたことだろう。そんな的場を想像するのは、難しいことではなかった。

「夢を見たりしないか」

「見ません」

「お前の親友だったんだろう？　さぞかし悲しんで、恨んでるとは思わんのか」

「どうでしょうか」

「薄情な野郎だな」


的場は私にとって、誰よりも近しい存在であり、信頼に足る男であり、心の拠り所となるべき存在だった。そのような男を私は永遠に遠ざけた。彼の人生を断ち切り、的場の周辺にいた人々の人生をも狂わせた。

常に、的場の悪酔いの種になった、彼の女房は、どうしているだろう。ことあるごとに、母親の味方に付き、父親などというものは、自分たちに必要な金だけを運んでくる存在に過ぎないのだと教育されていた——と、的場が言っていた——二人の子どもたちは。

結局、私が得たものといえば、遺族や私の身内、多数の人々の怨念と軽蔑、悲痛な叫び、極端に制限された生活と、望みのない未来、既に見る影もなく萎れてしまった一輪の紅い花以外にはない。

それでも、後悔はしていない。何度考えても、どれほど不自由な、屈辱的な日々を過ごそうとも、一度として、後悔したことはなかった。むしろ、私は自分の内に眠っていた本能に敬意を払っていた。

身内の者に対する罪悪感も、やがては諦観に変わっていった。所詮、彼らにも、私と同じものが流れているのだ、気づこうと、気づくまいと。

——花は散った。

もっとも狂わされたのが、殺人者である私自身の人生であることを、恐らく誰一人として考えていないに違いない。

私は、的場の家族や私の親類、さらに的場自身の対極に存在する者だ。もしも声高に「私の運命も狂ったのだ」などと叫ぼうものなら、石つぶてが飛んでくることだろう。

誰も、考えはしない。

殺人者の私を作り上げたのは、的場だったのだということを。私の振りかざした刃から、的場が逃げ切れなかったのと同様に、的場が振るった様々な脅威から、私も逃げ切れなかった。

恐ろしかったのは、的場のむき出しの感情だった。羞恥も臆面も躊躇もなく、的場は常に、驚くほどストレートな感情を私にぶつけてきた。少年時代の私は、彼の勢いに圧倒され、翻弄され、一時は熱に浮かされたようにさえ、なったものだ。彼は、常に熱く、冷たく、固く、柔らかかった。あまりにも簡単に、彼は表情を変え、その都度異なる感情を、強烈に放出していた。

少年の私は、無条件で白旗を掲げていた。そのような強烈な個性、単純な自己主張には、とてもかなわないと思っていた。

成人して、時がたつにつれ、その考えは改められていった。人間は誰でも自分自身の生を、可能な限り肯定的に受け入れようとするものだ。私は私なりに、多少の不器用さ、愛想のなさ、人付き合いの悪さ、頑固さなどを含む、私という男と、気軽に付き合おうと考えるようになっていた。私は私という男を、そこそこ気に入っていた。

一人で悦に入ることもあれば、頭を打ちつけたくなるほどの自己嫌悪に陥ることもある。恥じ入り、反省し、または自画自賛することもある。年齢と共に、その起伏は緩やかになり、穏やかな凪の状態が続くことが増える。そういう日々も、私は気に入っていた。

だが、的場は違っていた。彼は、知り合った頃と変わらないばかりか、むしろ激しさの度合いを増していた。

最初に植え付けられた卑屈な気分や恐怖心は、そう簡単に払拭されるものではなかった。

的場と会う度に、私は、彼の激しさ、ある種の幼稚さに尻ごみし、もう、彼の一挙手一投足に左右される年齢ではない、子どもではないと分かっていながら、条件反射的に翻弄された。常に、姉のお下がりの勉強机の前に座り、俯いていたときの気分を蘇らせ、苦々しく、気恥ずかしい思いに捉われた。

的場はよく、尻に小さな消しゴムのついた鉛筆で、広げられたノートのページをこんこんと叩きながら、いかにも愉快そうに、皮肉っぽく唇の端で笑った。

「お前は、本当に物わかりが悪いね」

その度に、私は、恥ずかしさに身の縮む思いがした。

物わかりが悪い——。それは、二十数年の付き合いの中で、私がもっともよく聞かされた評価だったように思う。私自身としては、そんなことはないはずだと思っていた。だが、とにかく的場が、あの、いかにも傍若無人な野太い声で、「お前は本当に」と言うとき、私は、自分がこの上もなくちっぽけな、下らない人間のように思えてならなかった。それは、最後まで変わらなかった。

一方で、的場ほど私を褒め讃える男もいなかった。明らかに世辞と分かるような言葉を用いて、彼は、それこそ額に汗まで浮かべて、私を褒めちぎることがあった。少年の頃、私はその都度舞い上がり、有頂天になった。しごく単純に、「先生」に認められた、と感じるだけで、幸福だった。

やがて、私は理解した。的場は自分の気分で言っていただけなのだ。その褒め言葉は、常にその場限りのものだった。真に私を救い、励まし、萎えた心を奮い立たせ、または、自分には未知だった貴重な長所の発見と思わせるようなものではなかった。

「お前のその真面目さを見てると、日本はまだ大丈夫だと思うよ」

「いいなあ、そういう感覚は」

「真垣の言葉には、重みがあるな」

褒められれば褒められるほど、私は的場の笑顔の向こうに「本当にお前は」という、ちっぽけな子どもを庇護しようとするかのような表情を読み取った。単純に喜べば、その後ですぐどん底に突き落とされるということも分かってきた。それが、彼の持ち味、性格だったのだ。その手には乗らないと思いつつ、翻弄される。芝居がかった的場の仕草、表情に辟易（へきえき）しつつ、遣り過ごすことが出来なかった。

ものの見方、感じ方においては、私たちは確かに共通する部分が多かった。当然のことだ。何しろ、私は的場の影響を全身に浴びて育ったのだから。的場を真似るのに懸命だった時代がある。一日も早く、彼から対等に扱われる男になり、彼の気持ちを汲み取り、こちらが相談相手になりたいとさえ望んでいた。

兄のいない私にとって、的場は「先生」であり、兄であり、憧れだった。彼こそが、私を成長させてくれた、もっとも貴重な存在だということが信じられたし、誇りに思っていた。

だが、私は的場とは違う。私は、それをかなり早い時期に感じていた。憧れを抱き、目標にしていた時代を越えて、そう自覚したとき、私は彼からの巣立ちを実感し、的場に感謝した記憶がある。だが、それを納得しなかったのは、的場だ。

的場は、常に私に不満を抱いていた。

何故、そんな感じ方をする、そんな考え方をする、そんな反応をする、そんな選択をする。彼はよく私を責めた。「男なら」という台詞を、彼はよく使った。そう簡単に私の巣立ちを認めようとはしなかった。

思えば、あの頃も私は常に「なぜ」という言葉にさらされていた。

一見すれば豪放で、何事にも拘らないたちに見える的場が、実際にはどれほど小心で臆病であるか、人から理解されにくく、また、その孤独を持て余しているかということも、私なりに知っているつもりだった。彼は、職場でも家庭でも、やがて自分の居場所を失っていくだろうと、私は予想していた。

いつの頃からか、私と的場との関係は逆転していたのだ。的場は私を頼っていた。甘えていた。私の存在を、励みにすらしていた。私は、負担に感じ、辟易しながら、やはり受け止めざるを得ない立場に立たされていた。私以外に、的場を理解する者はいないという発見は、哀れを誘い、互いの上を流れた時を思わせた。

――そうこうするうちに、年老いていくのだと思っていた。お互いに。

酔いつぶれた的場を眺めながら、幾度となく、私は思っていた。

「お前に、頼むからな」

最後の数年、的場は酔うと同じことばかり言うようになっていた。

「俺が死んだら、お前が葬儀委員長をやるんだぞ」

「会社の誰かが、やるだろう」

「馬鹿、言え。死んだ後まで、世間に縛られてたまるか。お前が、やるんだ」

「嫌だよ、断る」

私は常に素気なく答えた。的場は決まって、眠そうな目で私を睨み付け、頭を揺らしながら「どうして」と言った。私は、その都度あれこれと適当な答え方をした。面倒だ。酒が飲めなくなる。人前で話すのは苦手だ。

「そんな下らない理由で、断ろうっていうのかよ」

的場は、目をつぶり、気持ちよさそうな表情で笑っていた。「だから、お前は」と言いながら、目尻に皺を寄せ、時には私の肩を叩き、揺すりながら、笑っていた。

「女房にも逃げられて、中途半端な落ちこぼれになったお前に、最後のチャンスをくれてやろうっていうんだぞ」
「誰かの仲人をすることは不可能になったんだ。それくらいやって、社会的に認められろよ」
「お前の面がまえはな、葬式向きなんだよ」

あの男は、私よりも先に逝くことを、当然のことのように話していた。それに対して、私も反論しなかった。いつか、こういうことになると、感じていたわけでもあるまいが、私は彼を、私なりの方法で見送ることになるだろうと感じていた。

的場の人間性、私との関わりが、私の内に長年にわたり眠っていた。錆び付き、苔むしていたような殺意を呼び起こした。

それほどまでに、的場を憎んでいただろうか。いくら考えても、そんなことはなかった。翻弄され、辟易していたことは確かだ。不満が渦巻いていたことも確かだ。だが、そこから先、私の内で起こったことは、的場自身とは関係がない。殺意は、芽吹き、蔓を伸ばして育つうちに、やがて、「特定の誰か」を殺そうというものではなく、もっと純度の高い、余分な感情を伴わないものへと昇華されていったのだ。

飢えた獣が獲物を狙うときに、食欲以外の何があるだろうか。

当初は、相手が的場だからこそ、殺す決心をしたのだと思っていた。彼が、きっかけになったことに疑いの余地はない。「好い加減にしてくれ」と叫びたい気持ちだったことも確かだ。私は、かなり切迫した危機感を抱いたし、殺らなければ殺られると感じた。だが、三年の間に、言うなれば、私の内の殺意は熟成され、純化された。的場との関係は、あの電話の前後で変わるところはなかったし、的場自身は、そんな電話をかけたことすら、覚えてはいない様子だった。あのような電話の切り方、会話の中断は、的場の得意技だった。珍しいことではなかった。

*　*　*

殺人者の中にも、実に様々な種類の人間がいるものだということは、刑務所に入ってから、改めて感じさせられた。そして、私という殺人者は、彼らの中でも、かなり特異な存在なのではなかろうかと気づき始めた。低次元で俗悪な殺人者というのも、数え切れないくらいに存在する。彼らは、人の生命を奪うということを、真剣に考えることなく行為に及んでいる。犯した後で、ことの重大さに気づき、恐れおののき、赦免を乞い、自らの愚かさを嘆くのだ。いや、愚かさに気づくだけでも、まだましな方かも知れない。

闇雲に人の生を断った者たちは、生きながらにして死んでいるような世界に閉じ込められるうち、やがて自分の犯した罪について、様々に披瀝しあうようになる。この特殊な世界にいる限り、殺人者たちは、己の歴史を隠す必要はない。彼らは繰り返し、吐き出すように、自分たちの犯した行為について語りたがった。

「運が悪かったんだ。逃げ出してよ、角を曲がったところに、おまわりが立っていやがった」

「ほんの弾みだよ、弾み。向こうが『殺せるもんなら、殺してみろ』なんて言うもんだから。つい、な」

「相手が騒がなけりゃあ、何も、あんな真似、しやしなかったんだ」

人間の滑稽さというものだろうか。自分の犯罪について何度も語り、また人の犯罪を知るうち、記憶は徐々に変容し、脚色され、中には、いつしか英雄的な気分を抱き始める者も少なくない。泣きながら、手にかけた人間の菩提を弔うべく、余生を捧げると言い切っていた男も、やがて自己主張をし始め、自らの不運を嘆き、被害者に対して恨めしい気持ちさえ抱くようになる。

現実については、努めて何も考えないように自分を仕向けながら、三食を食い、号令と規則だけに従って暮らすうち、殺人者たちの時計は通常とは異なる時の刻み方を始める。世間から隔離されている間は仮死状態に近く、渇いた心は潤いや刺激を求めるあまり、過去、または未来へと、一足飛びに思いを馳せる。

「ここから出たら、まず、何をしたい」

受刑者たちの好む話題は、体験談以外は、常にそれだった。女を抱きたい、ゆっくりと一人で風呂に入りたい、旨(うま)い酒を飲みたい、寿司を食いたい、煙草を吸いたい、寝坊をしたい、子どもと遊びたい——。

被害者の墓参りをしたい、遺族に謝罪に行きたいなどと言う者は、一人としていない。抑圧されている欲望を満たすことが、先決だった。

「あんたは」

私も、聞かれることがあった。私は、何も考えていないと答えた。

「そんなこたあ、ねえだろう。まさか、ここがいちばん暮らしやすいなんて、思ってるわけじゃあねえんだから」

誰かが食い下がろうとしても、すぐに他の男が割って入る。生来の喋り好きには、話すことさえ制限された環境は、それだけでも拷問に等しいらしい。

喋り好きの者だけではない。生来、持ち合わせている特性が、これほど如実に現れる世界もない。自己中心性、虚栄心、優柔不断、短気など。そして、それらの特性こそが、ここへ来ることになった、大きなきっかけとなっている場合が多いのだ。私は、こんな世界へ来なければ、恐らく生涯関わらなかったに違いない連中と寝食を共にし、彼らを眺めることで、再び自分に目を向け始めた。その都度、自分に押された烙印を思い出した。

——俺は異常性格者か。

許される行動の範囲が狭ければ狭いほど、人間は貪欲になる。その欲望の圧力は高まり、抑えがたいものになるのだ。受刑者の中には、食にも性にも、まさに人間以前の、動物のような行動をとる者も現れてくる。

私は、変わり種の模範囚と目されていた。特別に親しくなった相手もいなければ、看守の横暴に対しても、反抗せず、喧嘩に巻き込まれることもなく過ごした。刑務所内でどれほど自己を発散させても、抑圧から解放されるわけではないと分かっていたからに過ぎないが、看守たちは、私が自分の犯した行為を悔いていると受け取ったかも知れない。

「二度と同じ間違いを犯さない、立派に立ち直ることが、お前に出来る、せめてもの償いだ」

何を言われても、私は素直に頷いた。性格異常者と決めつけられた私に、まともに話しかけてくることが不思議だった。皮肉のつもりはない。異常な人間に、常識で語りかけること自体が、無意味で滑稽なことのように思われたのだ。

「過去が消えるわけじゃない。だが、ここで立派に罪を償えば、お前はチャンスを与えられることになる。それを忘れるなよ。おまけの人生だと思って、感謝して暮らすことだ」

ことに仮出所が決まってからは、くどいほど同じことを聞かされた。罪悪感を煽り、更生を誓わせ、社会に貢献できる人間となるように、信仰心を持ち、心豊かに暮らせと。

風貌か物腰か、受刑態度か、看守たちは、次第に私を異常者と思わなくなっていたようだ。私が動機を語らなかったことについても、さして気に留めている風ではなかった。

「長年ここにいれば、色々な人間を見る。お前の態度を見ていれば、おおよそのことは分かるつもりだ。言うに言われぬ事情も、あったんだろう」

たとえば、そんな風に言われることもあった。私は、沈黙を続けた。

「運命の皮肉っていうのか、そういうのは、何もお前だけじゃない。何で、こんな人がと思うようなことは、珍しくないんだ」

確かに、皮肉な話だ。的場との縁が、どこかで途絶えていたら、こういうことにはならなかったかも知れない。的場だからこそ、私の内の殺意を目覚めさせた。他の誰もが踏み込まなかった地点にまで、入り込んでしまったのだから。

三年あまりの間、的場を殺すことだけを念じ続けていたわけではない。私は元来、平凡な男であり、日々の生活を平穏無事に過ごせるのなら、それがいちばん望ましいと信じている男だった。多少、退屈であっても、変哲もない毎日を送ることこそが貴重だと考えていたし、そんな人生を慈しんでもいた。妻にも、会社にも、不満はなかったのだ。

――つなぎ止めてくれ。引き戻してくれ。

ことに、離婚までの一年間は、そう祈ることも屢々だった。毎日の出来事に没頭していれば、殺意の成長をくい止めることが出来るのではないかと、微かな期待を抱いてもいた。

真剣に養子を取ることを考えるべきなのではないか、たまには幸江と旅行でもしようか、趣味の幅を広げようか――悪あがきと分かっていながら、そんなことも考えた。

人間の気持ちはうつろいやすく、次第しだいに、新しく目の前に現れる事象に注意を向けるように出来ている。時の流れと共に、私の殺意も薄れていくに違いない、そうであって欲しい、そうあるべきだと、繰り返し願った。

だが、ひとたび入ったスイッチは、他の様々な欲望や好奇心、衝動などとは異なる回路につながっていたとしか思えない。殺意は、波の強弱のように、高まったり弱まったりしながらも、決して消滅しなかった。


それは、独自の意志があるかのように、ゆったりと育ち続けていた。私という肉体を栄養にして、それは、長い眠りから覚め、もはや、何ものにも阻まれず、決して元の箱に戻ろうとはしなかった。立ち枯れることもなく、やがて主である私を圧倒するほどの勢いをもって育っていったのだ。

——生け贄のようなものだな。

ある時点から、私は感じ始めた。一人目の生け贄が私自身であり、二人目が、的場だ。的場と出逢ったこと、そして、この平和惚けと言われる日本で、平均的なサラリーマンとして生活する、何万人もの男の中で、そんな殺戮の本能に目覚めてしまったこと、理性によって、その欲望を押さえつけるどころか、馬鹿丁寧に、忍耐強く、育て続けたこと。何もかもが、運命のようにも思えた。

「刺せば、相手が大怪我をする、ことと次第によっては、死亡するということくらいは、分かってたのかね」

「――分かっていました」

「じゃあ、相手に傷を負わせる、または、殺すつもりで、刺したってことになるな」

「――そういうことに、なると思います」

「どっちだったんだ。怪我をさせるつもりだったのか。または、最初から殺すつもりだったのか」

「刺せば――死ぬだろうと思いました」

刑事は、興味深げな表情で、私を下から覗き込んだ。

「つまり、そりゃあ、殺そうと思ったってことかね」

「――」

「刺せば死ぬかも知れないと分かっていながら、ナイフを手放さなかったんだろう？だったら、そりゃあ、あんた、明らかに的場氏を殺すつもりだったと、そういうことじゃないかね」

「そういうことに、なるかも知れません」

「知れません、じゃないよなあ。あんた自身のことなんだから、曖昧じゃあ、困るんだ」

刑事の言うことは、もっともだった。だが、彼の、静かでありながら人を威圧する口調や、その執拗さ、そして、しきりに鼻を鳴らす癖が、私にはどうしても馴染めなかった。反発を抱くほどではなかったにしろ、その段階で、私はほとんど直感的に、この男に話しても、真実は伝わらないに違いないと判断した。それ以前にも、漠然とではあるが、私は「わけ」については、語るべきではないと考えていた。弁解めいたことを言っても仕方がないというような、半ば自己陶酔的な矜持、肩肘を張った美学が働いた時期も、ないではない。逃げも隠れもしないと、胸を張っているべきだなどと、考えたこともあった。

しかし、三年あまりの間に、私の感覚、感情、思考は、ありとあらゆる方向に四散し、漂流した。

「どうなんだい」

「殺す、つもりでした」

面倒なことは言いたくなかった。何よりも、その刑事と向かい合っていたくなかった。また、私の僅かばかりの知識からすれば、もしも、話したいことが出てきた場合には、検察官の取調べの際に話せば良い、その先には公判の場もあると思ってもいた。

「なるほど、ナイフを握ったときには、既に、あんたは的場氏を殺すつもりだったんだな。つまり、最初から殺すつもりで、ナイフを手にとった、と。それに、間違いないな」

「——はい」

「じゃあ、いつから、的場氏を殺すつもりだったんだ」

「——。直接には、ナイフを握った瞬間からです」

「直接には、か。じゃあ、間接的には、どうなんだい。日頃から、いつか殺してやろうと、そう思ってたってことかね。それとも、具体的に、何かのきっかけがあって、たとえばその日の朝とか、的場氏の家に呼ばれていったときからとか、的場氏から呼び出されたときとかだな、そういう時にこの野郎と思うような、何か、そういうことがあったのか」

答えなかった。

あたかも運命の啓示のような意志が、しかも三年以上も前から働いていたなどと、わざわざ言う者はいないだろう。不用心にそんなことを言ってしまえば、それにしては計画性がなかったではないか、それにしては、ずさんな方法だったではないかなどと、余計に面倒なことを質問されたに違いない。的場を殺害した事実は認めている。十分な物証も残している。余計な話はしたくなかった。

私は、早く一人になりたかった。

「どうなんだい。日頃から、的場氏に対して殺意を抱いてたのか、え？」

「――」

「黙ってるところを見ると、そうなんだな」

「そういうわけではありません」

「じゃあ、どういうわけなんだか、説明してもらおうかね」

「――あの日に限って、そういうことに、なりました」

そこで、刑事は身を乗り出してきた。四十代の後半か、それくらいの年齢だろう。特に大声を出すことも、必要以上に脅すような真似もしなかったが、静かな口調にかえって凄みがきいていた。今時珍しいほどに男臭い、見事な面魂（つらだましい）の刑事だった。

「あの日に限って、ねえ。だが、もともと心の隅っこにでも、そういう気持ちがなけりゃあ、突然そんなことには、ならないんじゃないかねえ」

刑事の仕事は、容疑者を捕まえることだ。無事に起訴できるだけの証拠と書類を揃えれば、あとは検察に任せれば良い。

「第一、あの日のあんたは、落ち着いて手を洗い、ナイフを元の位置に戻し、自分で車

を運転して自宅に戻ってる。普通、衝動的に殺人を犯した場合なら、もう少し慌てても
いいはずなんだがね。何か、こう、ちぐはぐなんだよな。計画的とも思えない。衝動的
でもないようだ。一体、どうしてなんだ。どういうことなんだい」
「――」
やがて、刑事は「まいったねえ」と、奇妙な明るさを含んだ声で言い、頭を掻きなが
ら、私の前から消えた。
違う刑事は、私を人間のクズと言い捨て、大罪を犯したことが分かっているのか、兄
弟同然の男の生命を奪ったことの重大さをどう思うのだなどと、思いつく限りの言葉で
私をなじった。
「刺せば死ぬって、分かってたんだろう？」
「――分かっていました」
「それでも、刺したんだな？　ええ？　何でだよ。的場さんが、お前に何かしたのか、
何か言ったのか？　強請(ゆす)ったとか、たかったとか、女を寝取ったとかよ、何か、お前に
迷惑をかけたのか？」
「――いいえ」
「じゃあ、的場さんが死んだら、お前にどんな得があるんだよ。何か、利益を得るの

か？」

「何も、得はありません」

「馬鹿野郎っ！　それが分かってて、どうして殺るんだよ！　お前の頭には、何が詰まってんだ！」

　その口調の激しさには、ある種小気味の良さがあり、現実感を伴わず、私は、自分の直面している事態から、かえって遠離った気分になることが出来た。

「そのふてぶてしさは、何なんだよ。お前、何様のつもりなんだ」

「——」

「恨みもない、得もしない、それでも殺したって言うんだな、ええ？　だったら、お前は殺したいから殺したってことになるんだぞっ」

　あまりにも芝居がかった、その台詞こそが、実は的を射ていたのだ。その刑事が何人もの殺人者、または容疑者と向かい合い、培ってきた経験が発した言葉に違いなかった。

　安っぽい芝居の中の真実。刑事は、何も本気で怒っているわけではなかったと思う。それが、彼の役割だった。そして、限られた時間の中での追及だった。私は、苦心して黙秘を通したわけではない。ただ、嵐の通り過ぎるのを待っているような気分だった。徐々に広がっていく達成感、充足感を密かに味わっていただけだった。

あの時点で、「なぜ」と考える余裕など、ありはしなかった。ただ、目的は達成された、これで、全てが終わったのだと確信するばかりだった。いや、刑務所に移されてからの数年間も、同様に私の意識は、的場にしか向いていなかった。

彼と私との関係、二人の背負った運命を考えるだけで、精一杯だった。

寛容さ、人一倍の忍耐力、人の好さ、内向性、義理堅さ、実直さ――。

私を形づくっているそれらの要素の、どれかひとつでも欠けていたならば、的場を殺さずに済んだかも知れないと、私は結論を出した。

さらに彼を喪（うしな）った後で改めて、自分がいかに的場という男から精神的に支配されていたか、その影響を受けて育ち、生きてきたか、その影響力を享受しつつ、常に恐れていたかを、整理して考えることが出来た。

これだけ不自由な生活を強いられながら、私は解放感を味わった。ほとんど、呪縛といっても良いようなものから、やっとのことで解き放たれたのだ。的場を喪ったことを残念と思ったことは一度としてない。

受刑者は再犯率が高いという。当然のことだ。彼らの大半は、反省などしていない。いや、最初は反省もする、傷つけた人や、その家族、迷惑をかけた様々な顔を思って、大の男が肩を震わせて泣くことも、決して珍しくはない。

だが、時間が止まっているような狭い空間で、彼らはやがて、自分ばかりが不当な扱いを受けているような意識を持ち始める。

自分の非が分かっていながら、不満が募り、誰かに恨み言をぶつけたくなる。そうでなければ、プライドが保ちきれないのだ。筋が通らなかろうと、身勝手な解釈だろうと、何とかして自分を正当化する必要がある。

受刑者間で、縄張り意識を持ち、力によって囚人を支配しようとする者が出る。また、懲罰の厳しさを知りながら、ことあるごとに喧嘩を売る者がいる。看守の目を盗んで、または取り入って、性欲のはけ口を求めたり、嗜好品を手に入れることに熱中する者もいる。心の中には、常に渦巻いているのだ、焦躁感、孤独、後悔、欲望が。生きている証を得たい。自分は自分だと、他の受刑者とは違うと叫びたい。

そんな思いが、懲罰を受けると分かっていながら、彼らを駆り立てる。

自分は貧乏くじを引いてしまった。誰が好きこのんでこんな場所に来るものか。自棄にもなりたくなる。これから先、たとえ娑婆(しゃば)に出たとしても、日陰者であることに変わりはない。前科は一生涯ついてまわる。

「もともと、あんな奴と関わったのが、間違いだったんだ。つい、口車に乗せられた」

「生まれたときから、ついてなかったんだ」

愚痴にもならないことまでも言い始める。

「ここを出たって、他に行くところがあるわけじゃ、ねえしよ」

わざと気楽そうに、自嘲的に呟く者もいる。すぐに、看守の怒鳴り声が響く。無駄口を叩いているのは誰だ。誰が喋って良いと言った。そんな弛んだ気持ちで、罪が償えると思っているのか。

「ふざけやがって。覚えてろよ」

「どっちが犬だか、考えてみやがれ」

憎悪は、生きるエネルギーにつながるものだ。どんなに前科のある者も、凶悪な人間も、刑務所に送り込まれてきた頃は、意気消沈していないはずがない。挫折感と屈辱感、不安と疲労、そして危害を加えた者への様々な思いは、孤独な受刑者を押し潰しそうになっている。再び立ち上がる大きな原動力になるのが、憎悪の感情だ。だから、若い看守に対しても、復讐を誓うほどの憎悪を抱く。

「俺、自分がどんどん悪人になっていく気がする。ここにいる間に、本物の悪人に」

滅多に他人と交わらない私のところへ、時折、物言いたげな囚人が近づいてきて、ぽつりと呟くことがあった。

「自分の中に、いい心なんて、なくなっていくような気がするんだ」

心静かに罪を償い、自分の手にかかって逝った人間の冥福を祈り、自分を見つめ直そうとするチャンスは、刑務所慣れしたベテランの囚人や看守に、潰されていく。憎悪は、新たな生への欲求を生み出すが、二度と以前の人間には戻れなくさせる。

「あんた、どうなんだい」

自分の話をするだけでは飽きたらず、私の心に入り込もうとする者もいる。私は、相手の神経を刺激しない程度に、軽く相手になる。ここには、どんな性格を持った者がいるか分からない。私も異常性格者かも知れないが、私の目から見ても、明らかに偏っている連中には、私が培ってきた常識など通用しない。

「どうって」

「いつでも、涼しい顔してるけどさ。あんただって、こん畜生と思うこと、あんだろう?」

「あるには、あるが」

「しょうがない、か?」

「そうだな」

「そこまで無気力になれりゃあ、大したもんだ」

模範囚であると共に、私は受刑者の一部からは敬遠されてもいた。いつの間にか付いたあだ名は「颪」というものだ。何を言われても、何をされても暖簾に腕押し、柳に風という具合だから、やがて「颪の野郎」と呼ばれるようになった。私は、そのあだ名を案外気に入っていた。由来さえ聞かなければ、忍者のような呼び名だとさえ思った。

「あんた、娑婆でもそんなだったのか」

「どうかな」

「そんな具合で、よく人殺しが出来たもんだな」

「そうだな」

「だけどよ、あんたみてえな野郎が、かっとなると怖いんだよな。ぷっつんすると、何しでかすか、わからねえんだ。そうだろう」

「ああ——そうなのかもな」

「やっぱ、あれか。ぷっつんして、やっちまったのかよ。まぶだちを、ぶっ殺しちまったんだってな。ドスでよ、めった突きだって?」

いつの間にか、話には尾ひれが付いていた。私が動機を語らなかったこと、精神鑑定に付されたことも、受刑者たちは知っていた。何を考えているか分からない、不気味な男。「颪」を怒らせない方が良い——筋金入りの暴力団幹部さえ、奇妙に親しみを込めた目で私を見た。出所後、行くところがなかったら、自分のところへ来ないかと言ってくる者もいた。

「女房も子どももいないんだろう?」

「そうですね」

「田舎は、どこだい」

「静岡」

「おふくろさんが、待っててくれるのか」

「死にました」

「じゃあ、帰っても、迎えてくれる人は、いねえってこったなあ」

「田舎で、事件を起こしましたからね」

「そんじゃあ余計だ。遠慮することはねえよ。弱い者同士、助けあわなきゃ、そうだろう」

「そうですね」

私は、何枚もの扉をくぐり、幾度となく冷たく重い手錠をかけられ——被疑者あるいは刑事被告人は、どこかに移動させられるときには、必ず手錠をはめられ、腰縄を打たれる。その都度、私は少なからず動揺した。その、金属の冷たさや、手元で聞こえるかちゃりという音が、私を非日常へと連れていくのだと告げていた——私自身が目にすることはなくとも、私の名前を記された、ありとあらゆる書類が飛び交い、二本の白線の上を全裸で歩かされ、番号を付けられ、身体の隅々まで調べられて、ようやくここまで来た。その間に、全ての私物と共に、辛うじて保ち続けていた、最後の感性やプライドといったものさえ、どこかへ預けてしまったのだろうと思っていた。

元々、大したものが残っていたとも思えない。あの日のために、私のあらゆる感覚、感情といったものは、四散していた。意識的にというよりも、殺意が、そうさせた。生き残った私は、何に対しても心を動かさず、真剣にならず、周囲の流れに身を委ねて、それこそ風のように、漂うだけで生きていくつもりだった。

さほど困難なことでもないだろう。執着を捨て、体面も捨てた。しがらみも断ち切れ、責任も課せられていない。

——勝ったつもりだったが。

結局のところは、抜け殻同然になっただけではないか。的場を喪った今、わずかな自己満足以外に、何を手にしたのだ。

自分とは明らかに異なると信じている周囲の殺人者たちと、実際は大同小異、同じ穴のむじなではないかと、暗澹たる気分にさせられることもあった。

考えなしに殺人を犯して、その結果ここへ送り込まれた人間を、私は軽蔑していた。小さな日溜まりでひと固まりになりながら、いかにも「大したことはない」という表情で、犯行の一部始終を語る連中を眺めるとき、私は嘔吐を催すほどの嫌悪を感じた。俳句や短歌などに、懺悔の思い、娑婆に残してきた家族への郷愁を織り込むような囚人を見ると、寒気に近いものさえ感じた。

「風も、どうだい。あんた、学があるんだろう？　文集に、何か書かないか」

中には、丸刈りの下の瞳を少年のように輝かせ、黄色い歯のところどころが欠け落ちた間抜け面で、私を誘う者もいた。私は、顔の筋肉をほとんど動かすことなく「遠慮するよ」と答える。しつこく食い下がられたときだけ、相手の目を見据えた。

「いいんだ。私は」

「風」には構うなと、誰かが声をかける。恩を売られたままでは、また面倒だから、私は声の主にも黙礼する。相手の満足そうな表情を認めて、内心で舌打ちをするのが常だった。懺悔をするくらいなら、郷愁に涙するくらいなら、殺人など犯すな。こんな場所で、人間臭さを出さないでくれ。

私は、娑婆では肩で風を切って歩いていたような男たちに苛立ち、その往生際の悪さに苦笑し、不様な未練がましさに目を背けた。

その都度、私の中で「ちがう」と声がした。もはや抜け殻、空っぽだと、自分も代わり映えのしない、ただの殺人者に過ぎないと、認めるべきだ。分かっていながら、違うと思うのだ。ここにいる、大半の殺人者たちと私との間には、決定的な違いがある。

動機だ。殺した動機ではなく、殺人者となった動機だ。

殺意を抱いた瞬間から、私は、殺人者となるべく、月日を過ごした。

この私に、いずれ、殺人者と呼ばれる日が来るという発見は、的場を殺そうと決めたことよりも、さらに大きな衝撃だった。ちょうど、免罪符の逆のようなものだ。そのひと言だけで、全てが決まる。どのような履歴をもち、仕事をし、誰を愛し、何を求め、何を守って生きてきたとしても、全ては、殺人者というひと言の前に、その価値を失う。

——私は誰だ。

最初の頃、私は幾度となく自分に問いかけた。

――ゆくゆくは、人殺しと呼ばれる男だ。

その都度、ゆっくりと、そう答えた。殺す覚悟などよりも、そう呼ばれることへの覚悟の方が、よほど難しかった。

私は、自分の小心さをよく知っていた。決められた枠からはみ出すことなど思いもよらぬ、突飛さや奇抜さなどよりも、安全の方を選ぶ男だということも、自覚していた。そんな人間が、殺人者となり、人殺しと呼ばれることは、実際に人を殺す行為そのものよりも、よほど恐怖だった。

――私は誰だ。殺人者だ。よりによって、長年の恩人とも親友とも言える男を殺す人間だ。

この私が耐えられるものか、世間の目にさらされ、身内の恥となり、全ての履歴、存在価値すら打ち消すようなレッテルを貼られることを、潔しとすることが可能なものか。誰でもそうだろう。罰せられること以上に、世間の目そのものを恐れるのだ。絶対に誰にも見つからない、決して、誰からも分からないという保証さえあれば、躊躇の度合いは、また違ってくるに違いない。

――俺は誰だ。俺の核にあるものは、何なのだ。

誰にも見つからないとしても、我々が神仏と呼ぶ存在は、それを見ていると考えることもできる。いわゆる良心が、その呵責（かしゃく）に耐えられるかどうかという問題がある。

良心。

私は、良心を失ったただろうか。的場を殺すと決めた瞬間に、それを捨て去ったのだろうか。

どうしても、そうとは思えなかった。私は今でも欺瞞（ぎまん）を許さないし、打算的行為や、不誠実、怠惰などを許すまいと思っている。むしろ、自分が正しいと信ずるところに従って行動すべきだと考えている。私は、少なくとも冷血漢ではなく、困っている人間を見れば、可能な限り手を差し伸べたいと思う心を持ち続けている。虚偽を憎む。裏切りを蔑（さげす）む。多少の思い上がりがあるにせよ、私は、一般的に見れば、かなり良心的な男のつもりだし、事実、その結果、かえって不愉快な思いをすることも、少なくはなかった。むしろ、その良心こそが、的場から自分を切り離しきれなかった、もっとも大きな原因とも言えるくらいだ。

的場は、良心的な男だったとは言いがたい。彼自身は、自分をこの上もない正義感の持ち主で、熱血漢であり、不正を許さない高潔な人間であるかのように評することがあった。だが、その一方では「清濁併せ呑む」という台詞をよく使った。臭いものには蓋をし、寝た子は起こさず、人の腹を読むことに長けており、嘘も方便とばかり、その場限りの言い逃れを、いかにも真実味を持たせて言うことが多かった。

だが、私は、彼のそういう部分を、決して認めていなかったわけではない。皮肉でなく、むしろ、自分の持っていない、その無神経さ、器用さに敬服することも多かった。幼稚で感情的な的場が、辛うじて社会の枠組みからはみ出さずに済んでいる要因であることを理解していた。酔った彼が、時折自嘲気味に「俺は、そういう男だ」と呟くとき、彼の小心さと共に、良心も垣間見る思いがした。

その男を、良心的であることを自認する私が、標的として選んだ。

俺は誰だ。殺人者だ。なぜだ。

——なぜ。

人間が人間を殺す。他人の生を否定する。いかなる事情があっても、許されることではないと、判決の時に私は聞かされた。そんな権利はないと、裁判長は感情のこもらない、だが断固とした口調で言った。

結局、私は公判中も動機については語らなかった。殺意の発生についても、その時期、理由、経緯、全てにわたって、黙秘を続けた。

「被告人と被害者との関係から推察するに、少年時代からの長期間にわたる交友の間には、様々な摩擦があり、親密の度合いが深かっただけにまた、他言できない様々な事情があったことは推測される。また、それだけの因果関係のある相手を殺害した理由については、被告人が、せめて被害者の名誉を守り、殺人事件の被害者となったという悲劇を必要以上に悲惨にし、被害者とその遺族に、より不利益を被らせないための苦心であるかも知れない。自らの罪を認めた上で、動機のみについて黙秘を続ける理由については、ひとえに被告人の悔恨の念の表れであり、潔く刑に服するという覚悟の現れであるという弁護人の主張は、理解できないものではない」

確か、そんな文章が読み上げられた。私は、長年の友人のために、可能な限りの弁護活動を展開した、世話焼きの穂坂の、その努力の一端が汲み取られたことに安堵し、これで、もう誰にも「なぜ」と聞かれずに済むことを喜んでいた。本来ならば、もっと早く、解放されるべきだったのだ。精神鑑定さえ受けなければ、私を巡る裁判は、もう三、四カ月は早く結審していた。

若干の精神病質、異常性格。

だが、偏りのない人間が、この世の中にいるものか？　私ほど、常に自分の周囲に気を配り、決して常識の枠から足を踏み外さないように神経を尖らせ、大それた野心も抱かずに、倦むこともなく日々を過ごしてきた男はいないはずだ。

殺意は、そんな私の中にひそんでいた爆弾に他ならなかった。しかも、私が仕掛けたのではない。私自身の内に流れる、人間の歴史そのものが、置き土産として遺していったものに違いない。

私の遺伝子に刻まれた過去たちは、ほくそ笑んでいることだろう。

ほうら、思い出しただろう。お前には、俺たちの記憶がそそぎ込まれている。最初は、食料を求め、血の流れを絶やすまいと、家族を守るためにしたことが、やがては富や権力、または上役からの信頼や、ささやかな報酬を得るため、あるいは忠誠や愛国心の証とするために、ひたすら殺し続けてきた記憶のことだ。お前は常に、そうだったじゃないか。

——常に、殺人者だったのだ。

過去たちは、にやにや笑いを浮かべながら、勝ち誇ったように私を眺めていることだろう。私は、単なる操り人形に過ぎず、過去の記憶を引きずるあまり、現在の人生をドブに捨てた、哀れなお人好しに過ぎないと、私でさえも考えた。なす術もなく、笑われるままに、受け入れもした。

的場の返り血を浴び、生臭い匂いに接したとき、確かに奇妙な感覚に陥った。いつだったか、やはり同じように生温い血を浴びて、同じ匂いを嗅いだことがあると思ったのだ。鉄分を含んだ匂いと共に、そのぬるりとした感触、私は耳の底で歓声を聞いた気がした。汗ばんだ額を、緑を含んだ風が吹き抜けたと思った。

達成感、大いなる歓喜が、身体の奥底から、沸々とわき上がってくるのを感じた。同じ風に吹かれ、同じ悦びに震えながら、鬨の声を上げたことがあった。大袈裟な身ぶりで手を振りかざし、意味もなく大きな声を出して笑い、誰とでも肩を叩きあったのは、恐怖をごまかすためだ。怯えを悟られないために、既に息絶えている男の腑さえも、えぐり出して見せた。確かに、そのときの記憶が、私の奥底で蠢いていた。

もっと前の時代では、怯えも恥もなかった。血の匂いに酩酊することがあったとしても、私は凶器を振るい続け、それこそが、自分の生きている証とばかりに、嬉々として血を浴び続けていた。その記憶が、映像としてではなく、実感として、私の五感を駆け巡った。

——見よ。ここにいる男を。返り血を浴び、異様に目を輝かせて、闇の中で笑う男を。俺は殺人者なのだ。正真正銘の、人の生命を奪うことを生き甲斐とする男なのだ。

もはや、記憶の川だけの責任には出来ないこと、単に流されただけで、的場を殺したのでないことは、疑いの余地がなかった。冷静だった。だが、興奮はしていた。私は、歓喜に打ち震えそうになっていた。私の脳が、それを望んだからだ。

結局のところ、私は殺したかったのだ。

殺人者になりたかった。現代の、日本のサラリーマン、良識ある平凡な男、小さなアクシデント一つで、瞬く間に剝奪される肩書きなど、望んではいなかった。全ての価値基準を超越する、不動の評価が欲しかった。何ものにも代え難い、快感だけを追い求める男であると、宣言したかった。

的場という存在を打ち消すことによって、「生き延びたかった」という意味は、つまり、今の時代を生きるための要素を私に植え付けた男を排除したかった、ということだ。私は、自分本来の姿に戻りたかったのだ。

忘れているときは、それなりに幸福だった。もしかすると、このまま、もう二度と馬鹿なことは考えずに済むのではないかと、祈りたい気持ちにすらなっていた。普通に食事をとり、仕事をこなし、電車に揺られているとき、これこそが私の生活だと思い、取り立てて言うこともない日々こそが貴重なのだと自覚し、そして、満足した。声を出して笑い、若い女子社員と冗談を交わし、テレビでナイター中継を見て、ごろりと横になっていれば、それだけで十分だという気にもなった。

だが、ひとたび日常のリズムが途切れる瞬間――そんなときは、誰にでもある。エア・ポケットのように、ふと、周囲が静まり返るような瞬間だ。電車の中吊り広告を読もうとして目を上げた瞬間、腰を屈めて自動販売機から清涼飲料水を取り出す瞬間、銀行で順番を待つために番号札を引き出した瞬間、書類に押した判の乾くのを待つ瞬間、ようやくやってきたエレベーターの扉が開く瞬間。数え上げればきりがない――それは、重い霧のように、静かに、だが、するりと入り込んでくるのだった。

それが、お前の人生なのか。お前は誰なのだ。

――俺は、殺人者になる男だ。

その絶望的な自覚は、だが、雑踏に紛れ、日々の生活に埋没している私の目を見開かせ、いずれ訪れるそのときに希望を抱かせた。

刑務所には、様々な殺人者がいる。見るからに凶悪な顔つきの者もいれば、全身から力が抜けてしまっているような、いかにも頼りない、ひ弱な印象の男もいた。成人したばかりの者もいれば、どういう方法で他人の生命を奪ったのだと、思わず聞きたくなるような、くたびれ果てた老人もいた。

「思わずかっとして」

「騒がれたらまずいと思って」

「顔を見られて」

「面倒になって」

それぞれが、それぞれの言葉で、直接的な動機について語っていた。覚醒剤が絡んでいたり、暴力団関係者の場合には、もう少し趣が異なるが、私のように「殺したかったから」「殺人者になりたかったから」などという動機の者は、まずいなかった。


「ああ、しまったと思った」

「やっちまったって感じかね」

「ぼうっとしちまって、よく覚えてないが」

「頭の中、真っ白だった」

殺したときの感想も、まちまちだった。そのことは、私も警察で何度となく聞かれた。刺した瞬間、どう思ったのだ、どのように感じたのだと。

「刺した瞬間のことを覚えているんなら、その直後、被害者が倒れたとき、血を流しているのを見たとき、どう感じたかだって、覚えてるだろう」

「これで、死んでしまうのだろうかと思いました」

「すぐに、救急車を呼べば助かるんじゃないかとか、そういうことは考えなかったか」
「──首を、刺しましたから、出血の量がすごかったので」
「それで」
「私は、人殺しになったのだと、思いました」
「えらくまた、冷静だな」

そんなやりとりがあったと思う。自分でも気づかないうちに、私は正直に語っていたのだ。私は、人殺しになった。なりたかった。それこそが、的場を殺した動機だ。

実際には、こんなにも簡単なことかと思った。

たった二刺ししただけなのだ。

それだけで、あれほどまでに大きな存在だった的場は、あっけなく、目を見開いたまま倒れてしまった。刃物は、肌を割き、肉にめり込み、血管を切断した。その結果、それまで一度も空気に触れたことのなかったはずの、的場の皮膚の断面や血液などが、空気にさらされた。ただ、それだけのことだった。そして、的場は永遠に声を発しなくなり、惜しみなく体液を放出し、ただの物と化したのだ。

——こんなものか。

確かに私は、そう感じていた。そして、ひょっとすると、相当つまらないことに、命がけになっていたのではないかとさえ思った。

こんな一瞬のために、どれほどの物を犠牲にしなければならないのだろうか、いや、犠牲にしたのかと、感じてもいた。まるで、若い頃に表紙につられて買い込んだエロ本で失敗したときのような、苦笑いのひとつも出て来そうな気分だった。

人の命とエロ本を同レベルで扱うつもりは毛頭ない。だが、あのときの空虚な気持ち、思い込みの激しさに対して得られたものの、あまりの軽さという点では、似通っていた。

本当は、「殺す」と決めた瞬間に、私の内の的場は、既に死んでいたのかも知れないとも考える。自分の意識の中でだけ殺人を犯していれば、それで良かったのではないだろうか。擬似体験で済んだことなのではないか。自分は、常に殺人者になりうる人間だ。それだけの可能性を受け継ぎ、自分の内に眠らせている。そう自覚するだけで、満足は得られなかったものだろうか。

私の本能は、それでは満足しなかった。意識は満足したかも知れない。だが、目覚めた本能が、殺したがった。息の根を止め、骸（むくろ）とすることを望んだ。そして、鈍い音を立てて倒れ込む姿を見たいと思ったのだ。現在の私を形作る、最も重要な要素だった男を。

あのとき、私には恐怖はなかった。的場を殺したと同時に、私は的場と共に生きてきた自分の歴史も殺した。将来も殺した。私には肉体が残ったが、その他のものは、全て失った。

やるかやられるか。

それが、私の本能の警告だった。

元来、私は意気地のない人間だ。それを、何よりも嫌い、常に批判してきたのも、また的場だった。やられても、やり返すことなど、そうそう出来るものではない。だからこそ、やられないように、十分すぎるほどに自分をガードして、知恵や技能で打ち勝とうと、私は生きてきた。的場の力がなければ、とてもこうはならなかっただろう。あのとき、高校受験に失敗していれば、的場との縁も切れ、私の人生も変わっていたに違いない。

的場を追い求めるところから始まった私の人生は、成長と共に本能を忘れ、的場さえ望まなかったほどに順調な、安全なものになっていった。本能が、それに警告を発したのだ。

　忘れていたいと思い、忘れられまいと嘆息しつつ、結局、私は後生大事に、その芽を育て上げた。それこそが、生きている証であると、分かっていたからだ。誰からも剥奪されることのない、永遠について回る「肩書き」を望んだともいえる。それが、私の誇りだった。

　がらんどうになったと思っていた私の脳が、そこまで気づいた瞬間に炸裂したのは、昨年のことだ。

　受刑者となって五年が過ぎていた。既に、的場を殺したときの満足感は過去のものとなり、その後の煩雑な手続の間にため込んだ抑圧感や疲労感も、とうに薄れていた。

　——俺の核にあるもの。

　かつて、幸江が漠然と、その影に怯えたもの、私自身は、敢えてその正体を暴こうともせずに、むしろ忘れてしまおうと思っていた、核。

　花は散ったと思っていた。だが、あの見事な大輪の花は、密かに果実となっていた。発芽して開花するまでの年月以上の時間をかけて、それは、ゆっくりと膨らみ、熟していた。私の核の炸裂は、そのまま果実が弾け飛んだ瞬間でもあった。

あと二週間で、私はこの世界から出ていく。世の中は変わっているに違いない、何もかもが新鮮に見えるに違いないなどという思いも、浮かばないではない。だが、他の受刑者や、前科のある者のように、すぐに女を抱きたいと思ったり、現金を使いたいと思ったり、または、闇に包まれて熟睡したいという思いは、私の中にはない。

今再び、私の内にはあの花が咲こうとしている。

果実は炸裂した。無数の種子が、放出されたのだ。決定的な破壊願望、制御不能な征服欲、他の全ての感情の入り込む余地のない、殺人行為によってのみ得られる喜悦への執着。それこそが、私の核だ。

あたかも食虫植物のように、その花は人の血を好む。私は、その花を眺めるときだけ、陶然となり、生の実感を得、真に幸福なのだ。それを、性格異常と呼ぶならば、やむを得ないだろう。どう解釈されるか、何というレッテルを貼られるかは、私の関心の外にある。

もはや、的場のときのように時間をかける必要はなかった。不要なものは、全て捨て去った。

＊　＊　＊

翌朝、普段通りに工場に向かう舎房の受刑者が、順番に餞(はなむけ)の言葉を送ってくれた。

「元気でな」

「風みたいな奴は、ここは似合わねえよ」

「やっぱ、風は外を吹いてないとな」

身の回りの物を持って、私は最後の二週間を、釈放の準備期間を過ごすための房で過ごす。特に、つい最近になって同じ房に入ってきた、懲役十五年の囚人から見れば、私の姿は永遠に手の届かない存在に見えることだろう。内縁の妻と、その前夫の二人を殺傷したという男は、私と同年の四十三歳だという。

「俺は、これから十五年だもんなあ。出たときにゃあ、もう六十近くなってるんだな」

「頑張れば、十年くらいで出られるさ」

羨望と悲しみの入り交じった眼差し。一口に十年と言っても、どれほど長く、取り返しのつかない年月であるか、知らないはずがない。穏やかに挨拶を交わしながら、唾でも吐きかけたい気持ちだったことは、言うまでもない。たかだか痴情のもつれで、殺人を犯すなどという人間を、私は何よりも軽蔑する。

「頼むよ。ついでがあったときでいいからよ、忘れねえでくれよ」

前の晩、ため息混じりに自分のことは忘れても良いと言っていた、若い吉岡は、朝になると私に一枚の紙片を渡した。娑婆に残してきた女に、是非とも連絡をして欲しい、下手な男に頼んでは、逆に寝取られたり、売り飛ばされる危険がある。だが、吉岡は「風なら、心配ない」と言った。

「もしも、この住所にいなかったら、結果だけ教えてくれりゃあ、いいからよ」

私は軽く頷き、その紙片をしまい込んだ。

「元気でな！」

「あばよ！」

「帰って来るなあっ！」

背後から声をかけられながら、私は歩き始めた。

――水谷（みずたに）リナ、か。

場末のスナックで働いているという女の名前は、久しく使っていなかった記憶回路に刻みこまれた。これで、会いに行く人間が一人増えた。問題は、何番目に会いに行くかだ。

普通の受刑者の舎房から、釈前教育のための専用室へ移動し、奉仕作業を経て教育期間に入ると、七年近くも隔離されていた現実の社会が近づいてくる。陶器の茶碗で食事をとり、時間の制限もなしに風呂に浸かりながら、私は徐々に気持ちの高まるのを感じていた。

——今度は、そう簡単には捕まらない。

綿密に計画し、準備をする。一切の証拠を残さないように、あらゆる不測の事態を考慮に入れ、これまでの年月、様々な殺人者たちから仕入れた知恵の数々を十分に活用する。

言うまでもなく、逃げるためではない。完全犯罪を目指すマニアになろうなどとは、露ほども考えてはいない。殺したいからだ。一人でも多く。

「出たら、まず、何をする」

「煙草だな」

「何ていっても、食い物だろう。俺は、とにかく寿司を食いたい」

「酒だ、酒」

「ケチャップ味の、スパゲティーだ」

「俺は、シャブがいいな。次が女だ」

同じ日に出所する予定の男たちは、それぞれに希望を語りあう。私は、彼らの話に穏やかに頷きながら、自分の希望は語らなかった。

「胸がいっぱいで、決まらねえか」

愉快そうに笑う男がいた。誰もが、教育ビデオを見せられ、様々な講義を聞くうちに、すっかり善人になるつもりになっている。自分は、罪を償い終えた人間だ。努力と忍耐とで、きっと社会復帰してみせると、健気なほどの決意を漲らせていた。仮出所の日が決まった段階で、頭髪を伸ばすことが認められたせいで、それぞれの個性が際だち始め、ある者は白髪が増えた、ある者は健康的な生活と小まめな散髪のおかげで、髪が増えたと語り合う。

私は、まず最初にあの男を探すつもりだった。私を性格異常と決めつけた精神科医だ。幾度となく、あの男と向かい合い、笑顔で挨拶を交わし、そして、生命を奪う場面を思い描いて、私は密かに興奮した。具体的な方法についてまでも、思いを巡らしていたのだ。

　だが、いよいよ出所するというところへ来て、私の考えは変わった。急ぐことはない。無事に保護観察期間を終え、社会に埋没した上で、決行しても遅くはない。ましてや最初から、自分との関係を探られやすい相手を選ぶのは、その後の私の人生を大きく左右する危険性がある。

　私は生涯をかけて、殺人者として生きるのだ。


　――水谷リナ。


　吉岡が飛んで会いに行きたいと思っている女。せめて消息を知り、待っていてくれないかと伝えたい女。

　だが私は、しばらくの間は会いに行かないだろう。二年たち、保護司からも解放されたとき、私は彼女に会いに行く。手始めに選ぶ相手としては、打ってつけだ。

　残った問題は、既につぼみにまで育っている、私の内のこの花を、どう宥めすかして咲かないようにするかだった。

「あんた、仕事はどうするんだ」

　明日は娑婆に出るという日、最後の風呂をつかっているとき、一人の男が言った。私は、植木屋の修業でもするつもりだと答えた。

「花が、好きなんでね」

男は、手拭いで顔をこすりながら「そりゃあ、いいや」と答えた。

鬼哭

ちりん
手持ちの時計が、いつ止まるかなんて、この日常で心配している者がいるだろうか。気がついたときには、正確に時を刻んでいたはずの針が、ぴたりと貼り付いたようになっている、そんなものだ。

だが、今回に限って、予感はあった。今はちょっと思い出せないが、ははあ、こういうことだったのかと、そう感じてるんだから、間違いない。

こういうこと？

どういうことだっていうんだ。俺は、見慣れた和室の一隅を見つめたまま、考えようとする。何が、どうなっているのか、分からないじゃないか。俺は、どんな予感を抱いていたっていうんだろう。まさか、こうして畳の上に転がる予感があったとも思えない。

強いて言うなら、あまり良い予感じゃなかった。自然に笑みがこぼれるような、落ち着きを失っていることを人に気取られまいと、わざと仏頂面（ぶっちょうづら）を取り繕（つくろ）うような、そんな類の予感じゃなかった。そうだな、どっちかって言うと、つい、ため息が洩れるような、うなだれて、舌打ちのひとつもしたくなる、逃げ出したい、泣き出したい、嫌らしいほどに疲労感を伴う、そんな予感だった気がする。

だがとにかく、俺は部屋の中に転がっている。

それにしても、こんな角度から、この部屋を眺(なが)めたことが、かつてあっただろうか。天井は、こんなに広かったか。古臭い砂壁は、こんな色をしていただろうか。あそこに四角く残っているのは、何の跡だろう。カレンダーだったろうか、それとも、額縁でも掛けてあったか。そいつは、いつ外してしまったのだろう。

そして、見慣れた掛け時計だ。いつ頃からこの家にあるものかも忘れてしまった、在(あ)り来(き)たりの、四角い時計。秒針はなく、一分ごとに、ぴくり、と分針が動く。最後にあの時計の電池を取り替えたのが、いつのことだったか、俺は少しの間、思い出してみようとした。だが、すぐに諦めた。そんなことは、どうだって良いじゃないか。第一、それほどまとまったことは、今は考えられそうにもなかった。

飲み過ぎたんだろうか。酔って、足を取られたか？　そんなに飲んだか？

俺は、不自然な角度から部屋を眺めながら——実は、眺めているといっても、目の焦点が合っていない。その上、何だか、黒い星のようなものが、あちこちに飛びやがって、嫌らしい雰囲気だ——こいつは、まずかったかなと思う。取り立てて言うほどのまずさってわけでもないが、やはり、こりゃあ、醜態だ。

それにしても、奇妙な姿勢で転んだらしい。右腕は、自分の身体の下敷きになっちまってるし、左腕は、おかしな形に捻ったまま、最近、大分だぶついてきた腹の脇で、手のひらを天井に向けている。倒れるときに咄嗟に手が出なかったから、顔でも打ったか？　右の頬骨のあたりが、いやにひりひりとしやがる。右耳の奥で、ごうごうと凄まじい音がする。俺の血の流れる音だ。どっくん、どっくんと、心臓が懸命に血を送り出す音もする。その度に、俺は頬骨に、痺れたような、奇妙な痛みを感じる。

いや、頬骨の痛みより、他の痛みもあった。一体、どういう転び方をしたのか、膝を打って、足も捻ったようだ。胸を打ちつけたのか、息も苦しい。もがり笛のような音が聞こえてくる。

酒の上での失敗は、これまでだって何度もあった。他人の姿を見りゃあ、おぞましくもみっともないとも思うのだが、てめえがそうなるときには、前後不覚なんだから、どうしようもない。駅のベンチで眠りこけたこともあるし、すれ違い様に知らない男と喧嘩になったこともある。家の玄関で朝を迎えたこともあれば、どこでどうなったのか、背広からワイシャツまで、泥だらけになっていたことだってあった。数え上げれば、切りがない。俺が酒を覚えた年月の分だけ積み重ねられた、恥ずかしくも微笑ましい出来事だ。

実際、微笑ましいね。どれだけ酔っ払って、どんなに記憶がなくっても、俺は、不思議と事故に遭ったり、大怪我をしたことは、なかった。誰かと喧嘩をしたときだって、次の日には、傷の痛みに驚いたことも少なくはなかったが、相手に訴えられたり、警察のお世話になったことは一度もない。気がついたときには、時計から財布から、何もかもなくなってたってことは、二、三回くらい、あったかな。その度に、女房からさんざん文句を言われて、三日くらいは、まっすぐ家に戻ったりもしたが、どれも可愛いもんだ。もともと、俺の酒は、愉快な酒で定評がある。酔って、自分からからんだり、泣き言を言ったことなんか、ただの一度もないはずだ。

それなのに、今夜に限って、俺はどうなっちまったんだ。

深く息をしようと思うのに、胸が——いや、胸じゃない。背中だ。背中が痛む。

ふと、歪みながら回転して見えた景色が、俺の中で蘇った。ゆっくり、ゆっくり、映像が回った。俺は、視界の片隅に、俺を見つめている男がいたことを思い出した。

何だよ、そうじゃないか。せっかく俺が、何だったか、とにかく話そうとしていたのに、ガキみてえに、あいつが俺の背中を、ものすごい力で押した。真垣(まがき)の奴が、俺の背中を押したのだ。——いや、突いたのだ。

痛み——と言って、差し支えないと思う。だが、ただ「痛い」というのとは、わけが違っていた。そうだ、こんな感覚は、これまでに一度も味わったことがない。強いて言えば、痛いに違いない。苦しいような、重いような、熱く、激しく、出来れば味わいたくない感覚の全てをひっくるめたような、そんなものが、俺の神経を刺激する。

とにかく、あまりに急だった。俺は、驚くよりも前に、俺の内側で、何かがみりみりと音を立て、嫌らしい、引きつれるような感覚が走ったのを感じた。それで、俺は、振り返ったんだ。ゆっくり、ゆっくり。

夢でもなく、気を失ってもいないとすれば、それは、つい今し方の出来事のはずだ。全ては一瞬のうちに、猛スピードで起こったことだったと思う。それなのに、俺の頭の中で、それはやけにゆっくりと、蘇ってきた。

「えっ」

俺は、確かに声を上げたと思う。手で突き飛ばされたにしては、その感覚は明らかに違っていたからだ。もっと硬く、鋭く、そして、だめ押しのように、背中にめり込む感じだった。

おいおい、何のつもりだ? 冗談は、やめろよ。おまえの、その真っ白い顔は何なんだよ。俺は、そう言おうとした。どうして、急に突き飛ばされたのかは分からんが、真垣は何をしやがったんだ、それに、手加減というものを知らないのか、と思った。

俺に何をした?

そう言いかけたとき、俺は確かに、奴の手に光るものを見た。

またまた。やめようぜ。夢ってことに、しようじゃないか。何だか、やけに嫌な予感がする。これ以上、思い出すのは、どうにも気が進まない。

俺は壁の時計を眺める。分針は、さっきと同じところを指している。止まったのか？ もう随分、電池も替えてないからな。それでか。

深呼吸をしたかったが、どうにも息が出来なかった。この窮屈な姿勢は、何とかならないだろうか。これは夢なんだろうか。

ちりん

俺は、瞬きをしたいと思う。

瞼を動かすのが、こんなに難しいと思ったことはなかった。意識すらしたことのない行為のはずなのに、これがまた、意識しだすと難しい。そういうことっていうのは、よくあるもんだ。何とも思っていなけりゃあ、瞼なんて、自然に閉じて、自然に開くもんなんだが。

俺は、また新しいシーンを思い出した。やめようと思うのに、その光景は、見事なほど鮮明に蘇る。

奴は、宙を跳んだように見えた。片手を振り上げ、俺の方に、ひらりと。俺は、その瞬間に悟った。そうだ、悟ったはずだ。殺られるってな。ああ、そういうことだったのか。だからかと、そうも思った。

おい、冗談じゃないぜ。殺られる、だって。誰が？　この、俺がか？　誰に？

相手は真垣じゃないか。やっぱり俺は酔ってるんだ。最近、記憶がなくなることは、ままあったが、こんなに生々しい、白日夢のような状態になったのは、初めてだ。どこからどこまでが現実で、どこからが幻の世界なのか、それすらも判然としない。だが、それにしては、とにかくやたらと苦しいのだ。全身が脈打っている。その、どく、どく、という感覚に合わせて、のどの奥の方で、ごぼごぼという音がする。何だよ、まるで水道管みたいだな。

真垣があんなに生き生きと、軽やかに動いたところを、実に二十年ぶりに見たと思う。もともと、あいつはガキの頃から、やれ野球だテニスだ、果てはスキーだなどと騒いでいた割には、運動神経が良いようには見えなかった奴だ。ことに、大学を出てからは、俺は、あいつが駅の階段を駆け下りるところでさえ、見たことはなかった。その奴が、アクションスター並みに、ひらり、と動きやがった。ひらり、とだ。

どういうことだ。殺られるだって？　この俺が？　真垣にか。それを、悟ったってか。この俺が。

馬鹿馬鹿しい。何かの冗談だ。

まるで、レコードの針が飛ぶようなものだ。ゆっくり、ゆっくりと、同じ映像ばかりが繰り返し蘇ってくる。たった今、この目で見た光景だというのに、もう既に、五回、十回と。俺の時間は、どうなっちまったんだろうか。壁の時計を見る。分針は、動かない。こういうときに限って、止まってるとはなあ。

真垣の白い顔。光るもの。

そりゃあ、俺は、確かに酔ってる。当たり前だ。酒っていうのは、酔うために飲むもんだろう？　しかも、久しぶりに静岡の家に戻ってきて、帰りの時間も明日のことも心配せず、女房やガキどものことも忘れて、気心の知れた友を相手に、好き勝手な話をして、あとはぶっ倒れて眠っちまえば良いともなれば、いつにも増して、ピッチも上がろうというものだ。話題は、代わりばえはしないかも知れないが、断じて悪い酒ってわけじゃない。俺の酒は愉快な酒だ。

来シーズンのペナントレースの行方（ゆくえ）――とりあえず、この話題を出せば、真垣はすぐに乗ってくる。例えば普段よりもふさぎ込んでいるようなときでも、だ。あいつは、自分が野球部だったたってことを、未（いま）だに、密（ひそ）かな誇りにしていやがるってことを、俺は知ってる。だが、俺らの世代で、野球をしたことのない奴が、どこにいるっていうんだ。皆が長嶋に憧れて、皆が「巨人の星」を見てたんだ。甲子園にでも行ったたっていうんなら、いざ知らず。まあ、それが真垣だ。

とにかく、いつものパターンだ。わずかばかり酔いが回って、気持ちがほぐれ始めると、俺はいつも、無性に喋りたくなる。別に、真垣を相手にしていないときでも同じことだ。もともと、俺はどんな相手とでも、五分もあれば打ち解けられるっていう特技がある。初めて入った店の、カウンターの向こうの偏屈そうな親父だろうと、隣に居合わせただけの見知らぬ相手だろうと、すぐに親しくなって、自分のペースに巻き込むのだ。面白い奴、愉快な男、誰だって、俺をそう言う。

まあ、それでも、相手にサービスばっかりはしていられないもんだ。仕事のつまらなさ、上司の愚かさ、会社の人を見る目のなさ。結婚の虚しさ、女房の無神経さ、労多くして、報われることの少ない、そして、瞬く間に過ぎ去っていく人生——。吐き出したい思いは、いくらでもある。そんな話をする相手となると、多少は選ばなけりゃならん。男は弱みを見せるものじゃないし、いつも陽気で、屈託がないと思われてるこの俺が、湿っぽい話をしても構わないのは、真垣くらいのものだ。

奴だって、じきに俺の気持ちが分かるようになる。先に人生の悲哀に気づき、時には打ちひしがれつつも、前に進まなけりゃあならん男の姿を、見せておいてやろうと思うから、俺は、敢(あ)えてこいつの前では、格好をつけないことにしてる。だが、そのあたりに気づかないんだよな、まったく、真垣って奴は。

真垣と会うと、俺は、いつも時の流れを不思議に思う。あの、いがぐり頭でひ弱に見えた小僧が、俺に向かって「先生」なんて、心細そうな声を出していた野郎が、今じゃあ、俺よりも仕立ての良さそうな服を着て、俺よりも落ち着き払って、時には俺をたしなめるようなことまで言いやがるんだからな。

そうとも。俺は、おまえの「先生」だったんじゃねえかよ、なあ。おまえの、歳の割には早くも白髪が混じり始めた頭を、昔は何の躊躇いもなく、ぽんぽんと叩いてたんだ。

――あの頃は、こんなに長い付き合いになるなんて、思いもしなかったよな。

呂律が回りにくくなる。目の焦点が、合わせ辛くなる。そうなってくると、我ながら少しばかり愚痴っぽくなるのは、知っているさ。だが、それくらい、良いじゃないか。まったく、俺ほど苦労の多い人生も、そうあるもんじゃない。いつだって、顔で笑って、心で泣いて、いじらしいほどに辛抱してる。おまえと飲んだときくらい、ささやかに憂さを晴らしたって、罰なんか当たりゃあしない。それも、おまえが相手だから、真垣と飲むときだから、安心してるってことだ。裸の付き合いが出来てるってことだよ。俺と、おまえの仲だからだ。なあ、そういうことだって。

その真垣が、俺の背を押した。いや、突いた。

俺はバランスを失い、そして、振り向き様に、見た。

奴の右手に、一瞬、ぴったりと焦点が合った。手に光っていたのは、俺のナイフだ。俺が若い頃から、集めていたコレクションのうちの一つ――あとは、映画の齣落としだ。

真垣が宙を跳ぶ。俺の視界を銀の光が弧を描いて横切る。真垣の顔が近づく。ネクタイを外したワイシャツの襟元から、奴ののど首がのぞいている。奴は、ワイシャツのカフスを外している。袖口を、一つか二つ、折り曲げている。次の瞬間、俺の首筋に熱い衝撃が走った。同時に、視界に赤いものが広がった。勢い良く、四方に飛び散る噴水のようにも見えた。真垣の顔と、ワイシャツにも、赤い色がついた。

「――」

俺は、何か言おうと思った。だが、身体が傾き、俺の手足から力が抜け、視界が揺れた。ゆらり、ゆらり。

弧を描く光。飛び散る赤。奴の白い顔。近づいてくる畳の目。――ひとつひとつの場面が、もう何年も前から、繰り返し、繰り返し見てきた、古いハリウッド映画のように、鮮明に蘇る。

真垣は、ひらりと跳んだ。ナイフの刃は、冷たく白い光を放っていた。真垣の前髪が、わずかに乱れていた。額には、汗が滲(にじ)んでいた。唇をわずかに歪めて、目は異様に輝いていた。

俺は振り向き様だった。それに、背中のことに気を取られていたんだ。そう、背中に何をしたんだ。その前は、俺は何を言おうとしていたんだ。何の途中だったんだ。全ての思考が停止した。赤いものは、えらい勢いで広がった。熱い、と一瞬、思った。

待てよ、おい。

のんびりと、繰り返して味わってる場合じゃない。どうやら、真垣に何かされたらしいことだけは、分かっている。時間は連続してる。これは、たった今、起きたこと。今もまだ続いてることだ。

俺の顔のあたりには、生温かい、ぬるりとしたものが広がっている。見るまでもなく、血だと分かる。こんなに大量の血を、目の当たりにしたことも、はっきりと匂いを嗅いだことも、終ぞなかったはずなのに、それでも、この生臭い匂いは、俺自身の血の匂いに違いないと分かる。ひりひりする頬も、生ぬるい何かに包まれ始める。畳に触れている手の甲を、わずかに動かそうとすると、ぬるり、と滑るような感じがする。

俺の頭の中に、真っ赤な血の海に倒れ込んでいく自分の姿が描かれる。だが、その光景が事実と異なっていることは分かってる。俺は乾いた畳の上に倒れたのだ。頬骨をしたたか打って、おそらく擦りむいたに違いない。そして、噴き出した鮮血は、最初、驚くほど遠くにまで飛び散った。俺のだぜ。俺の血が、噴水みたいに、ぱあっと飛んだのを、この目が見たんだ。そして今、その血は勢いを衰えさせ、それでも、だらだらと、俺を包み込み始めている。

何か、された——本当は、分かってる。さっき、俺は、悟ったんだよな。殺られるってさ。

殺られる？　殺られた？　この俺が？　相手は真垣じゃねえかよ。第一、何でだ。どういうわけで、この俺が、こんな目に遭う？　それ以前のことと、まるでつながらないじゃないか。あいつは、俺の話に相づちを打ちながら、何気なく腰を浮かしたはずだ。俺はまた、水か氷でも、持ってくるんだろうと思ってた。または、小便にでも行ったのかと。

やっぱり、冗談かも知れない。真垣、なあ、おまえ、ちょっと立っただけだったよなあ？　別に、機嫌が悪そうにも見えなかった。俺が、おまえを怒らせたとも思えない。おまえは、俺が何を言おうと、怒るような奴じゃないしな。おまえは、俺をよく理解してる。俺のことを知ってる。俺が、何かおまえの神経を逆撫でするようなことを言ったとしたって、軽く受け流すことが出来る奴だ。だからこそ、俺は安心してる。いつだって、思う存分リラックスしてるさ。おまえは、俺の心の友、兄弟以上に強い絆で結ばれてる。

何だか、考える力が失せていくような気がする。酔いつぶれて眠るときとは、明らかに異なる感覚だ。

待ってくれよ、おい。眠るわけには、いかないんだ。今、このまま眠っちまうのは、本当にやばい。それだけは、確かだ。絶対に、眠っちまったらまずいと、俺の本能が告げている。つまり、俺は眠ってないってことか？　じゃあ、これは、現実なのか。

そう、現実だ。俺は、足を取られて転んだんじゃ、ない。そうだよな？　おい、真垣、聞こえるか？　おまえ、どこにいる？

こいつは、ただ事じゃあないかも知れない。声が、出せない。瞼を動かせないのと同様に、声も出ないのだ。俺の目は、相変わらず斜めに見える掛け時計を眺めている。おい、動いてるじゃないか。たった今、ずっと動かなかったはずの分針が、小さく痙(けい)攣(れん)でも起こしたみたいに、ぴくりと一目盛だけ進んだのを、俺は見た。何だって？　たった一分しか、たっていないんだろうか。俺には、まるで一、二時間にも、丸一日にも思えるっていうのに。

それにしても、どうしてこう、何度も何度も、同じシーンばかりが見えるんだ。

真垣、おまえ、俺に何をした？　俺には、おまえが俺に襲いかかってきたように見えた。ナイフを振りかざして、俺に切りつけてきたと思った。わずかに顔を歪めて、真剣そのものの表情で、おまえが、俺を殺そうと――殺そうと、だと？　ああ、何てえこった。殺そうとする。殺される。そんな台詞が、俺たちの間に出てくるなんてことが、考えられるか？　そういうのは、ドラマの中の出来事だよ。そのはずだ。

そりゃあ、俺とおまえとの仲だしな、俺はいつだって、大抵のことには目をつぶってやってきた。俺には、それだけの度量があるし、こう見えたって、俺は俺なりに、おまえのことを考えてやってる。おまえは、とうに一人前になったつもりだろうが、俺の目には、相変わらず、痩せっぽちで弱虫で、机の前でピイピイと言っていたおまえにしか、見えねえんだ。

嫌だねえ、昔を知られてるってことは。なあ。お互いに、そうなのかも知れねえが、恥ずかしいもんだよな。

身体の中が、奇妙にひんやりとし始めた。頭の芯から、闇が広がってくる。手足は痺れて、とうに感覚を失っている。身体が重いとも思えるし、軽いような気もする。要するに、自分の肉体でありながら、まるで思い通りにならないのだ。とても楽になりそうな気もするし、想像を絶するような苦痛が待ちかまえているような気もする。結局、俺は、考える力を失っているのかも知れない。夢なのか、幻なのか、または悪酔いしちまったのか。それとも、全てが現実なのか、区別がつかないときてるんだ。

歌い出したいような、腹の底というよりも、胸のあたりから、からからと笑い出したいような気がしてならない。笑って笑って、喋って喋って、喋り続けたい。

何を喋る？

何だって、構いやしない。この、嫌らしい感覚から逃れられるのなら、下らない駄洒落の連発だろうが、上司の悪口だろうが、世間を賑わしている事件のことでも、小耳に挟んだうわさ話でも、野球や相撲の話だって、女の話だっていい。

真垣。おまえ、俺を殺そうとしたのか。あの顔は、まじだったよな。

どうしてだ。

これが夢だとしたら、俺は、目が覚めた後で、おまえを一発、ぶん殴るからな。おまえは、自分のせいじゃないって言うかも知れないが、たとえ夢の中にしたって、おまえは、こともあろうに、この俺を殺そうとしやがった。真剣そのものの顔で、俺にナイフを突きつけてきたんだ。それも、俺が学生の頃から集めてた、あのコレクションのうちの一つで、だ。俺が、どれくらいあのナイフを大切にしてたか、おまえだって知ってるだろうに。夢だろうと何だろうと、おまえがやったことには違いない。

おまえは困りきった顔で、笑ったら良いのか、謝ったら良いのかも分からずに、ぶつぶつと文句を言うだろうな。もしも、俺が殴った後ならば、子どもの頃と同じように、眉をしかめ、気弱そうに目を伏せて、「ひどいよ」とか何とか、呟(つぶや)くはずだ。「夢の責任まで、持てないよ」なんて、女々しいことを言うに違いない。

俺は、「うるさい、おまえだったことには違いないんだからな。大体、夢に出てきて俺を殺すなんて、おまえが日頃から、内心で俺を殺したいと思ってるからに違いないんだ。恨みがあるんだったら、男らしく言ってみたらどうなんだよ。だから、おまえは駄目だっていうんだ」と、普段の調子で言ってやる。それから、おまえの肩を叩きながら、大声で笑ってやろう。いやあ、それにしても、とんでもない夢だった。まさか、おまえに殺されるとは、思ってもみなかったよとでも言いながら。

——そう言えたら、どんなに良いだろうか。

どれくらいの時間が流れたのか分からない。さっき、時計の針が動いたと思ったのは、俺の勘違いだったのだろう。あれ以来、俺はずっと文字盤を見ている。だが、まるで動いてやしない。俺は、最初に感じたことを繰り返し感じている。だから、嫌な予感がしたんだよな、ってことを。

そう、嫌な予感がした。いつからだ？　多分、随分前だ。いつか、こんな日が来るんじゃないかって、俺は、心のどこかで感じていたような気がする。その証拠に、かなり以前から、俺は真垣と会おうとする度に、何かの覚悟を強いられているような気分になったと思う。漠然と、奴の機嫌をとろうとしてきたようにも思う。普段の俺と、極力変わらないように振る舞ってはきたが、それでも、奴の顔色を、ついつい窺っていた気がするのだ。何故だかは分からない。奴の態度に、目に見える変化があったというわけでもない。ただ、漠然と、俺は奴の中に、ひんやりとしたものを感じていた。

落ち着いて話し合おうじゃないかと、そんな言葉も、今頃になって浮かんでくるものだ。その時は、何か考える余裕なんて、あったもんじゃない。いや、余裕がなかったっていったって、そんな時間そのものが、なかったんだ。

荒々しい呼吸の音がする。俺は、自分の呼吸だと思う。押しつぶされたように感じる肺に、新鮮な空気が送り込まれてくるのを待っている。だが、実際には、焼け付くように感じるのど首の、ほんのわずかな隙間から、やっとのことで弱々しく風が通り抜けるだけだ。この呼吸の音は、俺のじゃない。

——真垣。

奴が俺を見下ろしているのを感じる。だが、その姿を認めることは、俺には出来ない。瞬きが出来ないのと同様、俺は、自分の目玉さえ、動かすことが出来ないのだ。それに反して、動かす気もないのに、手足の筋肉の方は、時折、勝手に、ぴくぴくと震えやがる。

時計の針は動かない。真垣の呼吸が聞こえる。やはり、時計が止まっているのだ。俺は、奴が何か言うのを待つ。どういうことだ。とにかく、この状態を何とかしてくれと、言いたいのだ。だが、新しい空気が入ってこない上、口も動かず、声も出せず、俺は、奴の方から動き出してくれなければ、まさしく手も足も出ない。

ああ、しまった。忘れてた。

会社に電話をかけなきゃならんと、思ってたんだ。こんなことになるんだったら、もっと早くに電話しておくべきだった。いや、中井（なかい）が戻ってくるまで、待ってりゃあ、良かった。そうしようかとも、思ったんだ。部下の仕事を見届けるのが、俺の責任だということくらい、そして今日、中井が持ってくるはずの報告は、それなりに重要だということも分かっていた。それなのに、俺から誘っておいて、真垣を待たせちゃならんと思った。その方を、優先させた。何せ、友達だから。せっかく、久しぶりで静岡に帰るのだから。ただ、酒を飲むためだけに、車を飛ばして静岡まで帰ることの、その無駄を、俺は楽しみたいと思ってる。そんな贅沢は、滅多にあるもんじゃない。それもこれも、静岡での時代を共有できた、そして、今現在の俺のことも、かつてと同様に信頼し、俺の将来を期待し続けてくれている男と一緒だからこその楽しみだと、俺はいつでも思ってきた。だからこそ、出来の悪い部下の帰りを待つよりも、真垣、おまえを優先させたんじゃないか。

中井は、社に残って、俺からの連絡を待っていただろうか。可哀想なことを、したかな。

いや、あいつはそれほど仕事熱心な男じゃない。第一、俺は知ってる。中井は内心で俺を馬鹿にしているんだ。俺の課に配属になったことが、とにかく面白くないんだ。妙ちきりんな派閥争いの煽りを食らって、結局は傍流にしかなれなかった俺を、見限っていやがる。

そうだ、そうだよ。くそ面白くもない仕事を、今週も休まないで続けてきたんだ。雑用に毛が生えた程度の、他の誰がやったって変わらないような、うちの子どもたちに言わせりゃあ、単なる社会の歯車でしかない仕事――そんな考え方をするようになったのは、女房の責任だ。妙に反抗的になってきて、人を蔑むような目つきをすると思ってたら、「パパのお酒は、機械油の代わりみたいなものよ。そう考えるしか、諦める方法がないじゃない」いつだったか、俺が風呂に入ってると思って、あいつは、ガキどもを相手に、そんなことを言っていやがった。俺は、愕然となったね。上の子が「馬鹿みたい」と呟くのが聞こえた。

この俺が、歯車だと？　畜生、冗談じゃねえ。俺は、毎日毎日、休まずに働いてきた。誰のためだ？　おまえたちのためじゃないのか、ええ？　てめえの保身ばっかり考えてる上司と、文句ばかりは一人前の部下との板挟みになって、それでも我慢してるのは、家族のためじゃないか。

だが俺は、聞こえなかったふりをした。立ち聞きしていたなどと思われるのは心外だったし、確か——その前に、何か俺に不利なことが、あったんだ。子どもとの約束を忘れたか、何か。あの場でかっとなって怒鳴ったりすれば、子どもたちの気持ちは余計に俺から離れていくと思った。女房は、俺が留守の間に、余計に子どもたちを手なずけていくだろう。所詮、男の気持ちは、女子どもになんぞ、分かりはしない。理解されないままに、それでも家族のために生きることが、男の孤独というものだ。

それに、俺は「今に見てろよ」と、思ってた。俺はまだ、野心を失ったわけじゃない。逆転の機会は、きっと来るって、信じてる。そうじゃなかったら、残り二十年近くのサラリーマン生活は、まさしく無味乾燥の、夢も希望もないものになっちまう。女房と子どもを食わせるためだけの、砂を嚙むような毎日なんて、俺らしくもない。

まあ、逆転に成功したって、あいつらには、それが、男として生きていく上で、どれほど重要なことかなんて、分からないに違いないがな。どこまでいったって、俺は孤独を背負い続けるんだ。家庭なんぞ、安住の地ではあり得ない。家族は、もっとも身近にいる敵だ。

しかし、ああ、やっぱり電話はしておくべきだったな。わざわざ陰口を叩かれるような原因を、作ることはなかったんだ。表向きは好青年に見せてはいるが、実際は計算高くて陰険な中井のことだ。俺を出し抜くことだって、考えていないはずがない。

電話――中井は、誰に向かって言うだろうか。課内で話し合ってるだけならまだしも、下手に他の部署の連中に話されるのは、困るんだ。畜生、電話しておくんだった。

俺は、部下たちが、陰で俺を何と言っているか知っている。当てにならない、頼りにならない、人にはあれこれ指図をするくせに、自分は何もしようとしない。いざとなると部下に責任を押し付けて、自分だけは知らん顔をしようとする。見え透いたごますりばかりに血道を上げて、何とか得な方に付こうと、いつでも戦々恐々としてる。惨めになるだけだって分かっていながら、面白くもない冗談を飛ばし、おどけて見せて、余計に孤立していく――。

馬鹿野郎。逆転のチャンスを窺ってるだけだ。これ以上、人に利用されないために、誰よりも素早く、少しでもメリットの大きい方向に動けるように、俺を、再び営業に呼び戻せるだけの力量と、人を見る目を持っている上司を捜し出すために。

今の俺に出来ることは、とにかくそのチャンスを待つことだけだ。日がな一日、やたらと西日の当たる窓辺の机に張り付いて、電話ばかりを受けているなんて——電話。そうだ。救急車、救急車を呼んでもらいたい。

真垣、救急車だ。俺を、病院に連れていけ。俺は、間違いなく異常な状態にある。このままじゃ、本当に死ぬかも知れない。

電話してくれ。救急車を呼んでくれ。真垣、傍にいるんだろう？　何が気に入らなかったのかは知らないが、このままだと、本当に取り返しのつかないことになるんだぞ。

真垣、電話だ。電話しろ。

ああ、くそっ。

どうして今日に限って、静岡の家に来ようなんて思ったんだ。しかも、真垣を誘って。

「電話くらい、残しておけばいいんじゃないですか」そう言ったのは、他ならぬ真垣だった。おふくろが死んで、空き家になったこの家を、当分の間はそのまま残しておくことは、俺と弟との間で決まったことだ。

「ここにいるときくらい、電話のベルから解放されるのも、いいじゃないか」

俺は、笑いながら答えた。実際には、滅多に戻らない家のために、電話を引いておくなんて馬鹿馬鹿しいと、女房に言われたからだ。

——思い切って、売ればいいじゃない。いくら、自分の育った家だからって。

あいつは、上目遣いで言ったものだ。あなたは、老後をあの家で過ごすつもりかも知れないけど、その頃までには、家はもっと傷んで、結局は使いものにならなくなってるに決まってるわ。

「そう、急ぐこともないじゃないか。荷物の整理だけだって大変なのに。おふくろの荷物だけじゃない。死んだ親父の物だって、ほとんどそのままになってるし、俺や弟の、子どもの頃からの物や何かが、山ほどあるんだぞ」

「だって、この家に引き取ることだって、無理でしょう？　ただでさえ狭いのに、そんな物にばかり、しがみついてたって、しょうがないじゃない」

おふくろの、四十九日が済んだ頃だったと思う。俺は内心で、女房が「じゃあ、私が」と言い出すのを待っていた。だが、あいつは嫌悪感もあらわに、死んだ人の荷物がいつまでも残ってるなんて、と言った。

「どうするの？　家っていうのは、誰も住まないで放っておいたら、どんどん傷みが激しくなるって」

寺から戻って、この家で、少しばかりくつろぎ、最後に雨戸を閉めようとしたときのことだ。俺にしてみれば、まだおふくろの匂いや、生活の余韻が残っているこの空間を、まだ味わっていたかった。雨戸を閉めて、室内が徐々に暗くなり始めると、この家そのものが、親父やおふくろの墓となり、俺の思い出の全てが、ここに封じ込められていくような気分になっていた。

「そのうち、何もかもかび臭くなって、結局はまとめて捨てなきゃならなくなるんだから」

「ときどき、空気を入れ換えに来るさ」

俺は、苛立つ気力も失っていた。いや、それよりも、もう随分以前から、女房に向かって、本気になることなど、なくなっていたのかも知れない。何を言っても否定的な答えばかりが返ってくる。一度だって、笑顔で「頑張ってね」とか「あなたの言う通りよ」などと言ったためしがない相手に向かって、俺は、すっかり諦める癖がついていた。

「空気を入れ換えにって——簡単に言うけど、私だって、そんな暇なんか」

「俺が自分で来れば文句はないんだろう。ここは、俺の家だからな」

あの時の女房の顔は、まさしく冷水でも浴びせられたようだった。俺は、どうしてそんな顔をする必要があるのだと思ったのを覚えている。だけど、何故だか今は分かる。女房は、俺が、「俺だけの」と言ったように感じたんだ。たとえ女房でも、おまえとは関係ない、俺だけの問題だと、そう受け取ったのだろう。

「だったら、ご自由に。私はもう、何も言わないわ。ノータッチ」

それだけ言い捨てて、女房は子どもたちの方へ行ってしまった。俺は、黙々と家中の雨戸を閉めて回った。まるで、大切な儀式のように。

畜生、なんてこった。いつだって俺は、子どもたちや女房が、「一緒に行く」と言い出すのを待ってたんだぞ。だが、あいつらはいつでも冷ややかに、「あ、そう」と言うばかりだった。まるで、この家は、俺の隠れ家のようなものだった。若い頃は、あんなに嫌っていた、絶対に戻って来るまいと思ってたのにな。

息が出来ない。俺の目の前には、黒い斑点以外にも、他の色のしみのようなものが広がってる。色眼鏡でもかけてるみたいに、全てが、赤茶けて見える。真垣は、どうしたんだ。俺は、あいつを呼びたいと思う。

「――」

顎は、微(かす)かに動かせた。だが、声はまるで出なかった。半開きになった口の端から、涎(よだれ)が伝ったのが分かった。耳の中で聞こえる俺自身の鼓動が、間遠くなっていると思う。可能な限り、周囲の気配を探りたい。だが、真垣がいるかどうか、分からない。

ひょっとすると、あいつは電話をかけに行ったんじゃないだろうか。悪ふざけが過ぎたことに気づいて、慌てて行ったんじゃないだろうか。隣家で借りる知恵が、奴にあるか？　公衆電話は、五分ほども歩いたところまで行かなけりゃないんだぞ。早くしてくれ。早くしろ。

真垣。

声が出せるようになったら、俺は、おまえにまず「医者」と、言うだろう。他にも言いたいことは山ほどある。だが、とにかく医者だ。俺は出血してる、怪我をしているんだ。こりゃあ、ただ事じゃないってことくらい、俺の身体を取り巻いている、生臭く、ぬるぬるとした感触と、俺の身体の変化とが物語っている。何しろ、俺は瞬きさえままならないんだ。

どんなに遠くまででも良い、医者を呼んでこい。頼む、呼んでくれ。

今日に限って、どうしてここへ来ようと思ったんだろう。しかも、真垣を誘って。別段、奴に用事があったわけじゃない。つい先週も、一緒に飲んだばっかりなんだから、わざわざ電話することなんか、なかったんだ。たまには一人でこの家に来て、子どもの頃のことや、死んだ両親のこと、これからの人生のことなんか、ゆっくりと考えてみたいと、俺は常日頃から考えていた。そういう時間こそが、今の俺には必要なのだと。

それなのに、真垣を誘ったんだ。「今日ですか?」と、奴が困惑した声で答えるのを期待しつつ、「急に、そんなことを言われても」という言葉を待ちわびながら、実は、あいつが俺の誘いを断らないことを、俺は十分すぎるくらいに承知していた。「分かりました。それで、何時に」真垣が、落ち着いた声で答えたとき、俺は、「しまった」と思った。それは、確かだ。

やっちまった。それが、俺の予感と言えば、予感だった。

いつの頃からか、電話するのは、いつも俺の方からばかりになっていた。俺が「どうだい、今夜あたり」と言えば、真垣は特に面倒くささそうな声も出さずに、ただ「いいですね」と答える男だった。断ったことは、ほとんどなかったはずだ。奴が離婚してからというものは、一人で淋しかろう、惨めだろうと思うから、余計に頻繁に電話をしてやった。そして、その都度思ってたんだ。俺が誘えば、嬉しそうに応じる奴が、どうして自分からは、俺に連絡をよこさないんだってな。電話する度に、俺は、心のどこかに卑屈な惨めさを味わっていた。まるっきり、真垣以外に誘う相手がいないみたいだと、そんな風に思われやしないだろうか、あいつに追いすがってるみたいに思われないか、俺は、そんな不安を抱いていた。

会ってしまえば、そんなことも忘れるんだがな。俺は、大いにリラックスして、家にいるとき以上に、ゆったりと羽を伸ばすことが出来る。真垣が結婚してた頃は、奴の家に行くことが多かった。別れた女房は、何となく窮屈そうな、面白味のない女に見えたが、それでも俺は、自分の家にいるときよりは、自由でいられた。何しろ、真垣の女房なら、俺にとっては妹みたいなもんだ。

外で飲むとき、真垣はよく女房に電話していた。俺は無粋な奴だと笑ったが、真垣は苦笑するばかりで、その習慣をやめようとはしなかった。

この家からは、電話は、とうになくなってる。月々の基本料金くらい、どうってことはないと思うのに、女房がうるさいから、外したのだ。ほら、だから言わんこっちゃない。だから、いざというときに、困るじゃないか。本当に、俺のすることは一から十まで、気に入らないんだから。口を開けば文句ばかり、子どもたちとは笑い声を上げてるときだってあるっていうのに、この頃じゃあ、俺と二人きりになると、ほとんど口もきこうとはしない。

——私の顔なんか、そのうち忘れちゃうんじゃないの。

おかしなもんだよな。あの、真垣のところが、早々と夫婦別れをしちまって、俺のところが、こうして何とか続いてきてる。「仕方がないでしょう。子どもたちを片親になんか、したくないもの」口を開けば、そんな憎まれ口ばかり叩いてるが、それでも当り前みたいな顔をして、並んで眠るんだから、あいつだって、口で言うほど、今の生活に不満を抱いてるわけじゃないんだ。「そう思ってるのは、あなただけよ。あなたを見てると、思うわ。別に、私じゃなくたって、いいんだろうなって。だって、顔もろくろく見ないんだし、寝に帰ってくるだけなんだものねえ。ただで家政婦を使ってるようなものよね」そうじゃない、おまえを信じてるから、安心して家のことも子どもたちのことも任せてるんじゃないかと、俺は何度も言った。子どもたちが小さい頃は、その言い訳も通じたが、やがて、拗ねたような上目遣いの代わりに、冷笑が返ってくるようになった。その手は通じないわよ。馬鹿、言ってるんじゃないわよ。だから俺は、男の世界のことが、分かってたまるかと怒鳴った。だがそんな言葉も、二、三年もする頃には、効力を持たなくなった。そのうち、子どもたちに知恵がついてきて、女房の味方をし始めた。

「パパって、すぐに大声出すんだから」「パパ、お酒臭い」「やだ、パパって、野蛮」女が三人も揃ったら、俺の出る幕なんぞ、あったもんじゃない。まったく、誰に養ってもらってるのか、分かってるのか。あいつらは、俺が打ち出の小槌でも持ってると思ってるんじゃないだろうか。とにかく、次から次へと、あれ欲しい、これ欲しいと、俺の顔さえ見れば、ねだることばかりだ。

　ああ、息が苦しい。パパに、水を一杯持ってきてくれないか。「自分で飲めば」そう言うなよ。のどが熱くてたまらないんだ。それに、パパは動けない。「だから、酔っ払いって嫌いよ。私、絶対にパパみたいな人と結婚しないんだ」いかにも呑気に、俺は鮮やかに蘇ってきた過去の光景を、半(なか)ば恍惚(こうこつ)となって眺めている。

「いい？　パパ。ママだってね、私たちだって、いつまでもパパの面倒をみるなんて、思わない方がいいわよ」

　あの頃、上の子はまだ小学二、三年だったはずだ。俺は、そのこまっしゃくれた言い方に、呆気に取られた。

「パパがいつ、なつきに面倒みてくれなんて頼んだ？」

「ほうら、忘れてる。だから嫌んなっちゃうのよ。パパ、いつだって酔っ払って帰ってくると、私やさやかが『やめて』って言ってるのに、ほっぺた押しつけてきて、お酒臭くて、痛くて、嫌だって言ってるのに、『頼むよ』『頼むよ』って、言うじゃないの」

今頃になって、どうして、あんな時のことを思い出すのだろう。

叱られたんだよなあ。年端もいかないガキにさ。俺は、ままごと気分になって、わざと正座して見せて、「はい、すみません」なんて、頭を下げたんだ。ちび助のなつきが、女房にそっくりの、いかにも得意そうな顔で、おまけに腕組みまでして見せて「いいわね、パパ」と、きつい口調で言うのを、楽しんでた。

——どうして、何度も同じことを言わせるの、子どもじゃないんでしょう？

やがて、さやかまでが、そんなことを言うようになった。ああいうときの口調は、おふくろに、馬鹿に似てた。

——口を酸っぱくして、言ってるでしょうが！

そう、俺は、おふくろにもよくそうやって叱られた。なあ、おふくろ。あんたは、本当に怖かったよ。

暗くなる前に、帰ってきなさいよ。遊びにいくとき、必ず言われた台詞だ。だけど、夢中になって遊んでりゃあ、気がついたときには、もう暗くなってるんだ。はっと我に返って、空を見上げたときには、コウモリが飛び交い始めてる。

誰か、「いち抜けた」って言ってくれないかと、俺はいつも思ってた。自分からは、言い出せなかったんだ。あんまり誰も言ってくれないときは、「暗くなってきたな」なんて、初めて気がついたみたいに言うこともあった。そうすると、それまで夢中で遊んでた連中は、急に思い出したみたいに、「俺、帰る」なんて、言い出すんだ。すると、俺は内心でほっとしながら、「じゃあ、俺も帰ろうかな」と、仕方なさそうに答えることにしてる。

「そんなことが、どうして言えないの？　直弘、そんな意気地なしなの」

だって、言えないよ。意気地がないんじゃない。付き合いが悪いなんて思われたくないし、おふくろに叱られるからなんて、言えないじゃないか。誰よりも先に「帰る」って言い出すのは、何だかガキっぽくて、格好悪いじゃないか。それに、俺はいつでも出来るだけ長く、友達と一緒にいたかった。

「剛弘を見てごらん、ちゃんと帰ってきてるじゃないの。言ったでしょう？　今日は、お父さんが早く帰ってくるんだからって」

おふくろは顔をしかめ、押し殺した声で言ったものだ。俺は、舌打ちをしたい気分で、うなだれていた。どうして、父親の帰りが早いときには、おふくろは、あんなにぴりぴりとしていたんだ。そんなに親父に気を遣うんなら、いつまでも俺を玄関に立たせて、くどくどしい小言を言ってる間に、さっさと飯の支度をすれば良いじゃないか。こっちだって、もう腹ぺこなんだ。目が回るくらいに。これから、ようやく夕飯にありつけるまでの、色々な儀式を考えると、それだけで気が遠くなりそうだ。

「もう、文句を言われるのは、お母さんなんだからね。あんた、少しはお母さんのことも考えてくれたら、いいじゃないの」

「――」

「分かってるでしょう？　お父さんは、待たされるのが嫌いなんだから。どうするのよ、またご飯の途中で怒りだしたら」

「――」

「手伝いも何もしないんだから、せめて、それくらいは考えなさいって、いつも、言ってるじゃないの」

「――」

「それとも、直弘、あんたは、こんな家に帰ってくるよりも、友達と遊び回ってた方が、いいっていうの？」

「――」

本当は、その通りだ。だが、頷(うなず)けるはずがない。それに、とにかく家に帰ってこなければ、飯が食えないんだから、仕方がない。俺は、ひたすら黙っておふくろの小言を聞き、それから手と顔を洗いに行って、今度は親父の小言を聞く。

挨拶ぐらい、出来ないのか」

ただいま、って言えばいいのか、おかえりなさいって言うべきなのか、俺は一瞬迷う。だけど、何て言えばいいのさ、とでも言おうものなら、げんこつだって飛んで来かねない。だから結局、俺は「ごめんなさい」と言う。

「何が、ごめんなさいなんだ」

「――遅くなったから」

「それが、おまえの挨拶か」

「――」

「またか」

「――」

俺は畳の上に正座して、汚れたままの自分の膝小僧を見下ろしている。そして、一緒に遊んで遅くなった連中は、今頃どうしてるだろうかって考える。俺がこうしてる間にも、きっと友達は、もう、うまい飯にありついてるんだろうな。食卓には料理からたち上る湯気や、食欲をそそる匂いが満ち、笑い声が溢れてるんだろう。そんな光景を想像する度に、腹立たしくも、惨めにもなっていく。どうして俺には、そんな情景が待っていてくれないんだろうって、いつも思う。

「おまえは馬鹿か」

親父の台詞は決まってた。おまえは、馬鹿か。おまえの目は節穴か。おまえの頭には何が詰まってる。そんなことを聞かれて、何と答えればいいっていうんだ。

「同じことを、何度言わせれば、気がすむんだ」

「――」

「そんなに帰ってきたくなけりゃあ、いつまでも外にいて、いいんだぞ」

「――ごめんなさい」

「謝りさえすれば、それでいいと思ってるのか」

謝れば、怒られる。謝らなければ、また叱られる。どうすればいいのか、俺は分からなくなる。仕方がないから、涙を流す。弟が、無関心を装いながら、興味津々の顔で俺を見てるのが感じられる。泣けばすむと思ってるのかと、親父はまた、返答に困ることを聞く。

あの頃から、俺は親父が嫌いだったな。畜生、どうして早く帰ってきやがったんだって、いつも思った。

親父が早く帰宅した日の夕食は、本当に悲惨なものだった。親父一人が、むっつりと晩酌をしてる。弟は、要領のいい奴で、親父にも可愛がられてたから、「ねえ、お父さん」なんて言って、時折は何かをねだったりもしてたと思うが、俺は、叱られた直後だったし、下手に調子に乗って口でも開こうもんなら、「懲りてないな」とか何とか言われて、余計に叱られた。おふくろは、食事の始めから終わりまで、親父に何か言いつけられては、立ったり座ったりの連続で、俺を見ることがあったとしても、いかにも「あんたのせいよ」と言わんばかりの、苛立った顔しか見せてはくれなかった。親父がいないときのように、一日の出来事を聞いてくれたりする余裕も、ありはしなかった。暗い、食卓だった。

そうだな。あの頃から、思うようになったんだ。よその家の子どもだったら、良かったのにってな。こんな親父の子どもじゃなくて、もっと大らかで、金持ちで、尊敬できる親父の子どもになりたかったのにって。そりゃあ、親父だって、それなりに頑張ってはいたんだろう。最近になって、俺は、当時の親父の気持ちが、少しは分かるようになったと思う。

女子どもに、外の世界の話をしたって、埒は明かない。努力すれば、したなりの評価が得られるなんて、そんな社会はありゃあしない。たまに早く帰ったときくらい、誰にも気を遣わずに、自分の世界に浸りたい。そう思って、当然だ。だけど、当時の俺に、そんなことの分かるはずがなかった。特に、俺は弟に比べて、可愛がられてなかった。俺はいつだって、自分なりに良い子でいようと思ってたのに。それだけは、確かだ。だが、親父は虫の居所が悪いと、俺を「小賢しい」だの「こすっからい」だのと言った。親父に好かれようと思って何かをすればするほど、そんな評価が返ってきた。

「誰に似たんだ。その、物欲しげな目つきは」

酔いが回るにつれ、親父はそんなことを言って、俺に絡んでくることがあった。ガキの頃は、俺はただ惨めで、悲しいばかりだった。今と違って、部屋の中は薄暗かった。電球の明かりは、もっと黄色くて、ただでさえ赤茶けていた畳を、余計に貧乏くさく見せていた。

「相手を見るときは、正面から見ろ」

そんなことを言われたって、まっすぐに顔を上げられるはずがなかった。それに、正面から親父の顔を見据えれば、「何だ、その目は」と言われるのだ。そして、言いたいことだけ言ってしまうと、そのうち、その場でごろ寝をする。今の、この家じゃない。建て増しする前の、古びた茶の間に、親父の鼾が響いたもんだ。

「だから早く帰っていらっしゃいって、言ったじゃないの。直弘だって、お父さんが待たされると不機嫌になるの、分かってるでしょうが」

親父がごろ寝を始めると、台所で食器を洗いながら、おふくろは、また小言の続きを言う。俺は、いつも不思議だった。おふくろは、あんな親父と一緒にいて、何が楽しいんだろう。いつも威張り散らしてたが、その割には甲斐性のない親父だったじゃないか。いつだって、おふくろは家計のことで愚痴をこぼしてた。お父さんが、もう少し出世してくれたら、もう少し世渡りが上手だったらって、いつもこぼしてた。一体、親父のどこが良かったんだ。

「楽しいことなんか、あるわけないでしょうが。あんたたちのために、我慢してただけ。時代が違うのよ、今の人たちみたいに、簡単に夫婦別れするなんて、そんな時代じゃなかったんだし」

親父が死んだ後で、おふくろは言ったもんだ。大学に入ると同時に、俺は家を出た。だから、その後の親父のことは、ほとんど知らない。だけど、おふくろは「あの人は、あのまんま」と言っていた。

「でも、お葬式の時に、よその人から言われたわ。『的場(まとば)さんほど陽気で、人当たりのいい人も、いなかった』ってね。腰が低くて、決して威張らない人だったって」

俺は、目を丸くしたもんだ。おふくろは、声を出して笑ってた。そんなことだろうと思ってたってな。

「よそで威張れないから、家で威張り散らしてるんだろうなって。仕方がない、それなら、家にいるときくらいは、威張らせてあげようって、そう思うより他に、ないでしょう」

そう、この部屋だった。この部屋で、おふくろは、静かな顔で、そう言った。つまり、典型的な、冴えない親父だったってことじゃないかと、俺は言いたかった。人に愛想だけ振りまいて、へいこらして、結局はいつも誰かに先を越されてたってことだ。

誰だって、自分の親父を尊敬したいに決まってる。たとえ怖くたって、相手をしてくれなくたって、いつも親父の背中を見ていたいに決まってるんだ。だが、俺はそれが出来なかった。こっちが大人になって、少しばかり気持ちに余裕を持てるようになった頃には、親父は、既に冴えない老人になっていた。しょぼくれて、ひたすら頑固なばかりで、孫に対してだって、優しい、いい祖父ちゃんではなかった。

不器用な人だったんだろうな。今、それが分かる。そして、そういう世渡りの下手なところ、馬鹿がつくほど正直なだけの親父だからこそ、おふくろは見限ることも出来なかったんだろう。

「お父さんには気の毒かも知れないけど、考えようによっては、これで良かったのかも知れないねえ。そんなに長く寝込んだわけでもないし、最後まで、頭ははっきりしてたしねえ。これで、惚けたり、寝たきりにでもなられたら、それこそお母さんの人生は、そこでおしまいだったよ。最後の最後に、少しは、いいことをしてくれたのかねえ」

俺は、おふくろががっくりくるんじゃないかって、それぱっかりを心配してた。だが、俺たちの心配をよそに、おふくろの表情は穏やかで、何となく、ほっとしているようにも見えた。なつきやさやかと、剛弘の子どもたちが、ばたばたと家中を走り回ってた。剛弘は、中学時代の同級生と、玄関先で立ち話をしてた。女房と、奴のかみさんとは、台所で何かしてたはずだ。他の親戚は、もう皆、引き上げた後だった。ああ、だから、あれは、葬式の次の日だったんじゃないかな。

「不器用なお父さんだったけど、まあ、お葬式も立派だったし、世間様に迷惑をかけるようなこともなくて、あんたたちを立派に育て上げたんだから、それで、いいよねえ」

「ああ、それで、いいよ」

俺から見れば、つまらない人生だと思う。だけど、死んだばかりの人間に、そんなことを言うほど、俺は残酷な男じゃない。最後まで、俺とはそりが合わなかったが、それもまた、仕方がないってことだ。

葬式——。

葬式ねえ。今まで、随分いろんな葬式に出たよな。親父の葬式は、確かに、それなりに良かった。参列者だって、思ったよりも多かったし、歳が歳だったせいもあるから、それほど湿っぽくもならなかった。

ちりん

親父の死に顔を、俺は今でもはっきりと覚えてる。生きている間は、あんなにじっと、親父の顔を見たことなんか一度もなかった。ガキの頃から怖いばっかりで、甘えた記憶も、じっくりと語り合った記憶もなかったのに、二度と目を開けない親父の顔を見たときには、妙に胸が熱くなった。雰囲気って奴も、あるんだよな。読経の声や、立ちこめる線香の匂い、喪服の列なんてえのが、独特なんだ。まさか、この俺がと思ったのに、どういうわけか涙が溢れそうになったのは、あの雰囲気のせいに違いない。

大体こう見えても、俺は案外涙もろいんだ。そう言うと誰もが笑うが、普段から俺が人情に厚いことを知ってる奴なら、なるほどと頷くに違いない。昔、女房と結婚する前に、二人で映画なんか観にいって、泣けて泣けて仕方がなくて、映画が終わっても席を立てなかったことだってあったくらいだ。だから、俺は葬式が苦手だ。たいした付き合いの相手じゃなくても、一面識もない、知り合いの身内の葬式程度でも、下手すりゃあ、涙腺がゆるんじまうんだからな。

葬式ってのは、ドラマだ。泣き崩れる遺族もいれば、硬い表情のまま、黙りこくってる遺族、義理丸出しで出席してる参列者から、あれこれと胸算用をしてる親戚らしい奴、いろんな奴等が黒ずくめの格好で、いかにも神妙な顔を揃える。そりゃあ、やっぱり、若い奴が死んだときには、悲しみ一色が支配するが、天寿を全うしたなんて台詞が聞こえてくるような葬式の時には、悲喜こもごもってやつだ。

——葬式の後は、いつも気が滅入る。俺にもいつか、そういうときが来るって思うと、やりきれない気分になる。第一、自分の葬式を見られないなんて、何とも割り切れない気持ちになるじゃないか。最後の最後に自分が見送られる場面を見れば、安心して逝っても良いものかどうか、誰と誰に気をつけて、どういう手を打っておくべきだったかが、いちばん分かりやすいと思うのに、だ。

いつの頃からか、俺は、自分の葬式は真垣に取り仕切ってもらおうと、そう心に決めていた。実際に、真垣本人にも、そう言ったことが、一度ならずあるはずだ。それが、俺の最後の望みになるに違いないって、誰かれの葬式に出る度に、その思いが強くなっていった。

「僕は、苦手だな。それに、そういうことは会社の人が、するでしょう」

俺は、気軽に「任せておいて下さい」と答えて欲しかったんだ。それを、真垣の野郎ときたら、妙にまじめ腐った顔をしやがって、そんな答え方しか、しやがらなかった。馬鹿野郎、死んだ後まで、会社の義理に縛られてたまるかと、俺はそう答えたような気がする。

そりゃあな、手慣れた奴っていうのが、いるもんだ。葬式って聞きゃあ、自分の職場の奴のところだけじゃない、取引先の人間のところへでも、すっ飛んでって、仕切る奴っていうのがな。そういう奴に任せておけば、安心だ、全てをそつなくこなしてくれるってことは分かってる。だが俺は、せめて自分の葬式くらいは、心から俺の死を悼んでくれる人に、取り仕切ってもらいたいって思った。たとえ、俺自身には分からなくても、一生に一度のことじゃないか。人生の、締めくくりだ。俺は、いろんな葬式に出る度に、葬式こそが、人間の、もっとも華やかな最後の舞台だと思うようになった。その人間が、どういう生き方をしたか、死に様はどうだったか、どんな人々に囲まれ、どの程度の評価を受けていたか、全てが分かるってわけだ。

真垣――。おまえがどうして、あんなにも頑なに、葬儀委員長を断り続けたかが、今になって分かってきたぞ。おまえ、あの頃から、こういうことをするつもりだったんじゃないのか、ええ？　そうじゃなかったら、俺が何を頼んだって、滅多なことじゃ断らないおまえが、どうして、兄弟以上の仲だった俺の、人生最後の頼みを断れるっていうんだ。

実際、俺は、弟よりもおまえを近しいと感じてきたじゃないか。剛弘は、そりゃあ確かに血のつながった弟だ。仲だって、悪くはないさ。たまに会えば話も弾むし、あいつが、それなりに幸せに暮らしてくれてるってことで、俺は安心してる。だが、それだけだ。あいつは、俺とはまるで性格が違うし、俺は、剛弘の人生に、自分が関わってるなんて思ったことはない。あいつと共に生きてきたなんて、感じたこともない。俺は、いつだって、おまえとだぞ、他の誰でもない、おまえと、同じ時代を共有して、関わり合って生きてきたと思ってる。損得なんか関係なく、駆け引きも必要なく、俺たちは裸のままの自分たちを、真っ正直にぶつけ合ってきた。なあ、それが違うっていうのか？　俺の勝手な思い込みだと、間抜けな独り善がりだと？　俺は、おまえを心の友と信じてきた。そう思い続けてきた俺に対する、これが、おまえの答えなのか。

のどの奥に、何かが詰まっているらしい。俺は、それを吐き出したいと思う。こんなものが詰まってちゃあ、余計に息が出来ないじゃないかと思う。だが、待てよ。俺は、呼吸をしているんだろうか。さっきまで、耳の奥でごうごうと聞こえていた音も、今は遠ざかっているようだ。目は、確かに開いているが、もはや、辺り一面に黒いしみのようなものが広がっていて、何を見ることも出来はしない。

それなのに、俺は感じることが出来た。俺の意識は、はっきりと真垣の気配を捉えている。奴は、まだ息を切らしている。一体いつまで、奴の動悸はおさまらないんだろう。俺は、この肉体の、この目、この耳とは異なる、他の目と耳とを手に入れたような感覚を覚える。聞こえないはずなのに、聞こえているのだ。見えていないはずなのに、俺は確かに、見ている。時計の針を。

やがて、真垣の気配が、すっと動いた。そして俺は、頬に奴の視線を感じる。それこそ、穴があくほど、俺の顔を見つめているのが分かる。おい、馬鹿野郎、見ている場合か。おまえ、本当に電話をかけに行くつもりはないのか。医者を呼ぶつもりはないのか。俺を、このまま見殺しにするつもりなのか。おまえの、俺に対する、これが、答えなのか――問いかけが、言葉になっているわけではない。それなのに、俺には分かる。真垣は答えている。そうとも。医者なんて、呼ぶはずがない。そんなことは、考えてもいないと、真垣は言っている。俺はこの耳で聞いているわけではない。だが、分かるのだ。

——息は、止まってる。心臓に触って、確かめるか？　いや、必要はないだろう。時間の問題だ。

俺の、ほとんど動かなくなっている心臓が、さらにぎゅっと縮んだ。いつもの状態の俺が聞いたのなら、それこそ、顔から血の気が退くような台詞じゃないか。本当に血の気がなくなっちまってるんだから、何とも陳腐な話だが、それでも俺は、ほとんど俺自身を覆いつくそうとしていた薄闇のようなものを、一気に吹き払い、真垣に向かって意識を集中してみる。それが、おまえの本音なのか。時間の問題だと？　おまえは、そうやって俺を眺めながら、その瞬間を待つつもりなのか。

冗談じゃねえぞ。何が、時間の問題だ。俺は、こんなにもしっかりとおまえを感じ、おまえのこころを読んでいる。そう簡単に、このまま闇の中に落ちて、たまるもんかよ。そりゃあ、そうするのが簡単だってことは、理屈抜きに分かる。もういいや、と思った途端に、俺は意識を失うに違いない——いや、もしかすると、既に俺の意識は、失われるというよりも、現実から遠退いているのかも知れない。そうでなければ、この不思議な感覚は、説明することが出来ない。だけど、俺は諦めてない。

——苦しまなかったはずだ。痛みを感じる余裕も、なかっただろう。

真垣の、ため息混じりの思いが、俺に覆い被さってくる。俺は、自分の身体がどんな具合になっているのかが分からない。とにかく、背中に何かされて、首筋は切られたらしいことだけは、分かっている。他の何かを考えている間だって、嫌というほど、繰り返し、繰り返し、俺の脳裡に蘇っているんだからな。まるで、どんな瞬間も、どれほど細かいことも、何ひとつとして忘れさせまいとするかのように、誰かが俺に念を押しているかのように、勝手に繰り返されるのだ。

おまえに、そんなことを気遣うこころがあるのか？　苦しみとか痛みとか、そんな簡単なひと言で片づけられる状態ではないことくらい、おまえにだって分かるはずだ。誰が、そうしたと思ってるんだ。おまえが、俺の皮膚を、血管、神経、筋肉――俺自身も見たことのない俺の肉体の内側を、かつて空気にも触れたことのない、俺自身を、切り裂いたんじゃないのか。身動きさえ出来ないんだぞ。うめき声ひとつ上げられない、呼吸もままならない、ほんの一瞬の間に、こんな状況に追い込んだのは、誰なんだ、ええ？

俺は大量に出血している。きっと、この目で見たら気絶するほどの、血の海が広がっていることだろう。幸いなことに、俺は、それをイメージでしか捉えることが出来ない。だから、やはりこれは夢なのかも知れないと思う。だが、そうでないことは明白だ。俺には分かる。俺を取り囲む俺の血液は、徐々に広がり続けている。俺は、寒さを覚える。背中と首だけに、体温の全てが集中しているようだ。そこだけは、燃えるような感じがする。それぞれに、青い炎を噴くバーナーでも当てられてるような感じで、ことに背中からは、体内のあらゆる方向に、引きつれるような感覚が走っている。何というか、まるでピアノ線か何かで、きつく引っ張られているような感覚だ。

　これを、まさしく痛みというのに違いない。だが、俺は不思議と痛がる気になれない。痛すぎるのか、感覚が麻痺しているのか、それとも、ただ単に気が散っているだけなのか、とにかく、俺の頭の中には、真垣がひらりと跳んだときの、あの一瞬の光景が繰り返されているのと同時に、実に様々な思いが散乱しているのだ。

　それにしても、寒い。骨の髄まで寒くなってきやがった。こめかみのあたりからは、汗が噴きだしそうな気もするんだが、脳天まで寒い。立ち上がって、何とかしたいと、その時になって、ようやく考える。ああ、熱い風呂に入りたい。柔らかい毛布にくるまりたい。女房にでも誰でもいい、赤ん坊みたいに、俺の全身を抱きしめてもらいたい。だが、それが、どれほど不可能なことか、理屈でなく、俺は思い知っている。そんな力が、身体の中のどこから湧いてくるものなのか、どこをどう動かせば、俺の身体が動くのか、俺には、もうそれが分からない。

　真垣は、俺を見つめている。目を見開き、口から涎を垂らしたままで、血にまみれて倒れている俺を、奴は無表情で見つめている。俺には分かる。その瞳の奥に、えも言われぬ残忍な光が宿っている。徐々に静まりつつある呼吸に代わって、今度は安堵のため息が洩れようとする。俺は、さぞかし不様な姿をさらしていることだろう。畜生、手を伸ばせば、すぐにでも襟首を摑める場所にいながら、俺は指一本、動かすことも出来ない。

新鮮な空気を吸いたい俺の横で、奴は、深々と呼吸をしている。屈辱だ。真垣がこんな男だとは、思わなかった。これほど思いやりのない――そんな生やさしい言葉で片づけられる問題じゃないことくらい、分かってる。だが俺は、まだ現実を直視したくない。俺が殺されるなんて、このまま、闇に包まれていくなんて、考えたくない。第一、死んだら、どうなるんだ。俺はまだ、こんなにはっきりと、物事を考えていられるじゃないか。身体は動かないし、出血も相当なもんらしいが、早く手を打てば、現代の医学で、きっと何とかなると、信じてる。いや、信じたいんだ。この俺が、死ぬなんて、死んで、この俺の、今、こうして動けないままでも、あれこれと考えている意識は、どうなっていくっていうんだろうか。

かちり、と時計の針が動いた。俺は全身が耳になったような感覚で、普段は聞いたこともないほどにささやかなはずの音を、強烈な衝撃波のように受け止めた。やはり、止まってはいないのだ。そういえば、去年の暮れに大掃除に来たとき、俺は確かにあの時計の電池を替えている。それ以前に替えたのがいつだったかも思い出せなかったから、とりあえず交換しておこうと思ったからで、つまり、あの時計は一度電池を取り替えれば、三年やそこらは十分に作動する。止まっているはずがないんだ。

これまでの人生で、俺が当たり前と思って眺めてきた風景、耳にしてきた音、感じていた時の流れ、全てが歪みを起こし、大きくうねりながら、俺を呑み込もうとしている。まるで巨大な生き物が、いよいよ動き出したような、そんな気がする。俺は、そいつに呑み込まれ、揉みしだかれて、やがて跡形もなく溶かされていくのではないだろうか。

それが、いわゆる死というものなのか。

なるほど、感じてはいたさ。嫌な予感て奴は、あるもんだ。ああ、殺られるって、確かに俺は思った。咄嗟にな、そういうことだったのかって、思った。だけど、死ぬ？ この俺がか？ 俺が死ぬなんて。今こそ、死のうとしてるだなんて——。

殺られるなんていう陳腐な台詞と、俺自身が死ぬってこととは、俺の中でまだ一つにならない。そりゃあ、いつか見たドラマのワンシーンのように、自分が殺られる姿ってのは、ある程度想像することが出来る。首を絞められるのでも、高いところから落とされるのでも、何かで殴られるというのでもな。だがそれは、数え切れないくらいに見てきたドラマの中のシーンを、自分の中で焼き直してるに過ぎないことくらい、十分に承知してる。本当に、こんなことがあって、そして、瞬く間に、それが俺自身の「死」に直結してるなんて、考えたこともなかった。

それに俺は、そう簡単に死ぬような男じゃない。あと三、四十年は、たっぷり生きていくつもりだ。会社での立場を回復し、子どもたちが一人前になる姿を見届けて、ゆったりとした老後を送る。最期は、まだまだ具体的に思い描いてるわけじゃないが、とにかく女房に看取られて、集まった皆にも別れの言葉を遺して、それから静かに息を引き取るはずなんだ。こんな、みっともない、不様な格好をさらすつもりなんか、ありゃあ、しない。見ろよ、全身を捻れさせて、血にまみれて、何の手当も受けられないまま、畳の上に転がって、そして冷たくなるなんて、冗談じゃ、ねえ——冷たく、なる、なんて。俺は、寒い。寒くて、ならない。これは、死へのスタートなんだろうか。俺は本当に、死につつあるのか。

俺は、にわかに慌てる。いや、慌てなくちゃ、ならんと思う。だが、まるで、俺自身が透けていくような、奇妙に稀薄な現実離れした感覚がある。慌てようにも、慌てられない。そういう感覚が、果たしてどんなものだったか、いや、慌てることだけじゃなく、喜怒哀楽の全てが、俺から遠ざかっていく。そうだ。俺は、もっと真剣に怒るべきじゃないかと気づく。こんな卑劣な方法で、まさしく有無を言わせず、俺をこんな目に遭わせた奴に対して、怒りを爆発させるべきだ。だが、全身の筋肉を、どう動かせば良いのか分からないのと同様に、俺の内の、どこをどうすれば、怒りが湧き起こってくるのかが、俺には分からない。

どうする？　どうするったって、この様だ。どうすることも、出来やしない。だが、何度も繰り返される例のシーンと同様に、俺の中で、「どうする、どうする」と、同じ思いが渦を巻く。さっきまで、俺を支配していたはずの、これまで経験したことのない違和感、痛みと言ってしまえば、あまりにも簡単に片づけられすぎるような、この上ない不快感さえ、遠ざかっていきつつある。このまま、すとんと闇に落ちていくのなら、それもまあ、良いじゃないかと、そんな気さえ、してきやがる。

——こんなものか。

その時、真垣が呟いた。俺が、この耳で聞いたのかどうかは分からない。だが、確かに奴は、ようやっと落ち着いてきた呼吸の下から、確かにそう、呟いた。

こんなものか、だと？　どんなものだっていうんだ。何なんだ、その、つまらなそうな物言いは、ええ？　おまえ、俺をどういう目に遭わせてると思ってるんだ。これは、冗談なんかじゃない、悪戯(いたずら)で済まされるようなことじゃないんだぞ。これは、アクシデントじゃない。明らかに、故意に起こされたことだ。これは、事件だ。正真正銘の、殺人事件て奴だ。

このままで済むと思うなよ。たとえ親友と思ってきたおまえでも、今度という今度は、俺は許さない。絶対に、出るところに出てな、おまえのしたことを、世間に公表してやるからな。

——そんなことは、どうだっていいことだ。

何だと？　真垣、おまえいま、何て言った。何を考えてる？　俺は、再び真垣の気配を追う。俺の目玉は動かない、もちろん、首だって血を噴き出して、捻れた格好のままだが、俺には真垣が見える。奴を捉えることが出来る。

——こんな、ものだとはな。

再び、ため息のように真垣の思いが俺に降ってくる。いつだって、俺は、不様な格好をさらしたま、抵抗も出来ずに、その思いを受け止める。いつだって、そうしてきたように。何を、がっかりしていやがるんだ。俺は、いつだって、おまえの思いを受け止めてやってきたじゃないか。畜生と、俺は、情けなく思う。俺をこんな目にまで遭わせた相手に対して、一体、俺は何を考えてるんだ。

立ち上がって、奴は俺から離れていく。何年間も見慣れた後ろ姿だ。かつては肩幅の狭い、肩胛骨の浮き出た、いかにも頼りない少年の背中だったもんだが。俺は、もはや少年の面影もなく、くたびれた中年に向かいつつある真垣の背中から、ある種の静けさを感じ取る。そして、だらりと下げた手に、相変わらずナイフが握られていることに気づいて、ざらりと、嫌らしい感覚を覚える。このまま俺にもしものことがあったらな——もしも？　もしも、なんてもんじゃない——おまえは、人殺しと呼ばれるんだぞ。人殺し、人殺し、人殺しだ！

俺は、このまま放っておかれるんだろうか。心の準備も、何も出来てやしない。そんな予定はなかった。今こそ、覚悟しなければならないときが近づいているらしい。真垣が俺から離れたことで、俺は、否応なしに、そう思う。あいつは、安心しきってるじゃないか。つまり、何がどうなっても、俺が元通りにならないと、奴は確信してるんだ。

こんな状態では、ただ、事実を受け入れるより他に方法などないらしいこと、それだけは、分かり過ぎるくらいに承知してる。ただ、未だに俺は、自分の内で悪あがきを続けてる。当たり前だ、そう簡単に、はいそうですかと「死」なんて奴を、受け入れられるはずがないじゃないか。それに、俺が、それを受け入れたときこそ、あいつは、あの背中は、正真正銘の人殺しの背中になるんだ。

信じられるか？　いや、信じられない。俺が殺られたらしいっていう事実以上に、そのことが信じられない。真垣が、殺人者になるなんて、ことがだ。どうか、しちまったのか。俺は、くるくると回り続けるあのシーン、俺にナイフを振りかざし、宙を踊るようにして跳びかかってきたときの、真垣の顔に、もう一度注意を向けてみようと思う。狂気の目だったか、怒りや憎しみに支配されていたか——。

確かに、異様な輝きは放っていた。だが、あの時の真垣の瞳は、全くの正気だった。それどころか、何度思い返してみても、俺には、奴が嬉しそうだったように思えてならないのだ。あれほどまでに、生き生きとした瞳、悦楽の表情というものを、俺はかつて見たことがない。真垣の、というだけでなく、他の誰にも。あの時は、全てが一瞬のうちに起こり、何を感じる余裕もありはしなかったが、こうして、嫌というほど繰り返し、その時の光景を眺めるにつけ、俺の内には改めて、文字どおり身も凍るような恐怖が湧いてくる。あれは、俺の知っている真垣ではなかった。二十年以上もの間、俺が見つめてきた男とは、まるで別人だった。だが、俺は直感した。これこそが、あいつの真実の姿に違いないのだと。

今、あいつは俺に背を向け、部屋から出ていこうとしている。静かな後ろ姿だ。獣のような猛々(たけだけ)しさで、俺に襲いかかった男と、同一人物とも思えない、落ち着き払った背中だ。奴の足どりは、ゆっくりとしているが、特に疲れているようにも、力が抜けているようにも感じられない。後悔も、逡巡も、何もない、しごく、淡々としたものだ。俺はまたもや、ははあ、と思う。俺には、何が何だか分からない瞬間だった。だが、奴は決めていたのに違いない。俺を殺そうと、ずっと前から、その時が来るのを、待っていたに違いない。そうでなければ、あれほどまでに動揺もせず、淡々とした後ろ姿を見せられるはずがないではないか。

畜生、そういうことだったのか。俺は、もっと自分の勘を信じるべきだったってことか。奴と会いながら、酒を酌み交わしながら、いつも心の奥底に、薄皮一枚程度だけ、または煙草の煙が一筋、風に流れるように、薄く、細く、ひやりと感じていたものの正体を、俺はもっと早く知るべきだった。

そうさ。俺は感じてた。おまえといて、俺がつい飲み過ぎるのはな、そりゃあ、確かに安心してるからには違いない。だが、その一方で、常に針の先ほど感じてた、何とも言えない嫌な感じ、不安というのとも、恐怖というのとも異なる、つい心細くなるような、侘しく、頼りなく、情けなくなるような、そんな感じを、拭い去りたかったからだ。俺は、いつも自分を叱ってたんだぞ。おい的場直弘、おまえは、誰と飲んでるんだ、誰に対して、そんなに奇妙な拘りを抱いてるんだ。他ならぬ、真垣だぞ。誰よりも、互いに知り尽くしてる、信頼しきってる、肉親以上の存在じゃないのか、とな。
ああ、俺は、大馬鹿野郎だったかも知れないな。もう随分前から、そんな感じを抱いてたのに、そう感じる俺の方が、おかしいんだって、思い込んでた。

ちりん

やがて、隣の台所で、あいつは血にまみれたナイフと手を洗い始める。かつて、俺のおふくろが毎朝毎晩立っていた台所で、家族のために、食器や野菜を洗っていた流しに向かって、真垣は俺の血を洗い流す。少し前までは、空気に触れることさえなく、俺の体内を駆けめぐっていたはずの血が、激しく流される水に溶け、驚くほど鮮やかな赤い色を見せながら、排水溝に向かって流れていく。

俺には見える。奴の顔は、既に俺の知っている、普段のあいつに戻っている。たった今、全身に漲(みなぎ)らせていた殺気など、嘘のように拭い去り、まるで釣ってきた魚をさばいた後のような、ある種の満足感を漂わせて、真垣は丁寧に、淡々と手を洗う。俺は、その口元がわずかに歪むのを見る。奴は、笑いをこらえているのだ。皮肉っぽく、小馬鹿にしたように、奴はほくそ笑む。

嬉しいか。おまえ、そんなに嬉しいのか。

昔はキャンプなどに持ち歩いて、あれこれと重宝していた俺のナイフも、真垣は丁寧に洗う。そして、確かに俺の皮膚を切り裂いたはずの刃に目を近づけて、黙って眺める。

——すげえ。触っても、いいですか。

俺の耳に、少年の声が蘇った。

思い出したように、俺の心臓が、わずかに動いた。鼓動と言うには、あまりにも弱々しい。そりゃあ、そうだろう。送り出す血なんか、もう、残ってやしないのかも知れない。ぺしゃんこになった心臓を思い浮かべようと思うが、それは出来なかった。頬にこびりついた血が、乾き始めているのかも知れない、冷え切って、痺れているはずなのに、俺は耳のあたりにわずかな痒(かゆ)みを覚える。

——指紋でべたべたにするなよな。

おかしなもんだ。背中だって首だって、それこそ気が遠くなるほど痛いはずなのに、俺は、その事実を自分自身から切り離そうとしているらしい。そんな現実離れした苦痛よりも、耳元の痒みの方がよほど気になり、そして、俺を苛立たせる。眠っていたって、無意識のうちに掻けるような場所だっていうのに、今の俺は指の一本さえ動かすことも出来ない。

――しませんよ、しませんから。ちょっとだけ、持たせて下さいよ。

「すげえ切れ味なんだからな、力任せに振り回すなよ」

「大丈夫、僕、そんなことしませんてば」

「これ、人間の指くらい、簡単に切り落とせるんだからな」

「すげえ――気をつけますから」

少年は、半ば怯えたような目つきで、だが、吸い寄せられるようにナイフを見つめていた。

ありゃあ、真垣じゃないか。ああ、あの頃のあいつは、まだ声変わりも完全に終わりきらないで、いかにも頼りない声だった。今、流しに向かって黙々と俺の血を洗い流している男と、とても同一人物とは思えないほどに、手足ばかりがひょろりと長くて、痩せっぽちの、貧相な奴だった。

俺は、二人の真垣を眺めている。そのことに、何の不自然さも感じない。今の俺からは、奴こそが、自由の象徴、生きて動く人間の見本のように見える。その一方の俺に出来ることはといえば、ただ一つ、普段じゃ考えられないような、研ぎ澄まされた感覚が捉えるものを、黙って受け入れることだけだ。この目とは異なる目が見ているとしか思えない光景を眺め、この耳とは異なる耳が聞いているとしか思えない物音を聞く。脳が竜巻のように渦を巻きながら膨張し、頭蓋骨など最初からなかったかのように、どこまでも大きく膨らんでいく気がする。

「へえ——結構、重いんだ」

「だろう。だから、勢いをつければ、この重みで、指の一本くらい、簡単に切れちまうんだ。下手すりゃあ、腕だって切り落とせるかもな」

「怖え——」

青いチェックのカッターシャツを着て、自慢げに話す男——男と呼ぶには、少しばかり頼りない。少年の前で、精一杯に大人ぶってはいるものの、彼もまだ垢抜けない、中途半端で子どもじみた顔をしている。それが誰だか、俺は知っている。的場直弘、つまり、この俺の、十八の夏の姿だ。

俺の五感に、あの日の暑さや蟬時雨、風鈴の音が蘇る。まるで時が遡ったかのように、まざまざと、今現在、体験しているような感覚に陥る。俺は、そろそろおやつの時間なんだがな、と思ってる。開け放った真垣の部屋の外を、あいつのおふくろさんの姿が横切る度に、今度こそ声がかかるんじゃないかと思う。真垣の家に行くときは、俺はいつでも空腹にして行った。特に、夏休みに入ってからは、本当は夕方で勉強は終わるはずなんだが、少し長引かせれば、夕飯まで食わせてもらえると分かっているから、わざと時間を長引かせるのだ。

あの頃、彼は――とは言っても、俺のことだ。なのに、こうして眺めていると、息子に対するのとも異なる、不思議な立場の第三者のように思えてくる。未来のある、前途有望な、俺のよく知っている若者のように思えるのだ――その家の食卓を見れば、その家の経済状態や、センスというものが、自ずから見えてくるということを、既に学んでいた。

「よかったら、召し上がっていって下さいな」

初めて、そう声をかけられた日のことを、彼は忘れていない。あの日から、アルバイトに熱が入るようになったことは確かなのだ。当てにしていたわけではないのだが、勉強を見ている間に、何やら旨そうな匂いが漂ってきて、彼の空腹感を呼び覚ましていた。当時の彼は、既に下宿生活を始めていて、家庭料理に飢えていたことも確かだ。アルバイトを終えたら、どうせ下宿の傍の安い定食屋で、独りでぼそぼそと飯を食うことになるのだろうと、諦め半分に考えたりもしていた。

「遠慮なさらないで、ね？　大したものはありませんけど、うちは大家族ですから、先生お一人くらい増えたって、どうっていうこと、ないんですから」

その日、彼は怒っていた。何しろ、家庭教師を頼まれた少年のこころが分からなかったのだ。徹という奴は——そこで俺は、そうだ、と思う。真垣のことを、俺は常に徹と呼んでいた。苗字で呼ぶようになったのは、奴が二十歳を過ぎた頃、いや、就職した頃からだ——気が弱いくせに頑固なところがあって、その上、物分かりが悪かった。「ここまでは、いいか」と聞けば、気弱に頷くくせに、「いいな？　分かったんだな？」と繰り返して聞くと、実は理解していなかったりするのだ。そこで、彼が「どこが分からない」と聞くと、何やらもごもごと、要領を得ないことを言う。分からないのに頷くな、ここまで説明しているのに、どうして理解出来ないのだと、彼は、常に苛立った。徹が首をすくめて、怯えたような表情を見せると、彼の苛立ちは一層募った。そこでつい、徹の勉強そのものに対する姿勢に対して小言を言っているときに、取りなすような笑みを浮かべながら、徹のおふくろさんが顔を出したのだ。

「まあまあ、今日はもう、その辺で、おしまいにできません？」

そうやって、甘やかすからいけないのだ、時には、きつく叱る必要があるのだと言おうとした彼自身も、腹は減っていた。哀れな話だと思うが、当時の彼は、とにかく食い物に弱かった。そして、彼は教え子の家族に混ざって、食卓を囲むことになった。

それまでは、何を食ったって同じようにしか感じなかった彼は、徹の家の食卓を眺めて初めて、その家の豊かさを知った。同時に、彼が育った家庭の貧しさを感じさせられた。

「そんなに熱心に見てやって下さってたら、さぞかし、お腹だってすくでしょう？」

彼は「いや」と照れた笑いを浮かべながら、「そりゃあ、声を出すと、減りますね」とつけ加える。皆の目が、自分に集中しているのは分かっているが、彼の目は、テーブルに釘づけだ。品数とか、そんな問題じゃない。彼の家の食卓には上ったこともない料理、盛りつけのセンス、食器、全てが目新しく、輝いて見えた。それまで彼は、自分の家を、それほど貧しいと感じたことはなかった。どこの家も似たようなものだと思っていたのだ。だが、母親以外は男ばかりの彼の家庭と、二人の姉や祖父母のいる徹の家とは、雰囲気そのものから、あまりにも違っていた。

「どうなの？　先生の説明は、よく分かった？」

おふくろさんに聞かれても、徹は、窮屈そうな顔のままで、のろのろと箸を動かすばかりだ。それを、おふくろさんや姉さんや、祖母ちゃんが、からかったり、なぐさめたりする。彼は、食卓に女たちの声が満ちるということが、こんなにも華やぎを与え、気持ちを弾ませるものだということを、初めて知った。中でも、徹の二人の姉貴というのが、まさしく眩しいような娘たちだった。彼は、彼女たちの視線にさらされて、突然、自分が野蛮人になったような気がした。当時の彼は、まだまだ純情で、あんな雰囲気の中で普通に振る舞う術を心得ていなかった。

「ちょっと、叱りすぎましたかね」

とにかく箸を動かしながら、彼は、つい自分の物言いが卑屈になりそうなのを感じた。立場はこちらの方が上なのだと自分に言い聞かせながらも、所詮は学生のアルバイトに過ぎないのだ。大人に囲まれ、若い娘の視線にさらされ、その上食事までさせてもらっては、まるで、ただの少年に戻ってしまう。

「それくらい、していただいた方が、いいんですよ。末っ子で、甘やかされて育ったものですから、たまには男の方に、びしっと叱っていただくくらいのほうが」

徹の母親は、穏やかな笑みを浮かべたままで、「頼もしいですわ」と答えた。

「この子は昔から、やれば出来るのにって、いつも言われてきたんです。でも、お姉ちゃんたちが勉強を見てやるって言っても、言うことを聞きませんしねえ。勉強の仕方というか、コツみたいなものが分かれば、そんなに出来の悪い子じゃないはずなのにと、親としては考えたいんですが」

「それは、そう思いますよ。器用なたちじゃないけど、徹くんみたいなタイプは、一度納得すれば忘れませんから、ちゃんと段階を踏んで理解していけば、実力は、ついていくと思います。ちょっと、時間はかかるかも知れないけど」

「でも、高校入試は待ってくれませんでしょう？　それまでに、間に合うでしょうか」

「何とか、そうするつもりですが。お引き受けした以上は、僕も、精一杯のことはするつもりです」

家族全員が、彼に向かって頭を下げる。母親は、いそいそと彼の茶碗を受け取って、二杯目の飯をよそる。

「まあ、ちょっと乱暴に聞こえるかも知れませんが、徹くんが僕に対して『畜生』と、思ってくれるようになればいいなと、思ってるんです」

「くやしいっていうこと、ですか」

口を挟んだのは下の姉の方だった。彼は、わざと彼女の方を見ないで、適当に頷いた。

「根性を、まずつけてもらわないと。僕の見たところ、これまで徹くんは、結構、甘ったれのまんまで、きてるみたいだし」

「どうしても、ねえ。末っ子ですし、上が二人とも、女の子でしょう? お祖父ちゃんも、お祖母ちゃんも、もう猫っ可愛がりなものですから」

自分が初めて家庭教師を受け持つことになった少年は、彼とはあまりにも異なる環境で育っているらしい、ということに、彼は改めて気づく。華やぎ、温もり、賑やかさ、軽やかさ、それらのどれをとっても、当時の彼にはあまりにも無縁なものに思われた。

「あとは、徹くんが、どこまでついてきてくれるか、ですよね。僕も、つい夢中になる方だから、気がつくと今日みたいに時間が長引いたりするかも知れませんが」

彼は、精一杯に大人ぶった言い方をする。それでも、語尾に媚びが含まれた気がして、自分で自分が嫌になった。暗に夕飯を食わせろと言っているのを、見破られたのではないかと、内心でびくびくする。

「よかったわねえ、こういう先生にならら、安心してお任せ出来るわね」

だが、徹のおふくろさんは、いかにも嬉しそうに微笑んでいる。彼は、自分の母親と同年代に見える大人から、丁寧語で話しかけられ、尊敬と信頼のこもった視線を向けられることに、満足する。徹は、救いを求めるような目で母親を見、それから、絶望したようなため息をついている。その姿を、微笑みながら他の家族が見守っている。彼は、初めて感じる居心地の良さに気づく、と同時に、強烈な疎外感を覚え、何とも割り切れない思いを抱く。

目の前に蘇ってきた二人の少年を眺めながら、俺は、そうか、振り出しに戻ったのかと、祈るような心地で思う。今ここに、あの光景が開けている気がする。いや、俺はそれを、ほとんど現実として信じた。突き出した腹を押しつぶすような姿勢で、血まみれになって倒れている、これこそが夢、全てがまだ始まっていない。あそこから、やり直せば、まだ十分に間に合う。

振り出し——そう思った途端に、わずかに膨れ面の少年が、上目遣いでこちらを見て、ぼそぼそと聞き取りにくい声で「よろしくおねがいします」と言った。春先で、彼はまだセーターを着ていた。グレーの、毛玉のついたVネックセーターだ。

「何だ、元気がないな」

彼は、布製のショルダーバッグをかけたまま、玄関先に現れた子どもに笑いかけた。あれが、徹との初めての出逢いだった。少しばかりひ弱そうで、情けない奴に見えたが、その分だけ、扱いやすいだろうと、彼は考えた。だが、その一方では、現在の真垣がナイフを洗っているのも見えているのだ。

「高校に受かるまで、力を合わせて頑張ろうな」

「そうよ、頑張るのよ」

「——はい」

あの頃の徹は、茶色い、西日に輝くすすきの穂を連想させるような髪をした少年だった。俺が勉強を見てやったお陰で、志望の高校に受かり、俺が東京に就職するつもりだと知って、東京の大学に進学した少年。いつしか、心惹かれる女の相談や、学校でのあれこれや、就職についての悩み、何もかもを俺に話すようになっていた青年が、今、俺に何の相談もせずに、殺人者と呼ばれる男になっている。

真垣と殺人。

この二つを、容易に関連づけられる人間が、果たしてどれほどいるだろうか。少なくとも俺は、奴を知ってる。誰よりも知ってると言っていいはずだ。その俺にしてからが、とてもではないが、考えられないことなのだ。殺人どころか、他のどんな犯罪とだって、世の中の物騒と思われる全ての事柄について、もっとも無縁な場所にいる男、それが真垣だ。真垣とは、そういう男のはずなのだ。

だが、もはや、俺も認めないわけにいかなくなってきた。奴は、殺人者になりつつある。今、水で洗ったナイフを、自らのハンカチで丁寧に拭っている男。俺が、ここでこんな状態で倒れてる――いや、倒されてるんだ。他ならぬ真垣の手にかかって――ことを、十分過ぎるくらいに承知しながら、微塵も慌てることなく、落ち着き払ってナイフの刃を見つめている男。あいつが殺人者になるのは、もはや時間の問題だ。俺が、少しでも気を抜けば、今すぐにでも、奴は殺人者になる。その事実を、どうやら俺は受け入れざるを得ないらしい。何てえこった、俺が死ぬなんて。この俺が、殺されるなんて。

だが、そう簡単に、気など抜いてたまるものかと思っている。当たり前のことだが、別に、真垣のためなどではない、あいつを人殺しと呼ばせないために、こんなに踏ん張っているわけではない。いくら気の好い俺だって、そこまでおめでたくはない。

だが、混乱している。この現実さえ、容易に受け入れられない状態で、これまで、いっときたりとも疑ったことのない男、誰よりも信じてきた男を、そう簡単に裏切り者と思い直し、責め、憎み、恨むことなど、出来るものではない。そりゃあ、そうするべきだってことは、分かってる。冗談じゃ、済まされん、謝って済むことでもない、生きてさえいれば、何とかなるかも知れないが、文字どおり、取り返しのつかないことをされたのだ。

それだけのエネルギーも余裕も、もう俺には残っていない気がしている。

もしも、だ。もしも、俺にもう一つ生命があるとしたら、これも結構面白い経験だとは思う。この、自分の肉体が、何ひとつとして思い通りにならない状態、痛みとか苦しみとか、そんなものも、もはや冷静に感じ取れる限界を超え、全ての感情さえも、ひとつひとつはぎ取られていこうとする状態、自分という存在が、巨大に膨らむか、または煙のように薄まっていくような感覚。もしも、この後、ぐっすりと眠り、やがて今の俺のままで目覚めることが出来るなら、これは確かに良い経験と言えるだろう。

そして、俺は再びこの肉体を自分のものとして取り戻し、奴に殺人者のレッテルを貼り付けてやろう。公の場に引きずり出して、俺自身の口から、奴がどんな表情で、どんな卑怯な方法で、俺の生命を奪ったか――奪おうとしたか、じゃないところが、絶対にリアルなはずだ。何しろ、俺は確実に一度死んだのだから――を、事細かに喋ってやる。

この、奴を弟とも親友とも思って、肉親以上に大切にしてきた俺に対して、どれほどの苦痛と恐怖を味わわせる――苦痛と恐怖。後から考えて、今のこの状況を説明しようとすれば、それを言わないことには、しょうがないだろう。実際には、今ひとつぴんときていないというのが正直なところではある。何とか正気を保っていられるようにか、または、許容量を遥かにオーバーしているからか、俺の肉体は、そういう感覚を俺の脳に伝えようとしていないらしい——裏切りを働いたか。全てをつまびらかにしてやりたい。

もしもなんて、ありゃあしない。自分で確かめたことはないが、生命は一つと、相場が決まってる。もはや、俺に残された道は、ただ一つだ。少しでも長く、この意識を保ち続けようとすること。最後まで諦めないこと。誰かが来てくれる可能性だってある、真垣が電話をかける可能性も、全くないとは言い切れない。

面倒臭い気もするんだよな。

何も、そんなにしがみつくこともないいんじゃないかって気がしてる。もう、ここまできちまったら、このまま、後戻りするような真似は、したくないような気分だ。こんな状態にまでなっちまって、ここから全てを元通りにするってのは、何とも厄介なことだろう。

病院に運ばれて、手術されて——当然のことながら、それくらいの状態だってことは、自分でも分かってる。大体、この出血量だ。輸血も必要だろうし、傷口も、何とかしてもらわなけりゃならん——意識の回復と共に、今は感じなくなってしまってる肉体的な苦痛に苛まれ、傍には女房がいて、泣いたりわめいたりするのを夢うつつに聞き、何だかんだと事情を聞きにくると思われる連中に、ことの次第を説明し、それから回復を待って、社会復帰する。結局、大きなアクシデントを乗り越えた後には、今日まで続けてきた毎日が、また続くって寸法だ。

考えただけで、うんざりするよな。そんなの、もう、どうだっていいじゃねえかって気分だ。

もちろん、諦めるな、奴を許すなという声は、自分の中で聞こえている。だからこそ、こうしてあれこれと考えを巡らし、可能な限り、周囲に意識を張り巡らしているんだが。大体、こんな形で、あっさりと逝っちまうなんていうのは、俺らしくないじゃないかと思う。冗談じゃねえ、諦めるもんかと、繰り返して自分に言い聞かせているのは、俺の意地だ。

怒りなどという感覚とは違っている。もっと絶望的で、もっと強烈なものだ。今の俺は、真垣を責めたいとも思ってはいない。責めてどうなる？　奴が詫びを入れたところで、ああ、よし分かったと受け入れることなど、到底不可能だと分かっている。俺は、永遠に真垣を喪ったのだ。共に生き、人生の半分以上を分かち合ってきた友は、俺の意思とは無関係に、突如として、文字どおり取り返しがつかない方法で俺を断ち切った。どうしてだ。おまえは、こんな方法で俺を喪っても平気なのか。それが、おまえの意思か？　なぜだ。俺を殺して、おまえに何の得がある？

俺は周囲の全ての音を聞き取っている。真垣の口元から洩れる微かな呼吸音、奴がズボンの尻ポケットからハンカチを取り出し、軽く振って広げる音、スリッパが床の上をわずかに移動する音、蛇口から滴る水の音、そろそろ古びてきたらしい蛍光灯が、夏の虫のようにじいじいと、耳障りな唸りを上げ始めている音、何もかも、俺は聞き取っている。唯一、俺の鼓動が聞こえてこない。さっきまで、耳の奥でごうごうと聞こえていたはずの、血液が流れる音も聞こえないのだ。

冗談じゃねえぞ、いちばん近くに聞こえるはずじゃないか。この耳で聞かなくても、全身で、響きを感じるはずだ。つい今し方まで、確かに感じていたはずじゃないか。だが、もはや俺は改めて神経を集中させる術も、慌てふためく術も、分からなくなっている。混乱しているのだろうかとは思う。当然だ、取り乱さないはずがないのだが、それにしては、俺の冷え切った脳味噌は、妙に静かなままなのだ。これだけの雑音に囲まれながら、俺自身は、もはや何ものにも心を動かされることもなく、池の底に沈んだ小石のような気分を味わっている。または、昔々、プラネタリウムを見にいったときの感じとも、似ているかも知れない。

背もたれの倒れている椅子に深々と腰掛けて、自分を取り巻く満天の星を眺めながら、闇の底に沈み込む、あのときの感覚だ。すぐ隣に他人がいることも忘れて、暑くも寒くもなく、人工と分かっていながら、瞬き続ける星々を漫然と眺める、あの気分だ。だが今、俺が眺めているのは、消えそうで消えない星の瞬きなんかじゃない。もはや、風前の灯火と化した、俺自身の生命だ。

こんな状況になってもまだ、俺は死ぬということが、どういうことなのか分からない。

分かりたいとも、思わない。だが、自分が死ぬらしいことだけは、もはや、疑いの余地がない。力尽きるなんて言葉をよく使うが、だからといって、今の俺は、疲れ果てているという感じでもない。力を出しきったというのとも、わけが違う。底なし沼に沈み込むように眠りに落ちる、そんなことが、かつてはよくあった。だが、今の状態は、ちょうど水漏れでも起こしたみたいに、俺自身がどこかへ抜け落ちてしまいつつあるっていう、そんな感じだ。

畜生、真垣。何とかしろ。今ならまだ、間に合うかも知れないじゃないか。

——このナイフを、随分自慢にしてたもんだ。大して使いもせずに、磨いてばかりで、滅多に人にも触らせないで。

奴が呟く。言葉に出さず。ついさっきまでの猛々しさなど、忘れ果てたように。冷静に。ある程度の懐かしささえ込めて。そこに、俺はかつて真垣の口から聞いたことなどなかった響きを感じる。

侮蔑（ぶべつ）。冷笑。

真垣が？　俺を、そういう目で見ていたのか？　この俺を？　どうしてだ、俺はおまえの先生だったじゃないか、そして、俺は常に、いつまでも、おまえの人生の師であり続けたいと、意識し続けてきたんだぞ。

——この家に来たときは、酔えば必ず手に取った。危なっかしい手つきで、空を斬る真似までして。

そうさ。俺の自慢だったんだ——おまえ、まさか、だから俺を刺したなんて言うんじゃ、ないだろうな、ええ？　俺が、おまえにナイフを貸さなかったからなんて、そんな下らないことで。大体、一体、何年前の話をしてるんだ？　そんなことを、根に持ってたなんて、言うなよ。

——そういうところが、いつまでも変わらない。それが、あんたっていう人だ。幼稚で、単純で。

発熱の前、風邪のひき始めのような感覚。全身を悪寒が駆けめぐる。本当なら、真垣にそんなことを言われたら、一気に頭に血が上るはずだ。だが、俺はどんどん寒くなる。

幼稚か？　単純か？　おまえは、誰に向かってものを言ってるか、分かってるのか。何故、そこまで俺を蔑むんだ。俺が、おまえに何をした？　だから、俺をこんな目に遭わすのか。

俺は、いよいよ寒気を感じる。真垣は、頭がどうかしちまったんじゃないか、ということに、思いがいたったのだ。そうでなければ、この俺に向かって、奴がナイフを振りかざしてくる理由が分からないではないか。この俺が的場直弘という男だと、二十年以上にわたって付き合い続けてきた、ある意味で、現在の奴を形作ってきた男だと、認識できていないのではないか。

だが、俺はその考えをすぐに否定する。奴は、俺に襲いかかる寸前まで、普段とまったく変わらなかった。俺に向かってナイフを振りかざして、躍りかかってきたときでさえ。その瞳は、確かに異様に輝いてはいた。だが、異常な人間の瞳とは思えなかった。狙った獲物を確実にしとめようとする、獣のような目ではあったと思うが、それだけだった。あの時点から、たとえ俺が記憶を失うほどに泥酔し、数時間の時が流れていたとしたって、そんなに短い時間で、全く正常だった人間が、異常になるはずがない。浦島太郎じゃあるまいし、奴が、俺の知っている真垣から、尋常ならざる男に変身してしまうほどの、それだけの時間の経過が、俺の記憶から抜け落ちているとも思えない。それに俺は、確かに酔ってはいたが、自分でも饒舌になり、次第に目の焦点を合わせづらく、立って歩けば、わずかに足元がおぼつかなくなりつつあるのは自覚していたが、まだまだ、それほどの酔い方ではないと分かっていた。その時によって違いはあるが、俺だって記憶をなくすほどに酔うときっていうのは、どれくらいの飲み方をしちまったときかということくらい、経験から承知している。

その一方では、俺は理屈ではなく、理解しつつある。さっきから、俺一人についての時間だけが、奇妙な歪みを見せているのだ。他は、普段と全く変わらない。それは、真垣の行動を追っていれば分かる。

俺自身は既に何時間も、ことによると、二日も三日も、こんな状態で血の海に放り出されているのかも知れないと思う。だが、だからといって、俺の様子を窺い、落ち着き払って自分の手と俺のナイフとを洗っている真垣の行動が、異常なほどに緩慢だったり、間延びしているというわけではないのだ。奴の行動を見ていると、全てが始まってから、まだ数分しか経過していないらしいということが分かる。

その事実が、俺を打ちのめす。確実に、俺一人が正常ではない状況に置かれているのだという事実を突きつけてくる。そして、これほど歪んでいる俺の感覚だからこそ、俺は、いつの間にか奴が異常者になっていたのではないか、それを、この俺は見逃してしまったのではないかと考えるのだ。

おかしいのは俺なのか、それとも奴なのか。

何故、こんなことになったのだ。

とにかく、これは、どうしようもなく現実だった。いくら待っても、俺には目覚めは来ない。眠っているわけではないからな。俺は、これから眠ることは出来る。だが、眠ったら最後、本当の最後だと分かっている。それこそ、まさしく、俺には目覚めが来なくなる。

現実だ。

現実——現在・過去・未来。こうしている間にも、俺の目の前に再現され、あたかも、今現在起こっている出来事のように見える、全ての俺の記憶、全ての風景は、何もかも、現実だった。

それらの現実は、苦いものか。醜いものか。

俺は常に、現実を正面から受け止め、受け入れ、その上で、人生を十分に楽しもうとしてきた。それが、俺の信条だった。この現実から、逃げも隠れもしやしない。そこにあるのが屈辱であろうと、悲哀、憤怒、矛盾を抱えていようと、日々の暮らしの、どこかに喜びを見出していこうとしてきた。振り向いても仕方がない。その時々で、澱のように溜まりそうな全ての感情を吐き出し、清算し、そして、新たな未来に向かいたいと、常にそう思ってきた。そんな俺の、これが、最後に突きつけられた現実だというのか。

そりゃあ、現実ほど、面白くも何ともないものは、ない。あるのは忍耐と苦渋だけだ。だからこそ、苦しいと分かっているからこそ、俺は、取るに足りないような、些細なことを喜びたいと思ってきたんじゃないか。煙草でも酒でも、時折の女遊びでも、こうして生まれ育った家に帰ってくるのも、それらが、重い荷を背負わされたロバのように、のろのろと苦しい道を歩まなけりゃならん俺自身に対する、ささやかな褒美だと信じてきたからだ。それの、どこが悪い？　何故、こんな目に遭わなけりゃ、ならんのだ？　罰が当たったのだとしたら、その罪ってのは、何なんだ。

俺は、眺めている。幼い日の俺。小学校に上がる俺。親父に殴られる俺。初めて煙草を吸ったときの、口の中に広がる不快感と目眩に戸惑う俺、ネクタイの締め方を練習する俺、とうに忘れ果てていたような、埃を被った過去が、驚くほど鮮やかに、今、俺の前に再現される。それらのどこに、俺の罪が眠っているのか、分からない。ただ、切なくなるほどに懐かしく、申し訳なくなるくらいに甘酸っぱく、ひたすら生き生きと動いている俺が見えるだけだ。

「先生になればいいのに」

長い髪を三つ編みにした娘が、ふいにこちらを見上げた。俺は、出来るものならば、あっと声を上げたいほどの衝撃を覚える。

「なんで」

彼は、どこかで拾った小枝を持っている。さっきからずっと、彼はその枝で空を斬り続けている。特に苛立っているつもりはないのだ。だが、落ち着かない。

「だって、的場さん、教えるのがうまいじゃない」

「そうかな」

彼は苛立っている。二十歳になったばかりの、俺だ。古びたジーパンを穿いて、よれよれのシャツを着て、お世辞にも清潔という感じはしない。

「うまいわよ。弟だって、ちゃんと高校に合格させたし」

「ありゃあ、徹が頑張ったからだよ」

彼は、わざと謙遜してみせる。腹の中では、当たり前だと思っている。甘ったれで、へなちょこの徹が、何とか志望校に合格したのは、彼が厳しく指導したからに他ならないと自負しているのだ。だが、彼は注意深く、誰に対しても、そんな素振りは見せていない。唯一、彼の本音を知っているのは、彼から手ほどきを受けた、徹本人だ。徹と二人きりの時だけ、彼は言う。誰のお陰で、高校に受かったと思ってるんだ？　呑み込みの悪い、不器用なおまえが、その制服を着られてるのは、誰のお陰だ？

「ううん、そんなことない。的場さんの教え方、上手よ。私ね、時々、的場さんの教え方を聞いてて、『なるほど』って、感心することがあったわ」

清子（きよこ）は、尊敬のこもった眼差しを向けてくる。彼は、それ以上に謙遜するのも、かえってわざとらしいと考える。だから、曖昧に笑いながら「そうかな」と答える。

「徹なんて、私やお姉ちゃんが、いくら勉強を見てやったって、まるで分かろうとしない子だったんだから。男同士っていうこともあるんだろうけど、とにかく、的場さんの教え方がよかったんだわ。お母さんたちだって、そう言ってる」

彼は、何としてでも徹を合格させる必要があったのだ。初めての家庭教師が成功すれば、その後の家庭教師の口だって、順調に見つかるはずだった。当時、学費以外は、ほとんど自分で捻出しなければならなかった彼にとって、それは死活問題だった。そして、その目論見（もくろみ）は、見事に的中した。あの頃、彼は家庭教師を三軒も掛け持ちしていた。

「先生に、向いてると思うけどな」

徹の指導に熱がこもったのには、実は他にも二つの大切な理由があった。一つは、熱心に教えていれば、夕食や夜食にありつけるということ。もう一つは、彼の目の前で、瞳を輝かせている清子の存在だった。

「的場さんみたいな先生がいたら、絶対に人気者になると思う」

本当は、当時の彼には、他にも興味を抱いている女がいた。大学には、大人っぽく見える女たちが溢れていた。その中の、二年先輩の女に、彼は入学当時から、強く惹かれた。どこから見ても、彼女は成熟した女に見えた。だが、彼女には恋人がいたし、彼には、その恋人を押し退けてまで、彼女に近づける自信はなかった。そして、結局は手近なところにいた清子の方に、接近することになったのだ。既に自分は一人前だと感じている彼にとって、少しばかり小便臭いとも思う、セーラー服の小娘と恋をするなんて、幼稚で、気恥ずかしい気もした。だが、常に熱っぽい瞳でこちらを見つめる清子が、可愛く見えたことは確かだ。

「じゃあ、女子校の先生にでも、なるかな」

彼の言葉に、清子はわずかに驚いた顔になり、それから「そうすれば」と、ぷいと横を向く。精一杯、彼と対等に、大人っぽく振る舞おうとしているのが、彼には分かる。それが、面白く、愛らしい。

「でも、女の子を教えるのには、向いてないかもね」

「何でだよ。いいじゃないか、女の子に囲まれて、楽しそうだと思わないか？」

「女子校の実態を知らないから、そんなこと言うのよ」

「あ、やきもち焼いてるんだろう。俺が女子高生にもてるのが、嫌なんだな」

「よく言うわね。そんなに言うんなら、なってみれば？　後でがっかりしたって、知らないから」

清子の気持ちが、自分以上に高まっているらしいことを、彼は十分に感じていた。だが、彼女は高校三年で、受験勉強に精を出さなければならないときだった。彼女の両親は、娘の大学進学に反対は唱えなかったものの、浪人は許さないということだった。だから、彼女は懸命に、自分の気持ちにブレーキをかけているらしかった。彼も、それが分かっていたから、努めて大人らしく、分別のある付き合い方を心がけていた。そうすることが、真垣家との付き合いを長続きさせる秘訣だと信じていた。

「私も、徹みたいに家庭教師をつけてもらおうかな」

「俺、理科系は駄目だよ。高校受験程度で精一杯なんだから」

「分かってるってば。もっと格好いい、理科系の大学生を、探そうかなって言ってるの」

「勝手にしろよ」

他愛のない、子どもらしい会話だ。精一杯に大人ぶっている彼を眺めて、俺は、つい涙ぐみたい気持ちになる。切なさが胸に押し寄せてくる。ああ、あの頃の俺は、恥ずかしいほどに若く、無知で、そして、野心に燃えていた。

あのまま、清子との関係を丁寧に育てていれば、今頃まるで違う人生を歩んでいたのかも知れない。

「怒ったの？」

「別に。ガキじゃあるまいし」

彼は、既に女を知っていた。先輩に連れられて女を買いにいったのは、大学に入ってすぐのことだ。その後も、アルバイト料が入った直後などに、以前は赤線地帯だったという界隈に足を運んだ。その一方では、飲んだ勢いだけで関係を持った相手が、大学にもいた。いつでも女らしさとは無縁の、性別も関係ないような服装に身を包み、学生運動にも首を突っ込んでいた娘は、彼女の方から「自由な関係」を望んでいたのだ。

——セックスなんて、三度の食事と同じことよ。毎回、同じものばかり食べてたんじゃあ、飽きるのが当たり前でしょう？　私も好きなものを食べるから、的場君も、そうすれば。

不思議なものだった。蘇った景色は、新たな場面を想起させ、次から次へと、異なる過去が、俺の前に広がっていく。俺は、いちどきに幾つもの場面、幾つもの自分自身の過去を見せられる。なのに、それらは互いに重なりあい、混ざりあうというのでもなく、かといって、テレビか映画の画面のように、それぞれが分割された空間に再現されているわけではない。全ては、これまで俺が生活し、眺めてきた空間とは異なる次元の上でのことのように思える。まるで無秩序に浮かび上がる物語は、もしも、他の誰かが見たのなら、まるで理解できないことだろう。だが、俺には、全ての関係、全てのストーリーが分かった。これは、俺だけのために編集された、俺のための、俺自身に関する物語に他ならない。

——まさか、私を束縛しようなんて、思わないでしょうね。

彼は、出鼻をくじかれたような気分になり、自分の下で不敵に笑う彼女を見つめた。こころのどこかでは、深く傷ついてもいた。そして、半ば張り合うような気分で、相手がそのつもりならば、自分も誰にも束縛されずに済むと思うことにした。気が向いたときに抱いて、金も払わないで済むのなら、それはそれで、結構なことだと。

そんな彼にとって、大人っぽい女子大生に比べれば、ほんの子どもにしか見えない清子を、一人前の女として扱うつもりになど、到底なれるはずもなかった。清子は、彼にとっては幼すぎ、純粋すぎ、ひたむきすぎた。それが、時には彼を苛立たせた。

「私、的場さんが思ってるほど、子どもじゃないから」

清子は、半ば思い詰めたような表情で言った。大人ぶることなどない、今のままの清子が良いのだと、彼は言いたかった。簡単に手出しが出来ないほどに、汚れなく、無邪気でいてくれて、かまわないのだと。だが、その一方では、そんな清子が鬱陶しく思えるのも事実だった。ままごと遊びの相手など、したいとは思わなかった。

「ねえ、本当に、先生になるつもり、ないの?」

「ないね」

確かに、人を教えるのは面白いと、彼は思っていた。だが、彼には野心があった。人を育てることよりも、自分自身が、社会的に上っていくことの方に、大きな魅力を感じていた。

彼だって、様々な夢を描いていた頃もあった。画家になりたいとか、電車の運転手になりたいとか、歴史家か考古学者か、またはジャーナリストになりたいなどと考えていたこともある。高校時代には、海を渡ってロックをやりたいなどと夢想していたこともあった。だが、それらの夢は、大抵は突き詰めて考えるよりも先に、彼の中で存在自体が薄れ、やがて忘れ去られていった。どの職業も、それなりの魅力はあるものの、彼の能力を最大限に生かせるような感じがしなかった。もっと何か、もっと違う何かと、彼はいつも望んでいた。たとえば新聞記者になりたいという考えなどは、かなり明確に持っていたつもりだったが、追いかけるよりも、追いかけられる人間になりたいのだと思ってやめた。何かを見つめ続けるよりも、見つめられる人間になりたかった。その世界にその人ありと、そう言われる人間になりたいと思っていた。相応の地位と名誉と、そして、安定した生活と。

「心の安まるときがないのよ」

ふいに、清子が青白い顔で呟く姿が浮かんだ。あの、長かった髪をばさりと切り落として、彼女は頬にかかる髪を片手でかき上げて言った。彼は、ネクタイを緩めながら、そっぽを向いていた。それは、彼が就職したばかりの年、そろそろ夏の気配が漂う頃だ。清子は、大学の三年になっていた。

「いつでも、私一人が空回りしてるみたいな気がする」

「そんなこと、ないだろう」

「そうかしら。そんなこと、あるんじゃない?」

彼の心の中にあるのは、面倒臭さと疲労感だけだ。清子の声を聞くことさえ、耐えられない気がしている。そこで、彼は考える。間髪を入れず、清子を抱きすくめて、唇を塞いでしまおうか。ぐずぐずと文句を言わせるよりも前に、彼女を畳の上に押し倒そうか。

「考えてもみて。あなた、私がどんな気持ちで、今日、急に来たと思ってるの?」

「——」

「滅多に連絡も取れないし、会社には電話するなって言うし」

「仕方がないじゃないか、毎晩、遅かったんだから」

「でも、土曜日でも日曜日でも、そうじゃない」

「――」

「私、別に迷惑かけたいと思ってるわけじゃ、ないのよ。でも、あなた、就職が決まったときに何て言った？　『毎週は無理でも、月に二回は、必ず戻るから』って、そう言ったでしょう？」

俺だって、淋しかったんだ、会いたかったんだと囁けば、清子はおとなしくなるに違いない。少し泣いて、彼にしがみついてくることだろう。だが、彼は動かなかった。窓を開け放っていても、そよとも風の入ってこない、蒸し暑い日だったし、何よりも彼は、ひと風呂浴びて、ビールでも飲みたい気分だった。とてもではないが、清子の汗ばんだ身体に触れたいとは思わなかった。

「でも、どう？　あなた、ただの一度も帰ってきてないじゃない。私が、こうして会いにこなきゃ、全然会えないっていうことよね」

「――」

「ねえ、それで平気なの？　私のこと、何だと思ってるの」

勝手なことを言わないでくれよ、俺はもう学生じゃない、社会人になって、何とか都会の暮らしに慣れようとしてる真っ最中なんだと、彼の中で様々な言葉が思い浮かんでいた。清子は、唇を嚙みしめて、俯いていた。随分垢抜けて、美しくなったと彼は思った。だが、それでも手を伸ばす気にはならなかった。

「両親だって、心配してるわ」

「――」

「元気に暮らしてるんだろうか、仕事には慣れてきただろうかって、食事はちゃんととってるかって、よく、言ってる」

そういう心配も、有難迷惑な話だ。確かに、身内同然の付き合いはさせてもらっている。同じ時期に東京の大学に入った徹とだって、兄弟同然の付き合いを続けている。だが、最近の清子の口から聞かされる、彼らの両親の言動は、まるで彼を、早くも清子の夫になる男と決めつけているように感じられた。

「今日だって、ほら、お茶と海苔と、干物を持たされてきたのよ。東京は、物価が高いんだし、地元のものの方が、美味しいに決まってるからって」

彼は自分の中で、反発心が膨らんでいくのを感じていた。俺は、別段みなしごってわけじゃないんだぞ。あんたたちの親切は、そりゃあ有難いが、親切の押し売りは真っ平だ。経済的に余裕があるからこそ、そういうことも出来るんだってことを、俺に感じさせたいのか。

「――サンキュ」

「徹もいなくなっちゃったから、淋しいのよ、分かってやって」

「――ああ」

それは、彼の実家にしても同じことだった。彼も、彼の弟も、大学に進学すると同時に、家を出ているのだ。古びた、小さな彼の家には、年と共に陰気臭く、気難しくなる一方の親父と、声を出して笑ったことさえないようなおふくろが、取り残されている。たとえ、帰りたくない家だとしても、経済的には満足なことの出来ない両親だとしても、それが、彼の抱えるものだった。

「ねえ」

「――ああ」

「就職したばかりで、大変なのは分かるけど、でも、一度くらい帰ってきてくれたって、いいんじゃない？」

「――そう出来りゃあ、してるさ」

「その気になれば、出来るわよ」

「簡単に言うなよっ」

「――」

「大変なのが分かるんだったら、どうして、そんな無理を言うんだよっ。君に、東京で生きてくってことが、分かるのか？　呑気で世間知らずの女子大生のお嬢さんに、何が分かるっていうんだ！」

彼の言葉に、清子は表情を強ばらせた。その瞳には恐怖の色が浮かんでいた。それが、彼を一層苛立たせた。

「ここは、東京なんだ。田舎にいるみたいに、のほほんとしてたら、スタートでつまずくような世界なんだぞ。給料だって、まだ少ないし、そうしょっちゅう、東京と静岡とを往復出来るような余裕が、どこにあると思ってるんだよっ」

「――しょっちゅうって。一回くらい帰ってきたって、いいじゃないって、私、そう言って――」

「無理を言うなよ！」

「無理なの？　月に一度か二度くらいなら、どうっていうことないって言ったのは、あなたじゃない」

確かに、彼はそう言った。不安がり、寂しがる清子に向かって、少しの間は離ればなれになるが、そんなことでお互いの気持ちが変わるはずもないし、清子が大学を卒業すれば、また事情も変わってくるからと言って宥めたのだ。

「現実は、そんなに甘くないってことだ」

「じゃあ、私は黙ってただ待ってろっていうの？　そういうこと？」

東京と静岡なんて、大した距離でもないのだから、何も心配することはないと言ったとき、清子は瞳を潤ませながら、「きっとね」と念を押した。

「待っていれば、あなた、来てくれるの？」

「――ああ」

「いつ？　あと、どれくらい待てば、いいの？」

「――そんなこと、分からないよ」

「夏は？　お盆の休みくらいは、帰って来られるんでしょう？　それまで、待っていればいい？」

「分からないって、言ってんだろうっ！」

清子に怒鳴り声を上げたことなど、静岡で暮らしている頃には、一度としてなかったことだった。だが、もはや彼は自分の苛立ちを隠そうとはしなくなっていた。俺にはそんな余裕はないのだ、ガキのお守りは、もうたくさんだと、そんな声が聞こえていた。

清子は、ますます怯えた目で彼を見つめ、やがて、その瞳を涙で潤ませて、唇を震わせた。

「――的場さん、変わった」

「――」

「たった二、三カ月で、別人みたいになった」

「――仕方がないじゃないか。学生の頃とは、違うんだから」

清子は、最後の命綱にすがるような目つきで、なおも彼を見つめていた。普段は陽気で活発で、ある意味では弟の徹などよりも、よほど勝ち気な部分のある清子が、彼の目の前で、必死で壊れそうな自分を支えようとしている。

「そりゃあ、私は田舎でのんびり暮らしてるんだし、学生だし、今の的場さんがどういう生活をしてるか、分からないわ」

「──」

「でも、あなただって、話してくれればいいじゃない？　何も話してくれないから、余計に分からないのよ」

「ガキじゃあるまいし、毎日のことを、いちいち報告しろっていうのかよ」

「──」

「そんな余裕も、ないっていうことが、分からないんだろう」

「──嘘よ。ただ、面倒になってるだけでしょう」

「──そんなこと、ない」

「私にしつこくされるのが、面倒なのね。鬱陶しくなったんでしょう」

清子が大学に受かってから、彼は本格的に彼女と付き合うようになっていた。やがて、漠然とではあるが、いつかは彼女と所帯を持つことになるのかも知れないと、そんなことまでも考えていたことは確かだ。それもまた、楽しいに違いない。何しろ、清子の家、徹の家族は、彼にとっても、心地良い存在だった。

「誰か、いるの。付き合ってる人が」

「いないって。そんなの」

「私が、そんなに鈍感だと思う？　それくらい、感じないとでも思うの？」

徹と清子、それぞれとの親交が深まり、彼らの家庭に馴染もうとすればするほど、彼の中には疎外感が育っていた。簡単に認めたくはなかったが、要するに彼は、清子と徹と、そして彼らの家族に対して、嫉妬していたのだ。真垣家の経済状態にも、家庭の雰囲気にも、おふくろさんの言葉遣い、親父さんの社会的地位や教養、物腰、祖父母の存在、全てに対して、大いなる憧憬とともに、卑屈にならざるを得ない自分を感じ続けていた。

「そう思うんなら、それでもいいよ」

「開き直るの？」

「じゃあ、どうしろっていうんだよ！　君が信じられないっていうものを、俺にはどうすることも、出来ないじゃないか」

清子は、ひたと彼を見つめた。いつの間にか、薄く化粧をするようになって、彼女は確かに美しくなっていた。だが、東京には、もっと垢抜けた美しい女が溢れている。いくら背伸びして見せても、所詮は田舎の女学生にすぎないと、彼は思った。

「それで、平気なの？」

「だって、しょうがないだろう？　君が俺を信じられないんだったら、俺に出来ることなんか、何もないじゃないか」

「だから、だから、せめて電話くらい、してくれたって――」

「そんな余裕があれば、してるって。俺が、どんな毎日を送ってるか、君に分かるか？毎日、上司にくっついて外回りの連続で、夜は接待だなんだで、遅くまで引きずり回されて、何があったって『はい』『はい』って、頭を下げ続けて。やっとアパートに戻ってきたときには、バタンキューだ。風呂に行く元気だって、残ってないくらいなんだぞ」

絶望的な表情の清子に向かって、彼は一気にまくし立てた。

当時の彼は、確かに浮き足立っていた。清子に言った台詞は、嘘ではない。一日も早く東京に馴染み、仕事に慣れて、肩で風を切って歩く男になりたい、この都会に根を下ろして、自分の地盤を固めたいと、そればかりを考えていた。辛かろうと、淋しかろうと、人恋しかろうと、そんなことを言っていては負けだと自分に言い聞かせて、とにかく走り続ける覚悟だった。

「つまり、今のあなたには、私は邪魔なのね」

「そうは、言ってないっ。余裕がないって、言ってるんじゃないか！」

追想は、甘く、美しいものか。あの夜の、湿気を含んだ重い空気、古い畳の感触、わずかに汗臭いような、すえた匂い——半袖のブラウスから出ていた清子の白い二の腕には、虫に刺された痕が残っていた。それらは全て、甘くも美しくもない。ただ、俺という男のしてきたことを、今さらのように突きつけてくるだけのことだ。

分かってる。俺は、清子から逃げたのだ。もう、用はないと思った。田舎で暮らしていた頃のものを、引きずり続けるなんて、真っ平だった。当時の俺には、百パーセントの未来が開けていた。唯一、真垣との縁が切れなかったことだけは、今から考えてみても不思議だが、それは、奴もあの時点で東京に出てきていたからこそ、可能だったことだ。あいつが、愛情豊かな、潤いのある家から離れて、生まれて初めての独り暮らしを始めた時点で、俺はようやく、奴に対して内心で抱き続けていた嫉妬や羨望を忘れることが出来たのだ。

そうだ。真垣に対して、本当に正直に接することが出来るようになったのは、奴が大学に入ってからだった。もちろん、まだあの当時は、年齢差が大きくものを言っていた。奴にはまだ、俺を先生と呼びかねないようなところがあり、俺も先輩風を吹かしてはいたが、それでも、対等な男同士の関係が、あのあたりから出来始めた。俺は、奴の背景にでんと横たわっていた、家というものを頭の中から切り離し、さらに、清子に良く思われたいという下心も捨て去って、ようやく屈託なく、気軽になったのだ。

まあ、それでも内心じゃあ、面白くないのは続いてたな、今にして思うと。

苦学というほどじゃないにしろ、いつだってアルバイトに明け暮れてた俺に比べて、奴は十分な仕送りを受けて、実にのんびりとした学生生活を送ってたもんだ。アルバイトをすることがあったとしたって、それは、遊ぶ金欲しさってことで、俺の場合とは、意味あいが違いすぎてた。そりゃあ俺だって、当時はもうサラリーマンになってたんだから、学生ごときと張り合うつもりなんかなかったが、それでも下手すりゃあ、俺の方が、いつも金に困ってた。真垣の下宿に押しかけて、意外に旨かった奴の手料理にありついたり、安い酒を奢らせたことも、随分あった。その度に、俺は卑屈になりそうな自分に、言い聞かせてたもんだ。奴の金は、親の金じゃないか。俺は、自力でここまで来た男だ。何を恥じることがあるんだってな。今、奴の親父がぽっくり逝きでもすりゃあ、奴は、何ひとつ自分の力じゃあ、出来やしないに決まってる。俺ほどの力強さなんか、こいつには備わってやしないんだって。

その考えは、今も変わってない。だが、ここまで来て、最近の俺は思い知ってる。最初から、下駄を履かせてもらってる奴の方が、結局は、楽に上まで行くもんだ。そりゃあ中には、裸足(はだし)のまんまで勝ち上がってく奴だっているさ。当然のことながら、そうじゃなきゃあ、世の中は不公平すぎる。だけど大概は、よじ登るだけで、疲れちまうんだ。最初から余裕のある奴は、涼しい顔して口笛かなんか吹いててな、こっちは満身創痍、もう、何をする元気も残ってやしないってわけだ。

何も、真垣と俺とが、そういう関係だったなんて言うつもりは、ない。俺だって、奴だって、艱難辛苦を乗り越えて、なんていうほどの人生を歩んで来たわけじゃないし、奴だって、特別金持ちの息子じゃない。そりゃあ、あいつの呑気さっていうか、欲のなさっていうか、そういうところを見るときは、ふと、そんな気にならないこともないが。

大したことじゃない。

今の今まで忘れてたくらいの、ちょっとしたことだ。とにかく、俺は、今の今まで、奴を心の友として、常に誰よりも信頼に足る男として、全く無防備に、安心しきってた。


「最近、清子姉から連絡、来ますか」

前触れもなく、徹が訪ねてきた晩があった。そろそろ夏休みに入ろうという頃だったと思う。彼は、前の年、その前の年の同じ頃のことを思い出しては、長い夏休みのある学生が羨ましくてならない日々を過ごしていた。この夏を、こんな都会の片隅で、しかも働きづめで、どうやって乗り切れば良いのだと思うと、憂鬱にもなっていた。せめて、扇風機が欲しいものだと、当時の彼の、それが、ささやかな願いだった。

「いいや。来ないな」

彼のアパートには、焼鳥屋でもらった団扇が、一本あるきりだった。上半身は裸のままで、万年床にひっくり返ったまま、彼は、鍵もかけていない戸口に現れた徹を見て答えた。

「そんなとこに突っ立ってないで、入れよ」

徹は素直に頷き、ごみためのような部屋に、おずおずと入り込んでくると、足でわずかな隙間を見つけながら「相変わらず、すごい部屋ですね」と言った。

「放っとけよ。何だよ、人ん家の物を足で」

「だって、触っても大丈夫なもんかどうか、分からないじゃないですか」

徹の言うことも、もっともだった。何しろ、汚れた衣類と、洗った衣類がごちゃ混ぜになって散らばり、その隙間を雑誌やパチンコの景品、食いかけの菓子や乾いた丼、紙屑などが埋めているという具合だった。

「そういうこと言うんなら、少しは掃除でもしてってくれよ」

「僕が？　嫌ですよ」

とんでもない、という顔で答えながら、徹は、とりあえず畳の上に座り、途中で買ってきたというアイスクリームを差し出した。彼は、ビールの方が良かったのにと思いながら、布団の上に起き上がって、冷たいカップを受け取った。

「僕、さっき、家に電話したんです」

二人揃ってアイスクリームを食べ始めると、徹は、少しばかり言いにくそうな顔で口を開いた。その瞬間、彼は、徹が何を言い出そうとしているのかを察した。清子に代わって、彼を責めに来たのに違いない、または、哀願でもするつもりなのだ。

どうする。開き直るか。それとも、何とか言いくるめるか。どういう方法が、いちばん面倒が少ないだろう。

落ち着き払ってアイスクリームを食べながら、彼は素早く考えを巡らせ始めていた。そういう思いをすることは、彼にとっては別段珍しいことではなかった。幼い頃から、彼はいつでも、言い訳を考えてきたのだ。あの幼い日、叱られると分かっていながら、暗くなるまで遊んでいた頃から、彼はいつでも、誰かに言い訳をしてきた。宿題を忘れては教師に、約束を忘れては友人に、嘘がばれてはアルバイト先に、本心を見透かされては、恋人に。

「それで」

あまり間があくのも良くないと思って、彼は、しごく冷静に先を促した。

「そうしたら、上の姉貴が出て――」

「元気か、弘枝(ひろえ)さん」

「元気です」

「おばさんたちも」

「皆、元気にしてるそうです」

「そりゃあ、よかった」

「――あ、はい。それで――」

彼の額には、汗が浮かんでいた。四畳半の部屋には、大した家具もありはしなかったが、人間が一人増えただけで、一層狭く、暑苦しく感じられた。そのせいの汗だと、彼は自分に言い聞かせ、実際に「しかし、暑いな」と口に出して言った。徹は、大して汗もかいていない様子で、とりあえず頷くと、話を続けた。

「上の姉貴が言うには、清子姉が――その、最近、付き合ってる人がいるらしいって――」

アイスクリームは、少し溶けかかっていたが、甘くて冷たかった。彼は、木のスプーンで、紙製のカップに入った白いアイスを、大きくすくい取りながら、休むことなく口に運び続けた。

「的場さんのことも、急に何も言わなくなって、その、よく同じ男から電話がかかってくるようになったって」

「――」

「清子姉と――何か、あったんですか」

「――おまえも、早く食えよ。溶けちまうぞ」

「この前、来たとき、何か――」

徹がそこまで言いかけた頃には、彼は、もうアイスを食べ終えていた。小さな卓の上に、空になったカップを置くと、彼は煙草に手を伸ばした。

「男と女の間には、色々、あるんだよ」

彼が言うと、徹は、小さな木のスプーンを持ったまま、どう受け答えをしたら良いのか分からないといった顔になった。その顔を横目で見ながら、彼はすだれのかかっている窓に向かって煙草の煙を吐き、空になったアイスのカップに灰を落とした。純白のカップに、灰が散った。

「この前、清子姉が来たとき、僕も何か変だなとは思ったんですけど、でも、姉貴の方が何も言わないし——」

「結局、離れちまうと、駄目だってことかもな」

「——」

「特に女は、な。いつも傍にいてやれる男じゃないと、駄目なのかもな」

徹は、沈鬱な表情でアイスクリームを食べ続けていたが、やがて、口を真一文字に引き結び、自分の膝元に目を落とした。

「誤解が誤解を生むし——俺は、ほら、言い訳が嫌いなたちだから。おまえは、見てりゃあ分かると思うけど、俺だって、今、必死じゃないか」

「——」

「いつまでも学生気分のまんまじゃいられないし、環境だって変わったしな。仕事に慣れなくて、疲れるとか大変だとか、そんなことを、彼女には聞かせたくないと思うだろう？　心配かけるって、分かり切ってるようなことを」

「そりゃあ、そうです」

「だけど、俺が何も言わないと、清子ちゃんは心配でたまらなくなるんだろうよ。離れてて、見えないから、余計に不安になるんだろう。この東京で、好き勝手なことをやってると思ったんじゃないのかな」

「そんな——どうして、的場さんのことが信じられないんだろう」

「だから、しょうがないんだって。それが、女心っていうやつなんだ」

彼が煙草を吸い終える頃、徹は、いかにも申し訳なさそうに「すみません」と頭を下げた。

「しょうがないっていったって、それじゃあ、まるっきり、的場さんを裏切ったってことじゃないですか」

「裏切るとか、裏切らないとかじゃ、ねえんだ。人のこころの問題なんだから」

「だって、昨日や今日、付き合い始めたわけじゃ、ないじゃないですか。何、考えてんだ、まったく」

彼は、徹が自分の姉に対して、明らかに不信と憤りを感じているのを見て取った。どうやら、あれこれと思い巡らした咄嗟の言い訳を、口にせずに済みそうだと思うと、つい、ため息が洩れた。そのため息の意味を取り違えたのだろう。徹は一層申し訳なさそうな顔で、首を縮めていた。

「僕、今度の夏休みに帰ったら、言いますから。的場さんが、こっちで一生懸命に働いてるのに、そんな、裏切るような真似をするなんて――」

「よせよ」

彼は、極めて淡々とした口調で話すように心がけた。本当は、ほっとしていたのだ。どうやら、清子が自分を諦めたらしいこと、しつこく付きまとうつもりがないらしいことを知って、小躍りしたいくらいだった。

「たとえ姉弟だって、こういう問題には、立ち入るべきじゃない」

「だけど」

「俺だって、いけなかったんだ。清子ちゃんのことを考えたら、地元で就職するべきだったのかも知れないし、こっちに来てからだって、もっと、まめに連絡して、帰ってやれば、よかったんだ」

「そんなこと言ったって、男には仕事が第一なんだから」

そこで、彼は微かに笑って見せた。本当に、徹は扱いやすい。

「男のおまえが分かってくれてれば、俺はそれでいいよ」

「――どうして、待てなかったんだろう」

「しょうがないって。それが、女ってもんなんだろう。結局は、俺に彼女を引き留めておけるだけの力がなかったってことだ」

「だって、ゆくゆくは結婚するつもりだったんじゃ、ないんですか？」

「——」

「少なくとも、僕はそう思ってたけど。僕だけじゃなくて、おふくろたちだって、皆、そう思ってたはずだけど」

「俺だって、そうなればいいかなとは思ってたけどな。まあ、こういう問題は、周りがどうのこうのって言ったって、当人同士の気持ちがいちばん大切なんだ」

「僕、信じられないですよ。的場さんがこっちに来て、まだ三ヵ月かそこらじゃないですか。それなのに、どうして、そんな簡単に——」

「簡単かどうかなんて、彼女じゃなきゃ、分からないだろうが。清子ちゃんは、そんなに好い加減な性格じゃない。それなりに、悩んだんだと思うぞ」

徹は、溶けかかったアイスの残るカップを持ったまま、彼をまっすぐに見つめてきた。初めて出逢った頃と変わらない、少しばかり気弱には見えるが、ひたむきで、澄んだ瞳に見つめられて、彼は、つい目を逸らした。

「そういう悩みを、ちゃんと受け止めてやれるような男が、彼女の前に現れたんだとしたら、俺は、それなりに祝福するつもりだよ。俺には出来ないことだったんだから」

「――」

「いいな。田舎に帰っても、余計なことは言うなよ。こういう問題は、なるようにしか、ならねえんだから。下手に騒げば、こじれるだけだ」

「的場さんは、それで、平気なんですか」

「平気じゃなくたって、男は悪あがきなんか、出来ねえだろうよ。今すぐ、どうにかするなんて、どう考えたって無理なんだから」

徹は、つまらなそうに口を尖らせたまま、黙って俯いていた。彼は、内心で安堵のため息をつきながら、そんな徹を見つめていた。どうやら、義兄弟にはなり損なったらしいが、それはそれ、清子から解放された嬉しさの方が、余程大きかった。それに、徹が知るはずもなかったが、彼には当時、付き合っている女がいた。正直なところ、彼はその女に夢中だった。

ああ、確かに俺は、あの女に夢中だった。あの女の存在が、他の全てを吹き飛ばしていた。彼女に比べれば、清子はあまりにも幼く、垢抜けず、刺激がなかった。安全すぎたんだ。

確かに俺は、飽きっぽい男だったかも知れない。だが、誰だって、そんな時期があるはずだ。今にして思えば、清子には可哀想なことをしたと思う。あれほど夢中になったあの女に対してだって、最後は、そう誠意のある態度を示したとも思えない。結局、女た、どの女たちに対しても、俺は、あまり良い思いをさせたとは言えないかも知れない。それは、認めよう。だが、それは仕方がない。女たちは、いつも自分と俺との関係を、人生の最重要課題にしようとする。だが、男には仕事がある。付き合いもある。たとえ、一時は夢中になっても、女との色恋を、真っ先に考えているわけにはいかんじゃないか。それを身勝手というならば、女だって同じことだ。お互い様の、無い物ねだりっていうことだ。

だが、俺と別れたその結果として、清子は今、幸福な人生を歩んでいるらしいし、他の女たちだって、それなりに安定した日々を送っているに違いない。俺は、あの頃の俺を、醜いとも、苦々しいとも思わない。多少は愚かだったが、それが、若さだ。

だというのに、どうして俺は今、彼女たちを次々と思い出すのか。出来ることなら、ひとりひとりに逢ってみたいなどと思うのか。この目で何を確かめたいと考えているのだろう。もちろん、幸せでいてくれれば、それでいいんだと、そう言いたいのだ。あの頃は、お互いに若かったからさ、と、笑顔で話せれば、それで良い。月日が流れたのだ。未だに俺を恨んだり、憎んだりしている女など、いるはずがない。

出来事は、繰り返し思い出し、味わうことによって、その意味あいを変えるものだろうか。確かに俺は、これまでにも幾度となく、女たちのことを思い出してきた。その都度、連絡を取ってみたいと思ったり、妙な場所で出くわさなければいいがと思ったり、何かのきっかけから、やり直せなかったものかと思ったりした。そして、苦笑いしたくなったり、舌打ちをしたくなったり、または、ただ切なくなったりした。

だが今、こんなにも複雑な気持ちで、彼女たちのことを思い出している。それぞれに、詫びてもいいような気分になっている。いや、詫びたい。

何を言ってるんだ。男と女はお互い様だ。それなのに、ひと言、悪かった、と言いたいと思う。悪いことなんか、何ひとつしてやしないんだが、そう言いさえすれば、万に一つ、俺に対するわだかまりを抱き続けてる女がいたとしても、俺に対する考えを変えてくれるだろう。仕方がなかったのよね、もう過ぎたことだわ、と言うに違いない。

俺は、その言葉を聞きたいと思った。その言葉によって、少しは安心する気がした。

女たちは、異口同音に言ってたもんだ。

あなたは身勝手すぎる。

あなたくらい、好い加減な人は見たことがないわ。

横暴よ、私を何だと思ってるの。

思いやりの、欠片(かけら)もない人ね。

結局は、自分のことしか考えてないんじゃないの。

都合が悪くなると、すぐに怒鳴るのね。力で抑え込もうとするじゃないの。

小心者の証拠よ。何よ、格好ばっかり。

嘘つき。
嘘つき。
嘘つき。
女たちの、強ばった表情が次々に現れる。俺を呑み込むほどに、大きく迫り、口々に俺を責める。こんなにいちどきに責められちゃあ、笑ってごまかす余裕もない。俺は、動かないと分かっている手で、女たちを振り払おうと思う。今、ここにいるはずがない女たちを、動かない手で。

「だましたのねっ」

中でも、いちばん気が強いと思っていた女が、大粒の涙をぽろぽろとこぼしながら、顔を歪めて言った。仕方がないじゃないか。俺は自分の感情に素直でいたかっただけだ。

ちりん

再び、真垣が近づいてくる。俺は、懲りもせずに、おい、助けろと言いたくなる。とにかく、この女たちを何とかしてくれ。おまえの知ってる女だって、何人かいるじゃないか。

——動かない。息も、してないな。

真垣の呟きが、俺の膨らんだ脳味噌に染み込んでくる。それは、俺も気がついている。確かに、俺の呼吸は既に止まっている。俺の目は涙で潤み、目頭から伝い落ちそうになっているが、それは、俺の意志とは関係のないものだ。俺は、俺の肉体のどの部分についても、自分の命令を伝えられないことを悟らざるを得ない。この肉体に関わる苦痛すら、自分のものに出来なくなっているらしいのだ。そうでなければ、もっとのたうち回っても良いはずだ。うめき声を上げ、胸をかきむしりたい。そうすることによって、俺はまだここにいる、ここで生き延びていると、アピールしたいのだ。

そう考えると、急激に苦痛が襲ってきそうになる。息苦しさでもなく、傷の痛みとも違う、焼け付くような、得体の知れない苦しみだ。俺は、助けを求めたい。見栄も外聞もなく泣きわめきたい。

女たちは、相変わらず俺をなじる目つきでこちらを見据えている。責めるばかりじゃなく、誰か一人でいい、俺を抱きしめてはくれないかと思う。怖いのだ。そうだ、俺は怖い。この上もなく寒く、この得体の知れない苦痛を抱え、譬(たと)えようもない恐怖にがんじがらめになっている。

——それにしても、また散らかしたもんだな。いつも、これだ。

真垣が呟く。俺は意識を自分の周囲に向けようとする。まさしく、映画かドラマの世界のように、俺の意識は室内を浮遊する。この目と異なる俺の目は、十分に焦点を絞り切れていないカメラみたいに、あるいは歪み、あるいはぼやけながら、倒れている俺の周囲を見回す。

飲みかけのグラスがあった。脇には、半分程度残っている焼酎の瓶がある。食べかけの刺身、袋から出しただけのビーフジャーキー、パックのままの漬け物——この家で飲むときは、大抵そんなものだ。来る途中にあるコンビニエンス・ストアーで、適当なものを買い込んで、仕上げにはカップ麺を食う——、割り箸は見あたらない。ああ、テーブルの下に転げ落ちているのだ。先の方が俺の血に染まっている。

テーブルの脇には、他にも色々なものが散らばっている。古い切手帳やスタンプ帳、読み返しもしないのに、捨てられずにいた車のグラビア雑誌、リールや仕掛け、ヘルメット、カラビナ、ランタン、親父からもらい受けたカメラ、どこかの駅や、蚊取線香の、ホーロー製の看板、樟脳(しょうのう)の匂いのするマフラーに高校のときの制服——酒が進み、話が弾むうちに、俺が引っぱり出してきた、思い出の品々だ。

ついさっきまで、俺はあのテーブルに向かい、それらのひとつひとつを手にとっては、ガキの頃の思い出に浸っていた。そうさ、俺は昔は、いろんな趣味を持っていた。今の俺からは信じられないほど、あらゆることに興味を持って、あれこれと首を突っ込んでみたもんだ。真垣は、「そんなものまで、とってあったんですか」などと言いながら、笑っていた。笑っていたんだぞ、あいつのことだから、げらげらと笑うようなもんじゃないが、それでもあいつは、普段と変わらない様子で飄々としていた。

　どうしてだ。

　まあ、俺があれこれと趣味を持ってたのも、結局は、学生の頃までだった。冒険旅行に憧れ、スピードとスリルを求め、常に動き回っていたいと思った。今からじゃ、信じられんがな。だが、就職してからというものは、遊ぶ暇なんか、ありゃあしなかったんだ。とにかく俺には野心があった。全てのエネルギーを会社に注ぎ込んできた。俺に恨み言を言って離れていった女たちは、そんな俺を理解していなかったから、好き勝手なことを言っていただけだ。

「仕事と私とどっちが大事なの」

　多恵子とは、本気で結婚するつもりだった。あいつを可愛いと思っていたし、生涯、大切にするつもりだった。多恵子のためにも、少しでも早く出世コースに乗りたい、いい生活を送らせてやりたいと思ってた。

「一体、何回こういうことをすれば、気が済むの」

「だから、謝ってるじゃないか」

「謝れば済むこと？」

「じゃあ、どうしろっていうんだよ」

「今日という今日は、聞かせて欲しいわ」

閉店間際の喫茶店だった。

「何を」

「私を取るか、仕事を取るか」

彼は言葉を失い、唇を嚙みしめてそっぽを向いている多恵子を見つめていた。閉店間際の喫茶店だった。


彼は、いつもその店で多恵子と待ち合わせをしていた。茶色いレースのカーテンがかかった大きなガラス窓は、冬になると白く曇って、街の灯を滲ませた。その日、彼は既に酔っていた。帰社の遅れた先輩社員に代わって、自分から名乗りを上げて、ピンチヒッターで接待の席に出ていたのだ。

「本当に、しょうがなかったんだって。先輩が外回りから戻らなくて、大事な接待だっていうし、課長から、『じゃあ、的場に頼む』って言われたら、デートだから無理ですなんて、言えないじゃないか」

「うそ」

多恵子は、正面に向きなおり、彼をまっすぐに見つめてきた。

「どうせ、私との約束なんか、忘れてたんでしょう」

「忘れてたら、どうして、こうやって駆けつけてくるんだよ。先輩が来てくれるのを待って、必死で抜け出してきたんじゃないか」

実は、約束は忘れていた。だが、たとえ覚えていたとしても、上司と一緒にいて、接待の席ではこまねずみのように動き回らなければならない当時の彼に、電話をかけられるような余裕はなかった。途中で思い出したから、そして、これまでにも何度となく、多恵子との約束をすっぽかしてきたからこそ、彼は大慌てで待ち合わせの場所にやってきたのだ。

「なあ、明日、明日は?」

「明日が、なに」

「今日、見に行かれなかった映画、見に行こう、な」

「言ったでしょう? あれは、今日でおしまいなんだからって」

彼が「そうか」と呟くと、多恵子は、呆れ果てたというように、深々とため息をついた。店を閉めたくて、そわそわし始めた店員が、彼女の前の空のコーヒーカップを下げていった。

「結局、嘘ばっかりなのよね」

「何が」

「的場くんの言うことって、いつも、嘘ばっかり。私、もう分からなくなった」

可哀想なのは、俺の方だ。何故、女たちはいつも俺を理解しないのだ。俺が出世すれば、仕事で成功すれば、それによって利益を得るのが自分たちだってことに、どうして気がつかないんだ。

結局、その後しばらくして、多恵子は俺の前から去っていった。俺は、二回引き留めて、三度目に諦めた。

「もう少し、人の心や誠意ってものを考えた方が、いいと思うわ。今のまんまじゃ、的場くん、いつか痛い目に遭うわよ。絶対に、幸せになんかなれないから」

それが、多恵子の最後の言葉だった。

何を言っていやがる。

何ていう言いぐさ、とんでもない捨て台詞じゃないか。

俺はいつでも人間らしく生きてきた。誰よりもまず、自分自身に対して正直であろうとし続けてきた。そりゃあ当然のことながら、世の中には本音と建て前がある。だが、その使い分けなどに、いちいち思いを巡らしたり、自分の内に葛藤を生み出したりするようなことはない。俺はガキの頃から、そういう使い分けこそ当たり前のこと、それが礼儀であり、社交術、処世術なのだと信じてきた。相手が望むことや、心地良く感じるであろうことを言ってやり、その場を丸くおさめようとするのは、まず第一には相手のためだ。そして、次いで、俺にとって有用と思える人たちに、支障なく俺を受け入れさせる、もっとも手っ取り早い方法だからだ。だが、だからといって、自分に誠実じゃない、正直じゃないってことにはならない。

誰だって、やってることだ。それが、世の中ってもんだ。どうして今さら、そんな当たり前のことをことさらに説明しなけりゃならんのだ。

俺は、自分で自分が分からなくなりそうになる。女たちを思い出すうちに、かつて、彼女たちから浴びせかけられた台詞の数々が蘇るうちに、何か、奇妙な気分になってきやがる。

「対照的ね」

女房が言った。

俺は、半ばぎょっとなって女房を見つめる。だが、すぐに今の女房じゃないことを悟る。あいつが、ここに来るはずがない。髪型や顔つきから察するに、あれは、結婚前のあいつだ。そして、女房と向かい合っているのは、今よりもまだずっとスマートな俺。

「何が」

「あなたと、真垣さん」

真垣を二、三度会わせた後のことだった。当時、真垣は既に嫁さんをもらっていて、彼は柄にもなく、新婚の奴をあまり引っ張り回すのも良くないなどと、遠慮をしていた頃だ。以前は、どれほど間があいても、月に一度は会っていたのに、それが、二カ月に一度、三カ月に一度と間遠くなっていたのを、再び急速に接近させたのが、道子(みちこ)の出現だった。所帯を持つつもりなのだと言って道子を紹介すると、真垣は大して驚いた顔もせずに、「やっとですか」と笑ったものだ。

「これで、僕も胸のつかえが取れますよ」

「何、言っていやがる」

「だって、ほら、色々とあったじゃないですか」

あの頃、真垣はまだ、清子と彼とのことに拘っている様子だった。清子と別れた後の彼が、あちこちの女と付き合い、どれも長続きしないことも知っていたが、それは、清子を失ったこころの穴を埋めるためだと思い込んでいるらしかった。

「もう、これで落ち着いて下さいよ」

「分かってるって」

知り合って半年とたたないうちに、彼は道子と結婚するつもりになっていた。また、道子の方も、それまで彼が関わってきた女たちのようなことは言わない女だった。ちょうど、タイミングも良かったのだ。仕事は以前よりも楽なときで、予定を狂わされるようなことは少なかったし、出張は多かったが、その分、土産などを買ってきてやることが出来た。道子は彼の買ってくる土産物を喜んだ。その頃には、給料も少しは上がっていたから、彼自身、余裕が出来始めていた。

「あなたと真垣さんて、正反対だから、ウマが合うのかもね」

「そんなこと、分かるのか？　何回も会ってないのに」

「見ていればね。そう思わない？」

「案外、観察力が鋭いんだな」

彼の言葉に、道子は得意そうな顔をしていた。確かに彼女には、そういう部分があった。普段は、それほど鋭い勘をしているとも思わないのだが、意外なときに、彼がどきりとするようなことを言う女だった。たとえば結婚後も、少しばかり遊んで帰ってきたときなど、いかにもさり気なく、「背広のポケット、私が見てもいいのかしら」などと言うように。

「真垣はいい奴だぜ」

「まあ、そうなんでしょうね。恋愛の対象には考えられないけど」

「どういうこと」

「だって、男っぽい感じがしないじゃない。何か、線が細いっていうか、頼りないっていうか」

道子の言葉に、彼は内心で満足していた。実は、真垣の結婚の早さに、内心で面白くないものを感じていたのだ。もっと遊べばいいじゃないかという思いと同時に、あいつのような、摑み所のない、男らしい骨っぽさの感じられない奴が、どうして女に選ばれるのだという気持ちもあった。

「お友達にはなれても、恋人には、なれないと思うわ」

そういう女だから、自分に惹かれるのだと、彼は納得し、大いに満足した。

「それに、当たりは柔らかくて、優しそうだけど、心の底が見えないっていう感じがする。何となく、芯の部分が、ひやりとしてるっていうか」

「そうかな」

「あなたとは、対照的よ」

「まあ、俺は熱血漢だからな」

「そう、単純でね」

あの時は、軽く受け流して笑っていたものだが、道子の観察は間違ってはいなかった。彼自身、真垣に対して、そういう印象を抱いていたし、どうして付き合いが続いているのか、不思議になることがあったのだ。縁と言ってしまえばそれまでだが、彼も、真垣に対して満足しているわけではなかった。

彼は、打てば響くような人間が好きだった。友とするなら、彼と一緒になって、怒り、泣き、笑ってくれるような男が良い、何事についても即断即決、躊躇や逡巡などせず、豪放磊落（ごうほうらいらく）、行動的な、竹を割ったような相手が良かった。

「根上（ねがみ）さんなんて、そういうタイプじゃない」

彼と同じ職場にいた道子は、彼の周囲の人間関係についても、良く知っていた。彼は、同僚の名を出されて、思わず顔をしかめた。道子の言う通り、根上という男は、彼が好むタイプには違いなかった。だが、現実には、彼は根上が目障りでならなかった。彼の一挙手一投足が、彼の神経を刺激しない日はないといって良いくらいだったのだ。

根上は自分と似ていると、彼は思っていた。だが、決定的な違いがあった。彼は常に自分から人の輪に加わり、上司に近づき、接待でも出張でも残業でも買って出るのに対して、根上はいつも自分のポジションを守り続けていた。なのに、根上の周囲には絶えず人が集まり、上司は根上を連れて歩きたがり、取引先も根上を指名することが多かった。彼は、上司に逆らうことなど、絶対になかったが、根上は時として怒鳴りあうことさえあった。

似ていると思うだけに、彼は根上に苛立っていた。いや、本当は、根上が自分よりもずっと男気があり、明朗で、骨っぽいと分かっていた。それだけに、嫌だったのだ。

「会社の奴とは、仲間にはなれても、友達にはなれないさ」

「そう？　よく、一緒に飲むじゃない」

「仕事の一環としてな」

道子は、意味深長な表情で、ふうん、と頷いていたものだ。そして、彼の親友が真垣などでなく、根上だったら良かったのにと呟いた。

「真垣さんて、いくら一緒にいても、盛り上がらないっていう感じじゃない？　根上さんだったら、仕事を離れても、楽しそうな気がするんだけど」

勝手なことを言うと、彼はため息をついたものだ。どのみち、自分の友人なのだぞ、いくら結婚するとはいえ、友達までも彼女の希望を取り入れて、共有できる相手を探すつもりにはなれない。それに、盛り上がるか盛り上がらないかで、友達を決めるわけにいくものか。道子のようなタイプの女から見れば、確かに、真垣は退屈な男にしか見えないかも知れない。冗談や軽口が飛び出すタイプでもないし、気の利いた愛想なども言えない男だ。だが、だからこそ、彼は真垣を信頼することができた。ことあるごとに、もう少し器用になれ、要領を考えろなどと言ってきたし、自分に比べて、何と生きるのが下手な男なのだと歯がゆくも思ってきたが、その一方では、だからこそ信ずるに足る奴なのだ、安心していられるのだとも解釈していた。

「まあ、あなたにとっては、根上さんよりも、真垣さんみたいな人と一緒にいる方が、得なんでしょうけどね」

「どういう意味だよ」

「だって、あの人はあなたの引き立て役みたいに見えるもの。根上さんと一緒じゃあ、あなたの方が、かすんじゃうかも」

「おまえねえ、失礼なこと、言うなよ」

俺は、かつての俺が、まだ初々しく、溌剌(はつらつ)と見える道子と、他愛のない喧嘩をしている場面を眺めている。

ちりん

傍らに、真垣がいる。あの頃から、男っぽくない、線が細いと言われた奴は、今も当時とほとんど変わっていない体型のままで、冷ややかに俺を見つめている。

——あっけないもんだ。

奴の考えが、手に取るように読める。真垣は、まだ信じられずにいる。自分の犯した行為がではなく、俺の脆さが、だ。こんなにも簡単に、何の苦もなく、この俺を倒したことに、奴は素直に驚いている。

——もっと長引くかと思ったんだがな。

俺だって、驚いてるさ。相手は、常識のかたまりみたいな奴だぞ。俺ならば平気で渡る橋でも、幾度となく躊躇い、さんざん叩いておいて、その挙げ句、渡るのをやめるような男じゃないか。それが、どうしてこんなにも冷静に、普通の人間ならば無条件に越えてはならないと知っている一線を、やすやすと飛び越えたのだ。その上、奴には罪の意識というものがないらしい。俺に対して、何をしたのか、分かっていないはずがないのに、申し訳ないとか、とんでもないことをしてしまったとか、そんな考えは、微塵も浮かんでいないのだ。奴には、まるで感情というものがないみたいだ。

人ひとり、殺そうとしたんだぞ。普通なら、怒りとか恨みとか、ついにやったと思うなら、ほっとするとか嬉しいとか、血まみれで倒れている俺を見れば、怖いとか申し訳ないとか、何かしら、感じるものじゃないのか。もしも俺が真垣だったら、今の、こんな格好で倒れてる男——別に、真垣じゃなくたってかまわない。第一、俺には自分の手で真垣を殺すシーンなど、想像がつかない——を見たら、たとえ、それが自分の仕業だとしても、この血の生臭さと、毒々しい赤い色と、それだけで、恐ろしくてたまらなくなるだろう。しかも、自分が、そんなことをやったのだとしたら、なおさらだ。

畜生。やっぱり分からない。

どうしてだ。

真垣、おい。

おまえ、どうしちまったんだよ。おまえの中で、何がどうにかなっちまったのか。

俺は、冷ややかに俺を見下ろし、やがて、綺麗に洗って水気を拭った俺のナイフを、元の場所に戻しにいく真垣の気配を追いかけながら、これまでにも幾度となく感じた苛立ちを、改めて覚える。どうして、そんなに落ち着いているんだ。どうして、あんなに豹変しやがったんだ。俺を刺して、おまえに何の得があるんだ？　おまえは、俺を憎んでいたのか、ええ？　殺したいほどに？

分からない。分からないぞ、真垣。

身悶えしたくなるほどの焦燥感、全身をかきむしりたくなる。ええい、くそ、と怒鳴りたくなる。荒々しく息を吐き出し、舌打ちをし、あたりを歩き回りたいと思う。そうやって俺は、いつだって、全身で自分の感情を表現してきた。

おまえなあ——本当に、おまえっていう奴は——好い加減にしろよ、おい。

これまでにも幾度となく、俺は、そんな台詞を吐いてきたと思う。真垣は、不思議なほどに、俺を苛立たせることがあった。

好きとか嫌いとか、奴と俺との間柄は、もはや、そんな程度の感情で結ばれているものとは違っていた。兄弟、肉親のように、好きも嫌いもなく、共にいるのが当たり前だと思っていた。だが時折、俺は奴の存在そのものが、嫌になることがあった。どうしようもなく、神経を逆撫でされるのだ。

具体的に、どういうときがとは言えない。もしかすると、俺の虫の居所が悪いときなのかも知れない。確かに俺は、気分が変わりやすいところがある。女房などは、それを嫌がり、大人気ない、お天気屋だなどと批判するが、たとえ不機嫌になったって、翌日にはけろりとするのだから可愛いもんだ、それはそれで良いじゃないか。

とにかく奴には、俺の理解を超えているところがあるのだ。何年付き合っても、こっちがどれほど胸襟を開いていても、奴はどうしても、薄皮一枚程度、俺から隔たっている感覚がある。それ自体が、俺を苛立たせる。

年に何度か、俺は思うことがあった。いったい、どういう奴なんだってな。妙なところに神経質になったり、おかしな拘りを抱いたり、誰が聞いたって腹を立てるだろうっていうようなときに、やたらと冷静なままだったり、年寄り臭いと思われるほどに達観したことを言ったり、しごく簡単なことを決めるのに、煮えきらない返事しかよこさなかったり——真垣には、そういうところがある。その都度、俺は肩すかしを食わされた気分になり、心許なさを感じ、苛立ちを覚える。もっと、すぱっと出来ねえのか、何を悟りきったような顔をしていやがるんだ、どうしてそんなことが気になるんだ、などなどと。

知り合った当時は、何しろガキだったんだから、その分からない部分というのも、思春期に特有の割り切れなさ、人見知り、曖昧さなどというものだと解釈していた。それに、末っ子の甘ちゃんで、姉貴や祖母さんに囲まれて育ってるだけに、女々しい雰囲気になっちまうんだろうとも思った。だから俺は、勉強をみながら、同時に男ってものを叩き込んでやろうと決めたもんだ。当時から、俺は、そういう煮えきらないような野郎は嫌いだったし、男と生まれたからには、そして、俺と関わったからには、徹底的に骨っぽい、強い野郎にしてやりたいと思ったんだ。

「もっと、はっきりと言えないのか」

青年は、少年の勉強机の脇で、定規を持ちながら大きな声を出した。竹製の定規で、自分の手のひらをぴしゃりと叩くと、それだけで、少年はびくりと身を震わす。

「どこが分からないのかも、分からないっていうんじゃないだろうな」

「――そんなこと――」

「聞こえないって、言ってるだろう。大きな声で言ってみろ」

少年が自分を怖がっていることは、彼は十分に承知していた。そして、それを半ば心地良くも感じていた。大学に入って間もなくの、世間ではまだまだ一人前として扱われていない彼が、少年の前でだけは、急に自分が大きく、立派になった気がしたのだ。

「――だから」

「これは、どの構文が使われてるんだ？」

「――」

「じゃあ、この文の主語は何だ」

ぴしゃり、ぴしゃりと定規で手のひらを叩きながら、彼は少年の顔を見つめている。

「どの部分だって、聞いてんだぞ」

わずかに唇を尖らせて、懸命に考える表情になっている少年は、彼の目から見ても、結構利発そうな顔立ちだと思う。だが、とにかく少年はどんな問題を解くにも時間がかかり過ぎる。要するに不器用なのだ。要領が悪いのだと、青年は考える。そして、わざとらしくため息をついて見せる。

「一問解くのに、こんなに時間がかかってちゃあ、全部の問題は解けないぞ」

少年は、身動きもせずに問題の文章を見つめている。

「何が分からなくて、そんなに黙ってるんだよ」

「――ええと」

「単語が分からないんだったら、辞書を引けよ！」

「あ――いいんですか」

「考えたって出てこないんだろう？　早くしろっ」

少年は弾かれたように辞書に手を伸ばした。青年は、「ぐずぐずすんな」と、定規で少年の頭を叩いた。少年は、反射的に首をすくめながら、大慌てで辞書を引いている。

青年は、わざと大欠伸（あくび）をしながら、やがて少年がぼそぼそと英文を訳すのを眺めていた。

「その単語、前にも出てきてるよな」

「――ああ、はい」

「何度も言ってるだろう？　とにかく覚えろって。俺が来てる間に、辞書を引いたり単語を覚えたりするのは時間の無駄なんだから、他の時に暗記しとけって」

「――はい」

「何度も同じことを、言わせるなよ」

あの頃の真垣は、実に素直で可愛かった。俺は、あいつを一人前の男に仕立ててみせるという、不思議なほどの使命感に燃えてたもんだ。へなへなするな、諦めるな、言いたいことははっきりと言え、済んだことはくよくよするな、そんなことばかり言い続けた気がする。

俺の目から見たあいつは、はっきり言えば不満だらけだった。

神経質で、主体性がないかと思えば、案外頑固だし、細やかかと思えば不器用で、気が回らない。馬鹿正直なところもあるのに、自分の感情は表に出さない。妙なところに屁理屈をこねる割には、俺の言うことを適当に聞き流そうとすることもある。もっと単純で良いじゃないか、もっと簡単に考えろよと思うのに、変なところに拘って、いつも何かしら考えてる顔をしやがる。

それでも、やがて奴も大学に入って、酒も煙草も覚え、東京の暮らしに慣れる頃には、ずいぶん分かりやすい男になった。親元から離れて、やっと自立心が出てきたってこともあるんだろう、まだまだガキだと思っていたもんだが、気がついたら、俺が何気なく洩らしたひと言に、大人らしい返答をよこすようにもなっていた。俺は、嬉しかったね。へえ、こいつも話せるようになってきたな、こりゃあ、面白い付き合いになりそうだ、これからは男同士の関係になるだろうと、そう思った。

「それでも、俺に比べりゃあ、まだまだだけどな」

酒を酌み交わしながら、俺は奴の成長ぶりを、そう言って褒めてやった。俺も苦労した甲斐があったな、と言うと、あいつは照れたような笑いを浮かべて頭を掻いていた。

「そりゃあ、的場さんには、かなわないよな」

「馬鹿言うなよ、男だったら、俺を乗り越えていくくらいのつもりじゃなきゃ、駄目だぞ」

俺は、真垣に身体を張った生き方をしろと、繰り返し言った。困ったときには、俺が傍にいてやる、いざっていうときには、俺はどこにいても、おまえを助けに来てやる、世界中に誰ひとりとして頼れるものがいなくなっても、俺はおまえの味方でいてやると。

「僕、的場さんと知り合えて、本当によかったと思います」

奴は、心の底から嬉しそうに、そう言ったもんだ。俺は、余裕のある笑みを浮かべながら、そりゃあ、そうだろうと思ってた。

「俺の方は、大変だぞ。ここまで言った以上、おまえが後ろから来る限り、俺はどこまでも走り続けなきゃならねえんだからな」

「強いんですね」

あの時の真垣は、嘆息混じりに、そう言った。俺は、そうさ、俺は走り続けてみせるって、繰り返し自分に言い聞かせてもいた。その思いは、以来、俺の励みにもなり、いつしか支えにもなってたと思う。

そうじゃないか。奴は、言ったんじゃないか。俺と知り合えて良かったって。本当に幸せだって。

その俺を、おまえはまた裏切った。

また、だ。

俺の言うことを聞いているふりをしながら、真垣は、時折、俺に肩すかしを食わせるような真似をする奴だった。その都度、俺は全身から力が抜ける気分だった。ひどい無力感に襲われ、自分がとんでもない間抜けな野郎に思えたもんだ。人知れず傷を癒し、立ち直るまでには、それ相応のエネルギーが必要だった。そして、そんな俺に対して、おまえはいつだって、涼しい顔で言ったよな、どうしたんですか、今日は、元気がないですね、機嫌が悪いんですか、なんてな。その都度、俺の頭は混乱し、果たしてこいつの神経は、どうなってるんだろうかと思わずにいられなかった。

最初は、奴が親父や親類のコネをフルに活用して就職を決めたときだ。一部上場の食品会社に内定したと聞いたとき、俺は後頭部を殴られたような気分だった。身体を張って生きるんじゃなかったのか、おまえは親の庇護のもとで、楽をして生きる男だったのかと、俺は耳を疑いたかったね。

畜生、結局は、そういうことなんだよな。この都会にいれば、皆が身ひとつで生きてるっていう気になりがちだが、やはり、家族に恵まれてる奴は、違うんだ。ろくな就職活動もせずに、楽な道を選ぶんだ。いや、選べるんだ。

「まいったな、俺の会社なんかより、よっぽどいいじゃねえかよ」

俺は、わざと皮肉っぽく言ってやった。黙っていたり、または、わざとらしく祝福してやる方が、よほど、自分を惨めにする気がしたからだ。真垣は、「関係ないですよ」と、悪びれない表情で答えた。

「要は、そこで、どういう仕事をするか、ですから。本当は、小さくても将来性のある会社を選んで、そこで思う存分仕事が出来るっていうのが、理想なのかも知れないけど、僕には的場さんみたいなバイタリティーも、野心もないから」

そんな言い方をされて、誰が、「うらやましい」なんて言えると思うか？　俺は、意地でも胸を張っていなけりゃならんだろう。よし、それなら俺は、自分の勤めるちっぽけな会社をでかくしてみせる。その中で、上り詰めてみせると、そうでも思わなけりゃあ、やっていられないじゃないか。

それにしても、今さらながらに、真垣が何に拘りを持ち、どういう信念のもとに生き、行動しているのか、俺にはとんと分からないまんまだったということに気づかされる。

奴が、幸江という女と結婚するつもりだと言い出したときも、その女が二度も流産して、どうやら子どもは諦めなければならないらしいと分かったときも、夫婦二人でのんびり生きますと言っていたはずなのに、ある日突然別れたときも、俺はいつでも首を傾げずにいられなかった。

「何、考えてるんだ、おまえ」

「どうしてですか」

「どうしてって――」

だって、あんな女だぞ。

子供が産めないんじゃあ、真垣家が困るじゃないか。

夫婦二人で生きていくって、言ってたんじゃないのか。

その都度、俺の中には、そんな言葉が渦巻いた。

「心配しないで下さいよ。僕だって、もう子どもじゃないんです。自分なりに、よくよく考えてのことですから」

そう言われりゃあ、俺には何も言えやしない。少なくとも、真垣が思慮分別のない男だと思ったことは一度もなかったし、こと私生活に関しては、たとえ俺と真垣の間柄でも、入り込めない部分があるのは、当たり前のことだからだ。ただ、それでも俺の内の真垣に対する印象が、その都度揺らいだことは確かだ。

几帳面なばかりが取り柄で、ある種、汲々として働いている、大して面白味もない男。だが、それなりの責任をこなし、仕事を楽しんでもいるらしい男。自分からはあまり話したがらないが、話の端々から察すれば、それなりに部下も可愛がり、女房も大切にしていたはずの男。飄々としているなどと表現するには、幾分頼りなく見え、俺に言わせりゃあ、単に情けないばかりにも思える、ただ誠意だけで生き延びてきたような男。謹厳実直、四角四面、それが、真垣ではなかったのか。

違うんだろうな。

違うんだろう。

奴は、俺を殺すような男なのだ。そんなに、小心翼々と日々の生活を紡ぐことだけを望んでいるような男じゃなかったってことだ。誠意なんて、とんでもない。誠実そうに見せながら、最後には、後足で砂をかけるような真似を平気でする、情けの欠片もない男だったってことじゃないか。

俺も、おめでたいよな。一生をかけて、だまされてたんだ。俺に出逢えて良かったと言った奴の台詞を、すっかり真に受けてた。はは、笑っちまうよな。おかしくて、おかしくて、涙を流して、腹を捩って笑い転げたいくらいだ。殺されるために、大親友だ、心の友だと公言して、今日の今日まで髪の毛の先ほども疑わずに、奴との付き合いを続けてきたなんて。

——今からなら、十一時には、着くはずだ。

真垣が呟いている。十一時？　いつの、十一時だっていうんだ。昼か、夜か、今日は何日、何曜日だ。

——この時間なら、道路も空いてるだろう。

俺が倒されたのは、何時だった？　俺は気配を探る。さっきまで見えていたはずの、壁の時計を見ようと思う。だが、分かっている。俺の肉体の目は、早くも乾き始めてるのだ。時計を見つめてはいるが、それを映像として取り込むことが出来ない。もしも今、瞬きをしようとしても、俺の瞼は張り付き、乾いた眼球の上を滑ることもできないだろう。生まれて初めての経験だ――何て陳腐な言い回しだ。生まれて、だと。死んで、じゃないか――俺には分かる。俺の肉体は、もはや取り返しのつかない状態にまで、来てしまっているのだと。

奴は、こんな俺を放り出して、帰ろうとしていやがるんだ。ひとりで、車を飛ばして。十一時までに着こうと考えてるとすると、まだ十時前ってことだ。時計を見るまでもない、さっきから経過している時間は、まだほんの数分なのだろう。その間を、俺は永遠のように長く感じ、繰り返し蘇る自分の歴史を眺め、真垣は俺のナイフを洗って、しまって、そして、もうけろりとしていやがる。

けろりと。

――帰ったら、今日中に、少しは整理しておかないとな。

真垣。

てめえの頭の中は、どうなってんだ。どうして平気でいられる、どうして俺のことを、そんなにも簡単に頭の中から追い払えるんだ。帰ったら、だと？　俺は帰れないんだぞ、ええ？　見ろよ、俺を。不様な姿をさらして、乾いた目を見開いたままで、もはや寒ささえ感じなくなった俺を。おまえに刺されて、何の覚悟もなく人生を中断された俺を、見ろ！

ああ、初めてだ。こんなにも自分の選択を悔やむのは。俺は、自分の勘を信じて生きてきたし、勘が外れたって、大概は笑い飛ばしてきた。俺が目を付けた上司が失脚したときでさえ、その煽りを食らって、今のポストに追いやられたときも、俺は絶対に悔やんだりはしなかった。どれほどの紆余曲折があろうとも、最後には、俺の勘は当たるのだと自分に言い聞かせてきたんだ。それなのに、何故、最後の最後に、悔やんでも悔やみきれないような状態に陥らなけりゃ、ならないんだ。俺は、それほどに間抜けだったか。真垣に対して、何も感じなかったのか。

いや――予感はあったはずだ。どこかに、不気味さを感じたことが、あったはずだ。分からないことへの不安、理解できない寒々しさ、俺と同じ価値観を持たないことへの焦燥、そんなものが、あったはずだ。

だが今、俺は何を考えるのも嫌になりつつある。もう、どうだっていいじゃないかと思い始めている。どのみち、取り返しのつかないことになっちまってる。ここで、俺が「だから、嫌な予感がしたんだ」などと言ったところで、誰の耳にも届きはしない。死人に口なしとは、旨いことを言ったもんだ。俺は、この口でない口で語り続けている。

だが、誰も聞く耳を持ってやしない。肉体の耳ではない耳でなければ、俺の言葉は聞き取れやしないのだ。

ああ、やはり、疲れてるのかも知れない。後先も考えず、このまま眠ってしまいたいと思う。暑くも寒くもなく、固すぎも柔らかすぎもせず、重くも軽くもない褥にくるまって、ひたすら深く眠りたい。だが、それは二度と目覚めの来ない眠りに違いないのだ。もちろん、気がついたら、全ては夢だったということになるのかも知れない。何てえこった、まいったなと、笑えるのかも知れない。そうであって欲しいと、今になっても、まだ俺は思ってる。

未練だよな。

当たり前だ。

誰が、こんな状況を簡単に理解して、しかも、「はいそうですか」と、受け入れられると思う？　何を考え、いつの時代のことを思い出していても、俺は叫びたいのだ。冗談じゃねえ！　こんなことが起きて、たまるか！　死ぬなんて、死ぬなんて、真っ平だ！

誰か、聞いてくれ！

俺の叫びを、俺の救いを求める声を！　誰か、誰か、誰か！

なつき。

さやか。

パパ、怪我しちゃったよ。手当をしてくれないか。おまえたちの手で、痛いところをさすってくれ。ほら昔、よくパパがやってやったろう？　ちちんぷいぷいのぷいって。あれを、やってくれないかな。それだけで、パパはうんと楽になるような気がするんだがなあ。

「痛い？　痛い？」

「ああ、痛い痛い。死んじゃうかも知れない」

子どもたちが小さいとき、はしゃぎすぎて調子に乗る相手をおとなしくさせるために、俺はよくそんな芝居をした。最初は面白がって、俺の身体を叩いたり、馬乗りになったりしている子どもたちも、俺が動かなくなると、途端に不安になるらしかった。

「パパ、パパ、死んじゃ駄目っ」

本気で泣きそうになりながら、娘たちはよくそう言って俺にとりすがった。目をつぶって、じっとしている俺の腕や胸に手をおいて、懸命になって揺すり始めるのだ。ねえ、パパ、ねえ、起きて。俺は、自分が娘に買ってやった絵本のガリバーになったような気分を味わいながら、幼い子の細い声を聞いていた。あのときの、小さな手のひらの温もりや、甘ったるい匂い。俺は、笑いをこらえるので必死だった。娘たちのすることなすこと、全てが可愛くてたまらなかった。

あんな年頃では、死ぬということがどういうことなのか、正確に理解できていたはずもないのだが、娘たちは、ただ本能的に、動かなくなった父親に不安を感じたのに違いない。パパが目を開けない、動かない、それが単純に恐ろしかったのだ。

死んじゃ、駄目、か。

今となっちゃあ、道子と一緒になって、パパ、ちゃんと保険には入ってるんでしょうね、そんなに煙草ばっかり吸って、毎晩お酒を飲んで、早死にしたいんだったら、それはパパの勝手だけど、私たちが困らないようにしておいてくれなきゃ嫌よ、なんて、憎まれ口ばかり叩くようになっちまったが、それでも本当にいざとなったら、あの、チビだった頃と変わらない反応を見せるに決まってる。

俺は、高をくくってたんだよな。いざというときなど、この俺にはまだまだ、来るはずがないと信じてた。今、この期に及んでもまだ、俺は自分の置かれている状況が、何かの冗談ではないかと思おうとしている。だって、日本人の平均寿命を、考えてもみろよ。普通、誰だって、深刻な持病でも抱えてない限りは、自分も、公表されてるその平均寿命近くまで、生きるもんだと思ってるじゃないか、なあ。俺だって、当然のことながら、そう思っている。多少、差し引いて考えたって、あと二、三十年は軽く生きると信じてる。長い人生には、色々なことがある。こんな経験も、その山坂のひとつに過ぎない、まさしく、前代未聞の悪い夢に違いないと、そう思いたい。

なつき。

さやか。

頼むよ。この、へんてこりんな夢から、目覚めさせてくれ。おまえたちが、一生懸命に祈ってくれたら、二人で声を合わせてパパを呼んでくれたら、もしかすると、普通の状態に戻れるかも知れない、そんな気がするんだ。駄目かなあ。こんなパパの願い事も、聞いてくれないかなあ。それなら、せめて、傍にいてくれないかなあ。

最近じゃあ、いつも煙たがられて、嫌だ、うるさい、臭い、汚い、邪魔だと、そんなことばかり言われるようになっちまったが、それでも俺は、あいつらに何かを言われて、本気で目くじらをたてたことなんか、ただの一度もないはずだ。娘たちの言うことならば、何でも聞いてやりたい、どんな願いでも叶えてやりたいと、心の底から思ってる。もちろん、大きくなるにつれて、金ばかりかかるようになって、やたらと無理難題を吹きかけてくるもんだから、時には俺も「うるさい」と怒鳴るし、聞いてやれないことも増えてはいるさ。ああ、こいつらさえいなければ、俺はもっと気楽に、自分のためだけに贅沢も出来るのにと、正直なところ、考えたことがないわけでもない。本当に珍しく、上目遣いに俺の顔を見たな、神妙な声で「ねえ、パパ」なんて言うなと思えば、決まって金のかかる話をするっていうのが、現実だからな。あいつらにとっては、俺は金を運んでくるだけの存在、財布でしかないのかも知れないなんて考えれば、そりゃあ、ため息のひとつも出るさ。だが、それで、いいんだと思ってる。それが親父ってもんだと。とにかく俺は、可能な限り、娘たちの希望をかなえるのが、自分の最大の使命だと、そう考えてる。二人が一人前になるまで、俺は、何としてでも走り続けると、心に誓っている――。だからこそ、いっそ会社なんか辞めてやりたいと思ったときだって、ぐっと踏みこたえたじゃないか。

俺に見る目がなかったのは、重々承知している。その結果、部長は失脚し、俺は煽りを受けて、日和見とレッテルを貼られた上で窓際まで追いやられた。それからの毎日は、もちろん、家族などに聞かせたこともないが、くそ面白くもない、ただの屈辱と忍耐だけの日々だ。そんな生活に、誰が甘んじていたいものか。俺をこんな目に遭わせた上で、「君も、少しはゆっくり出来るんじゃないのかね」などとのたまう上司に、誰が従いたいと思うものか。あの忌々しい根上の野郎が、今じゃあ華々しい営業部長ときていやがる。史上最年少の、新進気鋭のと持ち上げられて、畜生、今や、我が世の春を謳歌していやがる。こんなことだから、うちの会社は駄目なのだ、いつまでたっても、良い人材が育たないのだと言い放ち、振り向きもせずに会社を後にする自分の姿を、俺は今日まで幾度思い描いてきたことか。独り者なら、子どもたちさえいなければ、とっくにそうしていただろう。だが、俺には責任がある。あの二人を、何としてでも人並みに、一人前に育ててあげなけりゃならん。そう思うからこそ、俺は耐えているんだ。

今、娘たちがここにいれば、さすがのあいつらだって、チビの頃と同じように、パパ、死なないでと取りすがるに違いない。もう、わがままは言わないから、ちゃんといい子になるからと、パパが大好きなんだからと、そんなことだって、言うかも知れない。俺は、二人の声を聞きたい、二人に、「パパ」と呼ばれたいと思う。そうしたら、まさしく魔法がとけたみたいに、俺は本当に何事もなかったかのように、起き上がれるとさえ、思うのだ。

だが、それもはかない望みに違いないと、内心では分かり始めている。これまでで、いちばん難しく、いちばんかなえてやりたい願い事だし、何よりも、俺自身が、そう望んでいるのだが、今度ばかりは、無理な相談らしい。

時は遅々として進まないように思える。一分一秒が、俺にとっては永遠のように長く感じられる。それでも、止まってやしないんだ。なぜなら、真垣が動いているからな。

俺ひとりが、確実に引き離されつつある。自分のこの肉体から、これまで暮らしてきた時の流れから、生そのものから。俺は、自分自身が空気に溶け込み、薄まっていくような気がしている。疲れたとか、力尽きたとか、そういうのでもなく、全ての感情、あらゆる思考が、稀薄になり、頼りなくなっている気がする。それでも、俺は俺のままだ。俺は、考え続けようとする。そうしなければ、やがて自分が霧のように流れ去りそうな気がするからだ。

なつき。

さやか。

俺がいなくなったら、誰が娘たちの願いをかなえてやれるんだろう。まだまだ、これからが大変だっていうときに。高校にも大学にも進ませなきゃならんというときに。

——大分、返り血を浴びたな。

真垣はナイフを元の位置にしまいこんだ。それから、初めて気づいたかのように、自分の身体を見回している。まくりあげていたワイシャツの袖を伸ばし、カフスを留める。どうやら奴は、帰り支度を始めているらしい。

俺は、今さらながらに奴が俺にしたことを、許しがたいと思う。そんな簡単なひと言では、とても片づくはずもないのだが、怒りも恨みも憎しみも、全てがあまりに大きく広がりすぎ、俺は、今のあいつに対する気持ちを簡単に言い表す術を持っていない。畜生、畜生と、同じ言葉が繰り返されるばかりで、情けなく、馬鹿馬鹿しく、焦れったさに泣き出したいくらいだ。

俺に対する裏切りもさることながら、あいつは、俺の娘たち、女房の運命までも、変えてしまうのだ。結婚以来、一度も働いたことのない道子が、あの、世間知らずで何の特技も能力もない女が、二人の娘を抱えて、どうやって生きていくというんだ。そんなことが、出来るはずがない。俺には、分かってた。道子が、いくら俺に愛想を尽かしたようなことを言い、俺をこき下ろそうと、あいつは絶対に別れたいなどとは言い出さないってことが。俺の傘の下にいるからこそ、何だかんだと言いながら、のんびりと好き勝手なことが出来るのだということくらい、あいつは十分に承知している。

そんな道子が、二人の娘を守りきれるというのか？　この厳しい世の中で、女三人、どうやって生きていくというんだ？

俺は、泣き叫び、途方に暮れる三人の姿を思い浮かべる。せっかくここまで、平凡な家庭の主婦として生き、普通の健康な娘として育ったというのに、希望を失い、支えをなくして、あいつらは、どうなっちまうんだ。なつきは、まだ良いかも知れない。あいつはクールだし、ことによると道子よりもしっかりしてるくらいだ。もう、立派に母親の片腕になれるだろう。問題は、さやかだ。鼻っ柱だけは強いが、甘ったれで、浮ついたところがあるからな。お姉ちゃんと違って、どうも洒落っ気ばかりが出てきてるし、周りに引きずられるところもある。下手をすれば、ああいう娘は簡単にぐれるだろう。男の子なら、それほどの心配はいらないと思う。一度や二度の挫折も、ある程度まで坂道を転げ落ちても、男なら、適当な時期に立ち直れるものだ。そして、挫折の経験をプラスにして、新たに上り始めることも出来る。むしろ、そういう男の方が、骨のある、面白い奴になったりもする。だが、女は、そうはいかない。坂道を転げ落ちたら、そのまま、どこまでも落ちていく。ついた傷はそのまま残り、風貌までも変えてしまうだろう。

　ああ、どうなっちまうんだ。さやかが、そんなことになったら、俺は父親として、どうすれば良い。それを、道子はくい止められるか？　なつきは普通でいられるか？　あいつらを、誰が守ってやれるっていうんだ。

　真垣。

　俺は、悲しいよ。何もかもを通り越して、今となっちゃあ何よりも、とにかく情けないばかりだ。今日の今日まで、俺は安心しきってた。俺にもしものことがあったって、おまえがいてくれるってな。俺がいなくなれば、女だけの家になっちまうが、おまえに任せておけば、大丈夫だって、そう思ってたんだぞ、おい。

　――大丈夫だ。もう乾いてる。

　分かっているのか。おまえのその服を汚したものが、何なのか。恐怖を感じないか？　おのれの犯した罪に、俺の生命の証しに。本来、そんなところに飛ぶような、おまえの服を汚すような、そんなものじゃないんだぞ。さっきまで、俺の体内をかけめぐり、熱く燃えてたものなんだぞ。それが、おまえの手によって、皮膚を裂かれ、血管を断ち切られた結果として、今、おまえにはりついてる。それを、恐ろしいとは思わないのか？　俺の体内から噴き出したものは全て、俺の一部だとは思わないか。俺の思いが、そうやってどこまでも、おまえに取り憑いていくとは思わないか。それが、俺の執念だとは思わないのか。

――まあ、上着を着れば、隠れるだろう。夜だし、車に乗り込んでしまえば、あとは誰にも会うことはない。

よくも、そこまで平気でいられるものだ。真垣は、このまま知らん顔を決め込むつもりなのだろうか。逃げ果せるとでも、思ってるのだろうか。もしも、無事に家まで帰り着いて、服を脱いだとき、奴はどう思うんだろう。その、俺の血の付いた服を、どうするつもりなのだろうか。勲章みたいに、誇らしい気持ちで眺めるか？　ここであったことは、夢でも幻でもない、現実なのだと、改めて味わうか？　それが、おまえの真実の姿なのか。

なつき。

さやか。

おまえたちも、知ってるだろう？　真垣のおじちゃんだ。小さい頃、よく、いろんなものをもらったよな。家に来たことだって、何度もあるよな。パパとは、古い、古い付き合いで、ママと知り合うよりも、ずっと前からの大親友だって、しつこいくらいに話したよな？

その真垣のおじちゃんが、パパをこんな目に遭わせたんだ。おまえたち、どう思う？　パパが馬鹿だったと思うか？　最後に、こんなことをされるために、何十年も付き合ってきたなんて、大馬鹿だったと思うか？　だが、おまえたちだって、きっとすぐには信じられないはずだ。親戚みたいに付き合ってきたんだもんなあ。おまえたちだって、おじちゃん、おじちゃんて、赤ん坊の頃から、なついてきたもんなあ。

「いいもんだぞ。おまえのところも、早く作れよ」

小さな娘に膝によじ登られて、半ば当惑している男に向かって、彼は言った。今よりも、まだまだ野心満々で、全身に力が漲って感じられた、ひとり目の娘の成長が嬉しくて、珍しく、飲んで帰らない日が増えていた頃の俺だ。

「いつまでも、新婚気分でもないだろうが」

「そうなんですけど、これぱっかりは」

真垣は、わずかに力無く見える微笑みを浮かべて、人形みたいに小さかった彼の娘の、細く、頼りない胴に手を回していた。なつきは、すっかり安心しきっている様子で、真垣の胸に寄り掛かりながら、彼に向かってこの上もなく可愛らしい笑顔をふりまいていた。

「なっちゃん、よかったねえ。おじちゃんに、だっこしてもらってるの」

台所に立っていた道子が、少しずつ料理を運んでくる。そして、真垣に抱かれている娘を見て微笑む。

「大丈夫かしら。お洋服、汚されちゃうかも知れませんよ。しわくちゃになるし、よだれで、べたべたにしちゃうから」

「かまいませんよ。どうせ、今日でクリーニングに出しますから」

「なっちゃんは、本当に真垣さんが好きみたいね。他の人が来ても、こんなにおとなしくだっこされたり、しないんだけど」

彼の家庭での真垣に対する評価は、なつきが生まれた直後から、大いに変わり始めていた。最初の頃は、真垣を敬遠していた道子も、真垣に対して絶大な信頼を寄せるようになっていた。泥酔した彼を真垣が送ってきたときに、生まれて間もないなつきがひきつけを起こしたことがあったのだ。前後不覚になっていた彼に代わって、なつきを病院に運んだのが、真垣だった。翌日、そのことを知らされた彼は、道子にこっぴどくやりこめられたが、一方、真垣の株は急上昇した。以来、道子は真垣の来訪を歓迎するようになり、酔っても乱れることのない真垣の方が、彼よりもよほど良いとさえ、言うようになっていた。

「何か、家で飲んでても、雰囲気が出ないよな」

「いいじゃないですか、こういう雰囲気も」

一応は、相手に気を遣って言ったつもりだったが、真垣の返答は、彼が予想したとおりのものだった。元来、飲んでも騒ぐようなタイプではない真垣は、彼のように、ネオンまたたく巷や、嬌声を上げる女の子が好きなわけではない。むしろ、落ち着いた雰囲気の中で、じっくり飲むのが好きなのだ。

「ちょっと見ない間に、大きくなるもんですね」

娘に接する友を見るたびに、彼は、真垣がかなり切実に子どもを欲しがっているのを感じていた。それは、そうだろう。こんな不思議な生き物、自分の血と肉とを分けた、これほど素晴らしい存在を、望まない人間などいるはずがない。

「原因は、どっちなんだよ。おまえか？」

「——」

「医者には、診てもらったのか」

「まだ、そこまでは」

「早い方が、いいぞ、おい」

言いながら、彼は、密かに勝ち誇った気分を味わっていた。

確かに、早く父親にならせてやりたいとは思うのだ。その気持ちには偽りはない。だが、その一方では、これで真垣の女房が身ごもらなければ、奴は生涯、子どもの出来ないことを引け目に感じるに違いない、人の子の親となり、父親として生きる彼に対して、無条件にかなわないと感じるだろうと思った。

「おまえの方に、種がないっていうんなら、しょうがないけどな。かみさんの方に原因があっていうんなら、考えなきゃ、ならんだろう」

「——考えるって」

「だから、何とか出来るように、さ。治療を受けるとか何とか、あるだろう」

その想像は、彼を内心で愉快にさせていた。実際、かつて彼が家庭教師として真垣と関わっていた頃よりも、もっと絶対的な優越感だとも言えた。

「おまえだって長男なんだからな。姉さん二人は、もうよその家の人間になっちまってるんだし、おまえのところに子どもが出来なかったら、真垣家はどうなると思ってるんだよ」

「まだ、そういうことまでは考えてませんけどね」

「考えた方が、いいって。おふくろさんとか親父さんとか、何か言ってこないのか？　長男の嫁が、跡継ぎを産めないんじゃあ、困るじゃないか」

真垣は、曖昧な笑顔をわずかに傾け、自分の膝の上で、意味不明な歌を歌いながら、ついさっき真垣からもらったばかりの人形で遊んでいる娘の顔を覗き込んでいる。

「まあ、授かりものですから」

「何、悠長なことを言ってんだよ。駄目だ、もっとやる気にならなきゃ、な」

彼は、ますます愉快になった。真垣は、なつきを膝に乗せたまま、静かにグラスを傾け、なつきが発する意味不明の言葉に「うん？」などと小首を傾げている。どうだ、可愛いだろう。これが、俺の傑作だと、彼は言葉に出したくてならなかった。台所の方からは、ジャアジャアという炒めものの音が聞こえてくる。女房は、二人目を妊娠していた。近い将来、彼の家は四人家族になるのだ。

家庭がある、子どもがいる、賑やかな声が飛び交い、台所からは生活の音が洩れてきて、わずかに動きの緩慢になった女房が、飾り気のない笑顔で料理を運ぶ。これ以上に素晴らしい光景があるだろうか、これが、俺が築いてきたものだぞと、彼は、それを見せつけている気分だった。

「それにしても、的場さんが、こんなに子煩悩になるとは、意外でしたね」

真垣が思い直したように口を開いた。彼は、「まあな」と目を細めた。彼自身、自分で持ってみるまでは、子どもなどに興味はなかった。これほど可愛いと感じるとは、思ってもみなかったのだ。

「まさか、嫁にはやらないなんて、言うんじゃないでしょうね」

「やるもんか。なつきには、指一本触らせないからな。もしも、言い寄ってくるような男がいたら、ぶちのめしてやる」

「じゃあ、僕はどうなります。こんなに触ってるけど」

「十五年後にも同じことをしてたら、生命がないと思えよ」

彼の言葉に、真垣は声を出して笑った。そして、十五年くらい、あっという間でしょうねと呟いた。

「だから、おまえも早く持てって言ってるだろう？　そうすりゃあ、どんなに可愛いか、分かるって」

結婚前に、自分がよその娘たちにしてきたことを考えると、そして、彼女たちにも必ず父親がいたのだと思うと、申し訳ない気にもなるのだが、彼は、それとこれとは別だと割り切ることにしていた。とにかく、自分の娘だけは、清らかなままで過ごさせたい、絶対に、誰の手にも触れさせたくないと、真剣に考えていた。

「早く早くって言ったって、大変な思いをするのは、女の方なのよ。たまに早く帰ってきて、可愛がるだけだったら、誰にだって出来ますよねえ」

再び料理を運んできた道子が、呆れたように笑いながら言った。

「パパはね、何を手伝ってくれるわけでも、しつけをしてくれるわけでもなくて、ただ甘やかして、猫っ可愛がりなだけなんだから」

「的場さん、何も手伝わないんですか」

「馬鹿、言え。風呂には、入れてやってるじゃないか」

「たまぁにね。あとは、うんちの始末も何もしてくれないし、汚いことは全部、私まかせ」

真垣は、笑顔で頷いていた。いつものこと、控えめで穏やかな笑顔だ。だが、彼には分かっていた。本当は、羨ましくてたまらないはずだ、あんなに賑やかな家庭で育った真垣が、今の自分の家を、淋しく思わないはずがないと。

「おまえ、やることは、やってんだろうな」

「もう、パパってば。やめてよ、下品なんだから」

「何が下品なんだよ。やることとやらなきゃ、子どもなんか、出来ないんだぞ」

「そんなことまで、パパが口出しすること、ないでしょう？　夫婦のことに他人が口出しすることなんか、ないの」

道子の言葉に、彼は「まあな、そうだけどな」と言いながら、必要以上に大きな声を出して笑った。いつの間にか、パパと呼ばれることにも慣れて、彼は、自分が人間としての厚みを増し、いよいよ一人前になったと感じていた。男は強くなくてはならない、そして、背負うもの、守るべきものを数多く抱え込むほどに、ますます強くなっていくのだ。それを、彼は果たしつつある。そう自覚していた。一方、どこから見ても身だしなみも良く、一応はエリートサラリーマンに見える真垣には、未だにどことなく学生のような頼りない雰囲気が漂っている。つまり、男としての自信が備わっていないということだと彼は判断していた。人の子の親にもなれないということは、所詮は一人前になりきれていないということだ。ちょっと見は立派でも、実際は相変わらず、ひょこひょこと彼の後をついてくるしかない状態なのだ。そう考えると、ますます良い気分だった。

思えば、初めて真垣の家庭に接したとき、姉の清子と別れたとき、一部上場の企業に就職されたとき、早々と結婚されたとき、マンションを購入されたとき、彼はいつでも、密やかな羨望と、わずかな引け目を感じながら、この年下の友人と接していた。それが、小さな生命の存在が、それまでの全てを払拭してくれたのだ。真垣は、この家の団欒を十分すぎるほどに見せつけられた後で、女房がひとりで待つだけの、ひっそりとした家に戻っていくしかない。もはや、新婚とも呼べず、子どももいない家庭など、まるで火が消えたようなものだろう。

「まあ、おまえの方に原因がないんだったら、適当なところで諦めて、な。今度は安産型の嫁さんを、俺が責任を持って探してきてやるって」

「何てこと、言うのよ、もう。ごめんなさいね、真垣さん」

「慣れてますから」

「この問題は、単に子どもは可愛いからとか、それだけのことじゃないんだ」

「分かってます。要するに、真垣家の問題だっていうことでしょう」

彼は、深々と頷いた。

「耳が痛いかも知れんがな、こういうことを言ってやれるのは、俺だけなんだぞ」

「分かってます」

「いくら時代が変わったといったって、やっぱり女のつとめは、子どもを産んで、育てることなんだ。それが出来ないっていうんだったら、それは、女房としては失格ってことじゃないか」

「——」

「ことに、おまえは長男なんだ。自分のことだけじゃなくて、その辺のことも、考えなきゃ、ならんだろう」

俺は、若かった俺たちを眺めている。それほどの年月が過ぎたとも思わないが、やはり今に比べれば、道子も、真垣も、若々しい。あのとき、真垣は何も答えず、黙って口元に笑みを湛えているだけだった。

まさか。

俺を置き去りにして、せっせと帰り支度している奴の気配を追いかけながら、俺は、あのときの真垣の、淋しそうな笑顔を眺めている。あのときは、少しばかり調子に乗りすぎていたなと、今になって思う。やがて、奴の女房が二回も流産して、そのうち、本当に離婚しちまうなんていうことが分かっていたら、俺だって、あんなにしつこく、子どもの話題に触れはしなかったし、もう少し気を遣って、言葉も選んでいただろう。だが、仕方がないじゃないか。先のことなんか、誰にも分かりはしないのだし、酒が俺の気持ちをほぐし、舌を滑らかにもしていたのだ。これまでの俺の人生の中で、あんなにも賑やかで明るい家庭生活を送れたのは、なつきが生まれ、さやかが生まれた、あの頃だけだ。

ああいう会話のひとつひとつ、細かな出来事のひとつひとつを、真垣は根に持っていたんじゃあるまいな。俺が、あいつに向かって言ってきた台詞、軽い気持ちで飛ばしてきた冗談、奴のためだと思うからこそ呈してきた苦言、その数々を、奴は消化せず、全て、澱のようにため込んでいたのでは。

俺の記憶回路はフル回転を始める。そして、早送りのビデオテープのように、これまでに俺が奴に向かって言ってきた台詞の数々を、猛スピードで蘇らせる。

「だから、おまえはおめでたいって言われるんだよ」

あるとき、俺はしょげている真垣に向かって、皮肉っぽく笑いながら言っている。

「いい加減に、そういう甘い考えは捨てることだな。まったく、馬鹿なんだから。おまえはね、だまされたんだよ」

また別のとき、俺は鼻を鳴らしながら口を歪めている。

「ああ、ああ、分かったよ。おまえは、そんなに薄情な奴だったのか、ええ？　この俺の頼みが、聞けないっていうんだな」

今度は、俺はいきり立っている。

「おまえには、心底がっかりさせられたよ。結局は、エゴの固まりじゃねえか」

俺は、自分の希望が容れられないとき、よく、そんな言い方をした。

「信じてきた俺が、馬鹿だったんだよな。俺は、おまえだけは、信じてきたっていうのに」

「少しは融通をきかせろよ。まったく、幾つになるんだよ」

「じゃあ、かまわねえよ。とっとと、自分の思った通りにすりゃあ、いいだろう。その代わり、あとで泣き言を言ってきたって、俺は、金輪際おまえの面倒なんか、見ないからな」

「何だよ、その、木で鼻をくくったような言い方は」

俺は常に感情的で、歯に衣を着せず、言いたい放題を言ってきた。そういう態度に出れば、気が弱く、おとなしい真垣が引き下がることを、俺はよく承知していた。真垣は、見かけによらず頑固な男だ。ガキの頃から、口では「分かりました」と言いながら、自分で納得がいかないことには、頑として動かないようなところがあった。それが分かっているからこそ、俺は余計に苛立ち、わざと奴を怒らせるような、感情を揺すぶるような言葉をぶつけていたとも言えるのだ。

「おまえみたいに身勝手な奴は、見たことがないね」

「よくもまあ、そこまで恩知らずになれたもんだな」

「教えてくれよ、ええ？　どこをどうしたら、そこまで無神経になれるんだ」

「しかし、薄情者だよなあ。大したもんだぜ」

何も、心底そう思って言っていたわけではない。ただ、そういうときは俺も感情が高ぶっていて、つい、そんな言葉が口をつくのだ。

ちりん

これは、俺の癖みたいなもんだ。悪気があるはずもない、相手が真垣だと思うから、奴ならば、俺を理解していると分かっているからこその、台詞だった。その証拠に、翌日には、俺はいつでも、けろりとしていた。そして、必ず奴に電話をした。しこりを残すようではまずいと分かっているから、俺の言葉を気に病んで、あれこれと悩んでいては可哀想だと思うから、わざわざそこまで、気を利かしたんだ。だが、奴はいつだって、普段とまったく変わらない声で応対に出たじゃないか。だから、俺は安心していた。言いたいことを言い合える、それこそが理想的な関係だと思っていたし、俺と真垣の間柄だからこそ通用しているのだと、真垣には、俺の真意が伝わっていると、信じていた。

「呆れてものが言えねえよっ！」

あれは、いつのことだったろうか。確か、二、三年も前のことだ。何、大したことじゃなかったが、あのときの俺は、いつになく虫の居所が悪かった。それで——これもよく使う手だったが——一方的に電話を切ったことがある。少しばかり、大人げないとは思ったのだが、面白くなくて、苛立っていて、つい、そういうことをした。

ちりん

実際、俺は何度となく同じ台詞を口にしてきた。そして、その都度、真垣に対しては密かに申し訳なく思い、感謝もしていた——結局、甘えているのは俺の方だということくらいは、十分に承知していた。

真垣は、理解していたはずだ。だからこそ、常に冷静に、適当に聞き流しながら、俺という男を受け容れていたはずだ。

俺の思い過ごしだろうか？ あいつの中で、それらの言葉は、全て、奇妙な形で、溜まっていたのだろうか。時には俺の真心から、親切心から出た言葉さえ、実は奴の中では発酵し、やがて悪臭を放ち、汚泥のごとく澱んで、俺の死を願うほどまでに膨らんでいたというのだろうか。

まさか。

俺は、愕然となる。是非とも、奴に問いただしたいと思う。

そうなのか。

根に持っていたのか。

いつからだ。

冗談だった、本気じゃなかったっていうことくらい、分からないおまえじゃないはずだろう？　一体、何年間、付き合ってきてるんだよ。ガキじゃないんだからさ、あんな台詞のひとつひとつを、いちいち根に持つような奴が、どこにいる？

——これで、終わった。もう、あんたの顔を見ることも、声を聞くことも、なくなったわけだ。

今度こそ本当に、俺は後頭部に一撃を食らったような気分になる。そんなものじゃ済まされないほどの傷を負っていながら、俺は、肉体の苦痛など忘れ果て、この意識を震わせる衝撃に、目眩さえ起こしそうになる。

だったら、なぜ。なぜ、そんな関係を続ける必要があったっていうんだ。嫌なら、付き合わなけりゃあ、良いじゃないか。気に入らないのなら、言い返せば良かったんだ。無理だと思うなら、誘いに応じたりせず、ひと言だけ、「嫌だ」と言えば、それで済むことじゃないか。それなのに、おまえはいつだって、いかにも気軽に俺の誘いに応じ、気さくに俺の話に耳を傾け、常に淡々と酒の相手をしていたじゃないか。だから、俺は安心してた。実を言えば、特にこの数年は、おまえの方が、よほど大人に思えることだって、何度もあった。甘えているのは俺、頼りにしているのは、俺の方に違いないと、内心では分かっていたさ。だからこそ俺は、おまえの頼みなら、いつだって命がけで聞き届けてやろうって、そう思ってたんだぞ。家族とおまえとを、天秤にかけるわけにはいかないが、だが、どちらかを選べと言われれば、恐らく相当に迷い、苦しむに違いないと、それほどまでに思ってた。たとえ女房だって、おまえほどには俺を理解していない、血を分けた娘たちだって、おまえより絆は弱い、所詮女子どもには、理解し得ないつながりだと、俺は、ずっとそう信じてた。

俺の独り合点だったのだろうか。

真垣は、腹の中では、この野郎と思いながら、これまでの月日を過ごしてきたのだろうか。もしも、そうだとしたら、名演技としか言い様がない。そうまでして耐える必要が、どこにあったのだ。そんな、嘘っぱちの付き合いなど、こっちから願い下げだ。だまされて、誤解を受けて、その上、最後には殺されるっていうんじゃあ、俺は一体、何のために真垣に関わってきたというんだ。俺の人生とは、何だったんだ。馬鹿丸だしじゃあないか。愚か以外の何ものでもない。

俺は、いよいよ情けなくなる。

何も、こんな形を取らなくても、縁を切れば済むことだったんじゃないのか。もう俺とは付き合えない、我慢できんと言えば、それで良かったじゃないか。そりゃあ、突然そんなことを言われれば、俺は驚きもするだろうし、「なぜだ」と問いただしたことだろう。納得できないと、怒りもしたと思う。どれだけの年月、おまえのために、あれこれと考えてきたと思う、なにくれとなく世話を焼いてきたと思う、喜怒哀楽の全てを共有してきたと思うのだと、詰め寄りもしたに違いない。だが、内心では淋しくて、悲しくてならないから、そういう言葉になるんだ。俺は、そういう男じゃないか。なあ、おまえは、そんな俺を理解していたはずだろう？　精一杯、肩肘を張って生きてはいるが、実際は、俺という男が、いかに孤独に弱く、流されやすく、自分に自信を持てずにいるか、その結果として、いかに猜疑心が強くなり、嫉妬深く、小賢しく、そして、虚勢を張っているか、おまえは見抜いていたはずだ。

ちりん

おまえに愛想を尽かされても、それは、仕方のないことかも知れないとも思うよ。正面から、たとえば「あんたには絶望したよ」とでも言われれば、俺は、後悔すると分かっていながら、恐らくそれ以上の言葉をおまえに投げつけ、二人の関係を断ち切るような真似をしたことだろう。そして、その後はひとりで大いに絶望し、人間不信に陥り、打ちひしがれたに違いない。

それでも、年齢からすりゃあ、立ち直る機会はあたえられたはずだ。人生は長い。その半分近くを、共に歩んできた男に裏切られ、見限られたとしても、生きてさえいれば、また新しい出逢いもあるだろう。心の傷も、いつかは癒えるはずだ。もう二度と、同じような関係を築ける相手には巡り合えないかも知れない、俺は孤独を噛みしめ、一人で酒を飲むばかりの男になるかも知れないが、五年、十年と年月が流れれば、全ては笑い話になったかも知れん。そして、いつかまた再び、おまえとも語り合えるときが、きたかも知れん。いや、きっときた。俺とおまえならば、それが、出来たはずだ。

生きてさえいれば、の話だ。

——お別れだ。的場さん。永遠に。

身支度を整えた真垣が、俺を見下ろしている。俺はもう、おまえに対して何の言葉も持ち合わせていない。

なぜ、こういう状態になって初めて、そんなことを言う？　なぜ、生きている俺に、それを言えなかったんだ。

行くなら、行けよ。

行っちまえ。俺にはもう、何の力もない、おまえを呼び止めることも、真意を問いただすことも、たとえ誤解があったとしたって、それを弁明することも、何をすることもできやしないんだからな。おまえは、それで本望なんだろう？　ようやく俺から解放された喜びに、この場で踊りだしたいくらいなんじゃないのか。

――それにしても、あっけなかった。まさか今日、こういうことになるとも、思わなかったんだが。

何を言っていやがる。何が、まさかだ。俺の方が、よほど驚いてる。文字どおり、身も心もずたずただ。

俺から流れ出た血は、少しずつ畳に染み込み始めている。大きく広がった血だまりの、端の辺りが乾き、どす黒く変色し始めているのが分かる。真垣の足は、その血の海の縁の向こうで、しっかりと畳を踏みしめている。奴の目は、俺の干からび始めた瞳を見据えている。そして、鼻、口元、顎と移動して、首の上で止まる。最初は、ポンプみたいに血を噴き出していた傷口は、今は静かになっちまってる。血を吸ったシャツが張り付いて、本当ならば痒いはずの俺の皮膚は、今、徐々に体温を下げて、毛穴まで広がろうとしている気がする。

――苦しみは、しなかったはずだ。

そして、視線は肩に向かい、背中を移動する。俺は、背中を冷たく、重く感じている。今はもう、分かっている。真垣は、あのナイフで、俺の背中を突いたのだ。ところが、骨に遮られたために、思ったよりも深く刺すことが出来なかった。これでは、致命傷にはならないと咄嗟に判断したのだろう。それで、あいつは今度は首を狙ったというわけだ。まさかという割には、鮮やかな手口じゃないか。なるほど俺は、気がついたときには既にこの姿勢になっていた。悲鳴を上げ、のたうち回るようなことは、なかった。慌てふためき、自らの血に恐れおののきながら、必死で助けを求めたりも、しなかった。そんな余裕すらなかったということを、苦しまなかったと言うならば、その通りだ。

——忙しくなるな。

やがて真垣はゆっくりときびすを返し、玄関に向かい始める。音も立てずに畳を踏む、奴の足に意識を集中させながら、俺は、手を伸ばせば、まだ簡単に届くのにと思う。その足首を摑んで、引きずり倒したい。そして、この血だらけの形相のままで、「ふざけるなよ」と言ってやりたい。少なくとも、俺の意識だけは、そうしているのだ。

このまま、奴にぴたりと張り付いて行きたいと。そして、奴が何を考え、これからどうするかを、とくと見届けてやりたい。それくらいのことは、出来そうなものだと思う。出来るに違いない。だが、俺はそうしたくなかった。もはや完全に、自分の意識がこの肉体から離れてしまっているのだと、誰がそう簡単に認められるものか。俺は、まだ俺だ。ここに倒れている、身動き出来ずにいるのが、この俺だ。

ちりん

結構な話だ。何が忙しくなるっていうんだ。まあ、今のおまえなら、何だって出来るだろうよ。おまえは今、一〇〇パーセントの達成感に浸っている。しかも、俺に躍りかかってきたときの俊敏さ、冷静さをもってすれば、もはや不可能なことなんか、ないはずだと思ってる。ああ、俺も、そう思うよ。どうやら俺は、おまえを見くびってたらしい。まったく、大したもんだよ、おまえは。あんなに素早く、何の躊躇もなく、しかもひと言の声も洩らさず、震えもせずに、見事に俺をしとめるんだからな。ヤクザだって、こんなにも冷静に、人間の生命を奪えやしないだろう。だったら、その力を使って、生きている俺を突き放せば良かったじゃないか。何も、こんな形で復讐することなんか、なかったんだ。

真垣は、部屋の戸口の前まで、そっと歩いていくと、そこで立ち止まる。奴は、ゆっくりと振り返って、改めて俺を見る。まるで、「だるまさんがころんだ」だ。俺が本当に動かないか、さっきと、どこか変わったところはないか、奴は真剣に俺の全身を点検する。そして、指先ひとつ、その位置が変わっていないことを知ると、微かにため息をもらす。

――見納め、か。

そうだ。よく見ておけ。この、不様で惨(むご)たらしい姿を、瞼に焼き付けろ。この、懐かしい家の匂い、共に酌み交わした酒の匂い、それらをかき消すほどの、俺の血の匂いを、脳味噌に叩き込め。

思い出って奴は、面白いもんだ。俺の目の前に次々に現れる、パノラマのような過去の風景には、色や音と同様に、必ず何かの匂いがからみついている。食い物の匂いや土の匂いや、女の髪の匂いや雨の匂い、風呂の匂いや日に干した布団の匂い、赤ん坊のミルクの匂い、電車の中のニンニクの匂い。昔の下宿の汗臭い匂いも、ガード下の汚物の匂いも、その時は、しみじみと味わったとも思えないのに、俺は、まさに今それらの匂いを味わっているかのように、生々しく思い出し、心を揺らしている。

真垣、おまえの脳味噌にも、今、この時のこの場所の匂いが染み込むはずだ。そして、おまえは永遠に、その匂いとともに、今のこの場面を思い出し続ける。

——さて、と。

真垣は、部屋のスイッチに手を伸ばす。

ぱちん。

そして、ゆっくりとガラス戸を閉める。がたがたと、思っていた以上に大きな音がする。以前は、藍染の暖簾が掛かっていたんだが、多分、おふくろが死んだ後で外してしまったのだと思う。磨りガラスを通して、玄関の弱々しい明かりが洩れてくる。

真垣は、ゆっくりと靴を履く。今は空っぽになってしまっている下駄箱の上に放り出されている古い靴べらを使って、さっきまで、血の海のすぐ傍まで近づいていた足を、丁寧に靴に滑り込ませる。そして、靴べらをもとの位置に戻す。

その時、俺は気づいた。

指紋は？

今どき、小学生だって知ってることだ。犯罪の現場に、指紋を残してはならないことくらい、そこから足が付くことくらい。だが、真垣は素手のままだ。

そうだ。奴は、手袋もはめていないし、下駄箱に戻した靴べら同様、自分が手を触れた全てのものに付着しているはずの指紋など、まったく気にも留めていない。俺を刺したナイフを洗って、元の位置に戻すときでさえ、濡れた刃の部分は丁寧に拭っていたが、握りの部分はそのままにしていたはずだ。

靴を履いた真垣は、改めてもう一度、こちらを振り返っている。全てのものに遮られることなく——何てえこった、ガラス戸も、闇も、俺のこの肉体から離れた目には、関係ないってことだ——俺は、その姿を捉える。この肉体から離れまいと思っているのに、俺の意識は、あいつに追いすがろうとしている。

奴の心は、静かなままだ。外見と同様、実に落ち着き、少しも波立っていない。その姿を眺めながら、俺はもう一度、気づく。奴は、手ぶらなのだ。ここへ来たとき、あいつは確かに、会社の封筒を小脇に抱えていた。何が入っているのかは知らないが、とにかく、茶封筒を持っていた。

おまえ、馬鹿じゃねえのか、こんなことじゃあ、簡単に捕まるぞ。

言おうとして、俺はまたもや混乱しそうになる。

——これで、いい。

平静なままの真垣が、確かに俺に答えるように呟いたのだ。あいつは、分かっていて、やっている。指紋も消さず、封筒も残したままで、真垣は、ただ、立ち去ろうとしているのだ。

俺はますます、真垣の考えていることが分からなくなりそうだ。つまり、奴はすぐにでも捕まるつもりだということか。逃げるつもりなど、さらさらなく、証拠の隠滅など、最初から考えていないということなのか。

なぜだ。

諦めているのか。逃げ果せないと。

真垣は、今度は玄関のスイッチに手を伸ばす。素手のままの人差し指を伸ばし、ゆっくりと、スイッチを切る。今度こそ、俺の家は闇に包まれる。俺は、自分の肉体と外界との境目が分からなくなり、今以上に自分が広がっていく気分になる。それほどの不快感は、もはやなくなった。むしろ、これだけ広がる意識が、ずいぶん長い間、あの窮屈な肉体に封じ込められていたものだという気がする。無論、だからといって、そう簡単に今の状況を認めるわけにはいかん、このままでは、俺は果てしなく頼りない、空気と同じような存在になってしまうと思う。

真垣は、俺の家の玄関のノブに手を伸ばした。そして、ゆっくりと捻る。その瞬間、晩秋の風が一気に吹き込んできて、家中に立ちこめていた、おぞましい惨劇の余韻を吹き飛ばそうとする。ああ、枯れ草の匂いだと俺は思う。もうすぐ正月に向かう、淋しい匂いだ。その乾いた風が、俺がいる部屋のガラス戸を震わし、わずかな隙間から——そうだ。ここの戸の立て付けの悪いことが、おふくろの口癖だった。やっとの思いで家を建て増ししたというのに、親父がろくな大工を連れてこないから、こういうところで手抜きをされたのだと、盛んに言っていたもんだ。「その上、文句も言えないんだもんねえ。家では、あんなに威張り散らしてるくせに」おふくろは、ため息混じりに言っていた。自分が勝手に手配しても叱られるのだから、もう放っておくより仕方がないが、隙間を見れば腹も立つからと、暖簾を掛けたのだった——わずかな隙間から入り込んで、倒れたままの俺の血をさらに固め、俺の肉体に、まだ残っている温もりを奪い去ろうとする。

——さて、と。

最後に、真垣が呟いたのが感じられた。そして、玄関は閉められた。俺は、自分の肉体がとてつもない静寂に包まれたのを感じる。

ちりん

これが、この状態が、死なのか。俺は、この場に置き去りにされたまま、ここでこうして死に続けていなければならないのかと思う。それにしても、時折聞こえるあの音は、何なのだろうか。

「あれ、真垣じゃないか」

その時、はっきりと声がした。俺は、全身が震わされ、にわかに現実に引き戻される気分で、その声の主を追おうとした。玄関先で、真垣が立ち止まっている。その先に、野球帽を被った男が寒そうに立っていた。

「おう、何だよ。こっち来てたの？」

街灯に照らされている男の顔は、どこかで見た覚えがある。その人なつこい笑顔を、俺は確かに見たことがある。

「的場さんのとこに、寄ったのかい」

その時、ようやく思い出した。確か、真垣の同級生だった男だ。高校か、いや、中学だろう。俺も、何度か顔を合わせたことがある。

「ちょっと、頼まれたことがあってね」

「あの人も、相変わらずかい」

「まるで、変わらないよ」

真垣は、しごく落ち着いて答えている。俺は苛立ち、そうだろうな、などと頷いている同級生に、憎しみすら覚える。どうして見抜けないんだ、おまえの目は節穴か。今、おまえの目の前にいるのは、つい数分前に、人を刺した男なんだぞ。その手で、しかも、あんたさえも知っている、この俺を。

「この時間まで、まだ仕事かい」

だが、真垣の心はびくりとも動いていない。あんなにも、ふてぶてしい男だったろうかと、俺はまた衝撃を受ける。俺は一体、真垣の何を知っていたのだろうか。

「ほら、寒くなってきたろう？　これからの季節は灯油の配達があるんだ」

「ああ、それでか」

「結構な、遅くまで走り回らなけりゃあ、ならねえんだ」

「ごくろうさん」

「真垣は、いいよな。どっから見ても、東京のお偉いさんて感じだ。立派になりやがって」

「よせよ。世知辛いところで、不自由してるんだぞ」

「今度、帰ってくるときにはさ、予め連絡をしてくれねえか。たまには、野球部の連中で集まろうや、なあ。的場さんと関係ないときでも、帰って来るんだろう？」

「そりゃあ、そうだ。まだ、親父がいるしな」

「ああ、たまに見かけるよ。おまえんとこの親父さん。一人でも、かくしゃくとしてるなあ。俺のことも、覚えてくれててな」

「たまに、見てやってくれるか」

「おう。任しとけ」

真垣の心が、わずかに波立つ。さすがに、親父の話題を出されると、穏やかではいられないのだろう。それは、そうだ。年老いたおまえの親父は、人殺しの親と呼ばれるために、今まで生き延びたようなものだからな。

「これから、どうすんだい」

「東京に戻るんだ。明日、朝から用があるんでね」

「なんだよ、そうか」

「今度、戻るときには連絡するよ」

「そうしてくれや、なあ。その時は、地元に残ってる奴等にも、連絡するしよ」

真垣は野球帽の男に軽く手を振り、車に乗り込む。

——今度、戻るとき。

真垣が、微かにため息をついている。そして、ゆっくりと落ち着いた動作で、車のキーを差し込む。最後に訪れた大きなアクシデントも、奴は、やすやすと乗り越えた。親父の話題になったときだけ、微かに波立った心も、すぐに平静に戻り、もはや、まるで動揺していないことは、その手つきからも察することが出来る。

お人好しの友人は、真垣の車が発進するまで、見送るつもりらしい。俺は、ますます苛立つ。馬鹿野郎。どうして気づかないんだ。奴は、逃げるところなんだぞ。涼しい顔をして、あんたに振ったその手にナイフを握りしめ、たった今、俺を刺し殺したところなんだ。

真垣の車は、軽いエンジンの唸りを上げる。ヘッドライトが、間抜け面の友人を照らし出す。俺は、ますます焦れる。手なんぞ振って、いかにも嬉しそうに真垣を見送る男が、憎くてたまらなくなる。八つ当たりだとは、分かっている。だが、この男が、俺にとっての最後のチャンスなのだ。今なら、まだ、一縷の望みがあるかも知れない、俺は、気を失ってるだけ、または、いわゆる仮死状態にあるだけなのかも知れないのだ。

頼む、頼む、頼む！

真垣の車が、ゆっくりと走り始める。薄手のジャンパーを羽織っただけの、奴の友達は、寒そうに肩をすくめながら、それでも真垣を見送り続けていたが、ふいに、俺の家──まさしく、奥の部屋で倒れている俺自身の方──を、見たのだ。俺は、徐々に水分を失い、冷える一方の皮膚に、確かに男の視線を感じる。だが、この愚かで哀れな男は、その間抜け面に貼り付いている、二つの目ん玉で見られるもの以外を認めることは出来ないのだ。男の目に映っているのは、真垣によって閉じられた、そして、実際は手をかければすぐに開く、施錠されていないままの、俺の家の玄関の戸でしかない。

頼む、感じてくれ！

おかしいとは、思わないのか？　どうして、真垣が一人で俺の家から出てきたか。こんな時間に東京まで帰るなんて、不自然じゃないか、ええ？　ここから、真垣の実家まthen、車で十分とかからないいんだぞ。親父を気遣うのなら、どうして、寄っていかないんだろうと思わないのか。

さあ、気づいてくれ。今、この男が出てきた家に起きた異変を察してくれ、漂う血の匂いを嗅ぎ分けろ、そして、俺を見つけるんだ！

真垣の車は、いくつかの砂利を撥ね飛ばし、ゆっくりと走り出す。今なら間に合う。なあ、追いかけて、あの男の胸元を見ろよ！　上着で隠しちゃいるが、あいつのワイシャツには、べっとりと血が付いてるんだ、俺の血が、付いてるんだよ！

だが、男はその場に立ち尽くしたままで、真垣の車は赤いテールランプを滲ませながら、スムーズに走り去った。それを見届けて、真垣の同級生も、いそいそと配達用の軽トラックに乗り込もうとする。馬鹿野郎っ！　おまえは、こっちを見たじゃないか。何か、変な感じがしたはずなんだ。おまえの、その間抜けな耳には届かなかっただろうが、俺が、これだけ叫んでいるのを、おまえの何かは、感じたはずなんだ。それを、信じろよ。頼む、頼むよ——。

だが、男は、排気ガスの匂いを振りまきながら、真垣が走り去ったのとは反対の方向に走り出す。俺は、泣き出したい。いや、実際に泣いている。くそう、畜生——。何てえこった、行っちまいやがった。

行っちまった。

駄目だ。もう、駄目だ。

とてつもない静寂が、俺を包んだ。

いくら耳を澄ませても、もはや、何の音も聞こえてこない。自分自身のすすり泣きすら、聞こえないのだ。俺の意識は、あてもなくさまよいそうになる。気を抜けば、風に吹かれて、どこまでも飛んでいきそうだ。いっそのこと、そうしてしまえば良いとも考える。だが、それを何とか押し留めているのは、闇の中で目を見開いている、俺自身の肉体への拘りだ。当たり前だろう、これが、俺なのだ。ヤドカリが貝殻を捨てるように、そう簡単に見捨てるわけにはいかない。この肉体を失えば、俺は俺ではなくなるのだ。俺が浮遊している間に、もしものことがあっては、それこそ手遅れになる。今の俺は、自分が肉体と意識とに分離しているように感じている。だが、肉体が、その機能を蘇らせたときには、俺は再び、きちんと肉体におさまる。そうしなければ、ならないのだ。

待つしか、ないのか。

なつき。
さやか。
おまえたちが、「一緒に行く」って、言ってくれてたらなあ。パパは、喜んでおまえたちを、この家に連れてきたよ。そうすれば、真垣なんぞを誘うこともなかったし、ママだって、重い腰を上げただろう。今頃は、家族で笑いながら、過ごしていられたのかも知れないんだ。

——どうせ、また飲んだくれてるわよ。

道子の声が聞こえる気がする。俺は、自分の肉体に寄り添いながら、東京の、俺の家を思う。冷たい風の中を、俺の意識は流星のように飛んでいく。

「私、明日、パパとデパートに行きたかったのにな」

さやかが言った。俺の家の、居間が見える。既に夕食も済んで、俺の三人の家族はテレビを見ながら、菓子をつまんでいる。何だ、俺が早く帰ったときには、勉強があるからとか、ファミコンで遊びたいからとか言って、滅多に自分たちの部屋から出てもこないくせに、俺が留守の時には、こんな風に集まってるのか。

「ワン・ニャン・カーニバルをやってるっていうから、連れてって欲しかったのに」

「また、本当は、自分だけ何かねだろうとしてたんでしょう」

「さやかって、そういうところがうまいのよね」

なつきが、わずかに冷ややかな表情で妹を見ている。さやかは、姉と母親に責められて、わずかに膨れ面になっている。ああ、俺は娘と一緒にデパートに行きたいと思う。ワン・ニャンでも何でもいい、さやかと一緒に見て歩きたい。そして、縫いぐるみとか、人形とか、ちょっとしたものなら買ってやろう。何、ママに叱られたって、かまうもんか。その代わり、お姉ちゃんにも何か、買わなきゃな。それから、帰りに何か食っていこうか。回転寿司でもいいし、ピザでもいいぞ。

「ねえねえ、パパ、明日、何時頃帰ってくるって?」

「分からないわねえ。静岡の家に行ったときは、大体いつも、遅いでしょう? それに、真垣さんも一緒だっていうから、こっちに帰ってきたって、真垣さんの家に寄るかも知れないしね」

「ママは、静岡の家嫌い?」

なつきに聞かれて、道子は即座に「嫌いよ」と顔をしかめた。

「そりゃあ、パパにはいろんな思い出があるだろうけど、古いし、汚いし。それに、おじいちゃんも、おばあちゃんも、あの家で亡くなってるのよ。何だか、気味が悪いじゃない」

「どうして?」

「だって、パパにとっては本当のお父さんとお母さんだけど、ママにとっては、違うもあんたたちだって、そんなに覚えてないでしょう？」
「そんなこと言ったって、一緒に暮らしたことがあるわけじゃないし。あんたたちだっ
「お姑さんでしょ？」
の」

「ぜーんぜん」

さやかが口を開いた。

「売っちゃえば、いいのに。あんな家」

今度はなつきだ。

「最後に行ったのが、もう二、三年も前だけど、もうそのときに、お化け屋敷みたいだったもの。きっと今頃は、もっとひどくなってると思うわ」

道子の言葉に、二人の娘は顔をしかめて、「いやあ」と声を揃えて言った。俺は、この光景が俺の想像でも、幻想でもないと悟る。彼女たちが口にしている菓子の匂いを感じるのだ。本来ならば俺が座るはずの席は、小さな物置と化していて、雑誌や取り込んだ洗濯物がのり、背もたれには女房のエプロンが掛けられている。まったく、俺が、いつも口を酸っぱくして言っているのに、どうしても、そこに物を置きたいらしい。

「そんな家の、どこがいいんだろうね」

「パパもパパだけど、真垣さんだって、物好きよねえ」

「ねえ、真垣さんに、頼んでみれば？　そんなお化け屋敷をとっておかないで、さっさと売るように言ってくださいって」

真垣。

その名前を聞いた途端、俺は、高速の入口に向かって軽快に車を走らせている奴の姿すら見ることが出来ると思う。あいつは今、小さなボリュームでCDをかけながら、実に落ち着いたハンドルさばきで一路東京に向かっている。

「そうだよ。パパ、真垣さんの言うことなら、聞くんじゃない？」

「そうねえ。ママが言っても無駄なことでも、真垣さんの言うことなら、聞くかも知れないわよねえ」

馬鹿野郎っ！　その名前を出すな！

声にならない叫びを上げた瞬間だった。テレビの画面が一瞬震え、台所で、がちゃんという音がした。三人の女は一斉に振り返り、さやかがいちばんに立ち上がった。「何だろう」と言いながら、下の娘は台所に行く。電気を点け、辺りを見回している。そして、流しの脇の水切りカゴに積み上げられていた食器が、ずれたのだと知る。

「何だった？」

道子が、さやかの背後から室内を見回す。

「お皿が、ずれたみたい」

さやかは、それだけ言うと、さっさとテレビの前に戻っていく。道子は、少し考える顔をしたあとで、布巾に手を伸ばす。そして、水を切った食器を拭き始めた。意識はテレビに集中している。早く、食器を片づけてしまって、米を研いで、テレビの前に戻りたいと考えている。彼女は手慣れた動作で、上から順番に、夕食に使った食器を拭き、棚にしまっていく。

「――やだ」

そのうち、道子は手を止めて、顔をしかめた。なつきが、テレビから目を離さないままで、「どうしたの」と言う。

「パパのお茶碗が、割れてるわ」

「やっぱりね。何か割れた音だったたなとは、思ったんだ」

道子は、水切りカゴに入れっ放しにされていた俺の茶碗を見下ろし、何か考える顔になった。二つに割れている茶碗を見て、何となく、嫌な気分になっている。それは、俺が珍しく自分で選び、買い込んできた茶碗だった。

「パパ、怒るかしら」

娘たちが答えないと分かっていながら、道子は呟いた。そして、指を切らないように気を配りながら、二つの破片をつまみ上げた。

道子は考えている。何か、嫌な感じねえ。縁起でもないっていう感じ。まさかね、パパに限って、そんなこと、あるはずがないわ。

それでも、やはり気になっている。電話でもしてみる？　ううん、駄目よ。どうせ今頃は、すっかり酔っ払ってるに決まってるんだもの。そんなところに電話をしたら、何の用だって、怒鳴られるのが落ち。第一、あの家には電話がないんだった。私が、取り外せって言ったから。

そうだ、そうだぞ、道子。おまえが電話を外せと言ったからだ。それが、どういう結果を生んだか、おまえはまだ知らないだろう。もしかすると、おまえはそのことを、この先一生、悔やみ続けることになるかも知れない。電話さえ使えれば、俺は今、ここで途方に暮れてるおまえの様子などを、こんな風に眺める必要はなかったかも知れないんだ。

逆恨み、八つ当たりだってことは、分かってる。何も、道子の責任などではないのだ。だが俺は自分を持て余し、どうすれば良いのかも分からないままで、ただ苛立っている。夫婦だろう、女房じゃないか。だったら、もう少し勘を働かせろよと言いたくなる。

道子は、自分の脳裡に浮かんだ不吉な想像を急いで打ち消そうとしている。このお茶碗、どこで見つけてきたって言ってたかしら。何だったら明日でも、探しにいこうか。割ったなんて言ったら、またぶつぶつ言われるんだもの、同じものを買っておけば、分かりはしないわ。

「さやか、明日、デパート行きたい?」

「ママと?」

「何よ、ママとじゃ、いやなの?」

「いやじゃないけど——ママ、ケチなんだもの」

「そりゃあね、パパみたいに後先も考えないで、無駄なものを買ったり、途中で何かを食べたりは、しないわよ。でも、パパは何時に帰ってくるか分からないんだし、パパに見つかる前に、このお茶碗と同じものを、買ってこなきゃ」

「うん——じゃあ、行く」

「あ、だったら私も行く」

この先、この三人は、どうなるのだ。俺は、暗澹たる気分で、三人のやりとりを眺めている。やがて、我が家の光景は見る間に遠ざかり、俺の意識は闇の中を流れ、再び、この家に戻ってくる。家族にお化け屋敷と呼ばれるまでに古びてしまった、この家に。残響のように、家族の笑い声だけが耳に残っている。パパなら気づかないってば、大丈夫だよ。でも、見つからなかったら、どうする? 似たような奴なら、平気じゃないの? パパなんか、そんなに真剣に見てないって。分からないわよ、あれで変なところに細かいんだから。

ちりん

娘たちが大きくなるにつれて、俺は、自分の家に身の置き所がなくなっていくのを感じていた。女三人の結束は固く、俺にはとても入り込めない世界が出来つつあった。それでも、休みの日ともなれば、食い物でつったり、あれやこれやの手を使って、何とかして、父親は健在であることをアピールしようとしてきた。敬遠するばかりが能じゃない、父親というものも、いいものだと思われたくて、半ば機嫌をとるような真似までしてきた。

だが、これで本当に、身の置き所を失うことになりそうだ。俺は、これからどうなるのだろうか。いつまでも、この闇の中に封じ込められたままなのか？　時折、家族の元に意識を飛ばし、その他の気になる人々の様子を探りながら、ただここで、この古い家と共に朽ちていくのだろうか。こんな風になるために、これまで生きてきたのか。俺の人生は、一体、何だったのだ。

俺は思い出している。ガキの頃、生まれて初めて死の恐怖について考えたときのことだ。

「泣くなっ！」

親父の怒鳴り声が響いた。

少年は、父さんが怖かったが、それ以上に悲しみの方が大きかった。学校から帰ってきたら、シロが動かなくなっていたのだ。

「男だろう。諦めろ」

犬小屋の前で、いつまでも泣いている少年に向かって、会社から帰ってきた父さんは、まったく、おまえっていう奴は、と呟き、シロは最初から弱い犬だったのだと言った。

「だから、生き物を飼うのは反対だったんだ」

シロは捨て犬だった。二カ月ほど前に、目が開いたばかりの、満足に歩くことも出来ないような子犬を、少年が下校の途中で拾ってきたのだ。

「生き物はな、いつか必ず死ぬんだ。子犬だって何だって、死ぬときはある」

それでも少年が泣き止まないから、やがて父さんは、大きく息を吐き出し、家に入ってしまった。しばらくすると、今度は母さんが出てきた。

「お父さんが、明日、お墓を作ってくれるって」

「お墓?」

「会社に行く前にね、ちゃんと穴を掘って、埋めてくれるからって」

少年は慌てて振り返った。

「いやだよ!　シロを埋めるなんて!」

母さんは、困った顔で少年の隣に屈(かが)み込み、小屋の中のシロを見た。そして、死んでしまったのだから、諦めろと言った。

「これまでだって、いろんなお墓を作ってきたじゃない」

母さんの言う通り、少年の家の小さな庭には、色々な生き物が埋められていた。金魚やバッタや十姉妹(じゅうしまつ)など、様々な生き物が飼われて、そして、死んでいった。だが、その時の感想は「あーあ」という程度のものだった。こんなに悲しいのは初めてだった。なぜ、死ななければならないのだろう、なぜ、シロを埋めなければならないのだ、シロだけは埋めたくない、ずっと傍にいたいと、少年は心の底から思った。

「土の中なんかに入れたら、苦しいじゃないか」

「死んだんだから、もう、息をしていないんだから、苦しくなんか、ないの」

「でも、寒いし、暗いし」

「寒さも、暗さも感じないの。シロは、ずっと眠っていて、もう起きないんだから」

「でも、独りぼっちで、そんなところに入れたら」

「聞き分けのないことを、言わないのよ、いつまでも愚図愚図と。もうすぐ、お父さんだって本気で怒り出すからね」

父さんが怒ろうがどうしようが、関係ない。このときばかりは、少年は、そう簡単に引き下がるまいと思った。

「早くしないと、腐り始めるでしょうが。直弘は、可愛がってたシロが、腐っていくところを見たいの？」

腐る！

母さんの言葉に、少年は背筋が凍る思いだった。少し前に、学校の裏庭で、猫が死んでいたのを思い出したのだ。周りを大きな蠅が無数に飛び交っていて、毛がぱさぱさに見えた。面白がった上級生が、その死骸を棒でひっくり返した。猫の身体は半分以上、腐ってなくなっていた。下級生たちは、悲鳴を上げて逃げまどった。

「シロ、腐るの」

「しょうがないの。人間だって何だって、死んだらそうなるものなの。さあさあ、もう、好い加減にして」

少年は、しぶしぶ立ち上がった。目の前で、シロが腐っていくところなど、とても見たくないと思ったからだ。茶の間では、父さんと弟が、腹を空かせて待っていた。父さんはともかく、弟だって、シロのことは可愛がっていたはずなのに、どうしてけろりとしていられるのか、少年にはそれが分からなかった。

その夜、布団に入ってから、少年は生まれて初めて「死んだら、どうなるんだろう」と思った。明日になったら、シロは暗く冷たい土の中に埋められてしまう。息もできず、何も見えない。聞こえない世界で、独りぼっちになるのだ。そして、やがて腐っていく。

自分も、死ぬんだろうか。息が出来なくなり、何も見えなく、聞こえなくなるのだろうか。そして、腐るのか。考えているうちに、心臓がどきどきしてきた。この、どきどきが止まると、死ぬんだ、と思った。いつ、止まるんだろう。もしも、寝てる間に止まってしまったら、どうしよう。

余計にどきどきしてくる。怖くてたまらなくなる。嫌だ、嫌だ。死ぬなんて、絶対に嫌だ。死ぬのは怖い、きっと痛いし苦しいだろう、そんなの絶対に嫌だと思いながら、少年は何度も寝返りを打ち続けた。隣の布団で、すやすやと眠っている弟が、羨ましく思えてならない。だが、この弟だって、もしも今、何かが起こったら、シロのように死んでしまうのだ。そのとき、弟はどうなる？

どこへいくんだ？　ああ、眠ったままで、夢を見続けるのだろうか。でも、目が開けられない、身動きが出来ないと気づいてしまったら、どうなるのだろうか。あれこれと考えているうちに、悲鳴を上げたくなった。怖い、怖い、怖い！

「大丈夫だから、眠りなさい」

途中で、部屋をのぞきに来た母さんが、布団の中で震えている少年に気づかなかったら、彼は頭がおかしくなっていたかも知れない。だが、母さんは布団の上から彼の腹をぽんぽんと叩き、普段は聞かれないほどの優しい声で、大丈夫を繰り返してくれた。

「身体が腐ったら、痛い？」

「痛くも痒くもないわ、もう、何も感じないの」

「シロは、眠ったみたいになってるの？　自分が死んだことにも、気がつかないの？」

「シロの魂はね、もう身体から離れてるわ。そして、今、近くから直弘を見てるかも知れない」

「近くから？」

つまり、幽霊ということか。少年は混乱し、新たな恐怖に襲われそうになった。死んだら幽霊になるのか、そして、透明人間のように漂うのだろうか。

「本当は、すぐに天国に行きたいのよ。でも、自分を可愛がってくれたご主人様が、そんなに泣いてるのを見たら、シロだって心配で、なかなか天国に行かれないじゃないの」

それから母さんは、生命のあるものは、死んだら、魂になり、天国か地獄に行くのだと話してくれた。天国は、素晴らしいところ。地獄は、恐ろしいところ。生きているうちに悪いことをしたものは、地獄に堕ちてしまう。そして、悪魔や鬼から罰を受ける。

「シロは？」

「大丈夫、天国に行くわ」

「何か、いいことをした？」

「子どもはね、心が綺麗だから、天国に行くの。犬だって、同じ。シロは、あんなに可愛かったでしょう？　悪いことなんか、何もしなかったでしょう」

「じゃあ、僕が今死んだら、天国に行く?」

「そうねえ。でも、お兄ちゃんは、まだまだ死なないわよ」

「どうして?」

「これから、もっともっと大きくなるんだもの」

「どうして、死なないって分かるの?」

「どうしても。病気も何もしてないんだもの。大丈夫なの」

結局その日、いつ頃寝付いたのか、俺は覚えていない。とにかく、どうしてを連発し、母から大丈夫だからと何度も言われるうちに、いつしか眠りに落ちたのだ。そして、次の朝に目覚めたときには、前日のことを思い出して、改めて「生きててよかった」と思った。

あのとき、俺は決めたのだ。「死」なんていう、いくら考えてもよく分からず、とにかく恐ろしいばかりのことは、頭から締め出してしまうに限ると。だからシロのことも、すぐに忘れてしまった。「死」につながることの全てを、俺は自分から切り放し、忘れ去り、無関係な世界の出来事だと思うことにした。あれは、俺が小学校に入って間もない頃のことだ。

ちりん

ああ、うるさいな、さっきから。夏の風鈴をしまい忘れた家でもあるんだろうか。やたらと耳の傍で響きやがる。

そりゃあ、実際に、綺麗さっぱり忘れてたはずはない。気をつけていれば、「死」は常に、身近にあった。ニュースでは毎日のように誰かの死を報じていたし、近所の年寄りが死んだという話もよく聞いた、かつての同級生が死んだこともあった。誰の上にも等しく死が訪れることくらい、あのときから俺は十分に承知していた。それから月日が流れるにつれて、親戚、友人、知人を含めて、数え切れないくらいの葬式にも出た。その都度、俺にもいつか、その日がやってくる、やがて、お迎えが来て、この世に別れを告げるときが来ると、思った。それでも、他人事だったんだな。どれほど近くで見ようとも、親父やおふくろの死に接しようとも、俺は、彼らの上に訪れたものの、本当の意味を知りはしなかった。

今だって、俺は分かってない。

もはや、こういう状況になっても、俺には何も分かってやしないじゃないか。だから、俺はひとつの仮説をたてる。俺は、死んではいないのだと。まだまだ、希望を捨てるべきではないと。

気を抜くな。諦めるな。きっと大丈夫だ。俺は、それほどやわな男じゃないはずだ。

こんな死に方をするために、生きてきたなんて、そう簡単に納得するわけにはいかんのだ。そう、言い聞かせでもしなければ、やりきれない。

独りぼっちで闇の中に沈みながら、俺は、無数に蘇る過去の光景を眺めて、時間を潰そうと思う。それは、まるで仕事をさぼって映画館にもぐり込むようなものだ。

それにしても、不思議なもんだ。俺は、誰よりも会社を愛し、仕事に情熱を傾けてきたつもりだった。女房に文句を言われ、周囲からはえげつないと陰口を叩かれながらも、持っている時間とエネルギーの大半を、仕事に注ぎ込んできたと思うのに、どういうわけだか、仕事の場面というものが、一向に思い出されないのだ。だから、この二十年近くのことで蘇るのは、実に些細な、取るに足りないような出来事ばかりだ。俺の大半は、どこにいったのだと思わざるを得ないほど、俺の記憶はすっぽりと抜け落ちている。

いや、何も抜け落ちちゃ、いない。思い出そうとすれば、自力で思い出せるのだから。それでも、目の前には違う光景ばかりが蘇って、俺を混乱させる。今の俺には、無尽蔵に蘇る光景を、選り好みするまでの気力は残ってはいない。ただ、無抵抗に、それぞれの風景を眺めるばかりだ。そして、時折現実に戻る。

俺の身体は、すっかり冷え切ってきたらしい。腹の中などは、それなりの温もりが残ってはいるのだが、全体から見れば、信じられないほどに冷たくなっている。そして、ずいぶん乾いて感じられる皮膚は、普段よりも固くなり、ますます俺の意識が入り込めなくなりつつある。

これじゃあ、まるでひとつの物に過ぎないじゃないか、と俺は思う。俺は俺なのに、ここに横たわっている、これこそが俺なのに、それが、つまらない物体にしか見えなくなりつつある。

この、周囲に広がって乾いてしまった血を、何とかかき集め、また溶かして、体内に戻すことは出来ないものだろうか。そして、傷口を塞いでやれば、俺は再び温もりを取り戻せるのではなかろうか。だが、誰がそれをするのだ。俺は、相変わらず独りで闇の底に沈んでいるのだ。一体、いつまで、このままでいなければならないのだろうか。

こんなことなら、生まれてなんか、来なければ良かった。

俺は、喉の渇きを覚えている。それに、やはり寒いと思う。だが、こんな場所に置き去りにされては、水の一杯も飲めやしない。第一、ここに横たわっている俺は、もはや水どころか、空気さえも吸い込めはしないのだ。

では、この渇きは、どうすればいい？　どうしたら、俺は、ここから抜け出せるんだ？

畜生。畜生。

何の為の人生だったんだ！

俺は、精一杯に大声を張り上げる。この何十年も、終ぞ流したことのなかった涙という奴を、絞り出せるだけ絞り出す。だが、どちらもまるで手応えがないじゃないか。俺は、ますます情けなくなる。情けなくて、情けなくて、どうすることも、出来やしない。分かってるんだ。ここで、どんなに雄叫びを上げ、荒れ狂い、のたうち回ろうと、そんな俺のすぐ脇には、固くなっていく俺自身がいるのだから。真垣が、あの野郎が、俺をこんな風にしたんだ！

——いくら叫んだって、誰にも聞こえやしない。

俺は疲れたと思う。何も、無理にしがみつくことも、ないのかも知れないような気分になり始めてる。考えてみれば、俺は今までの人生で一度でも、生まれてきたことを感謝したことがあっただろうか。生きていることを、喜びと感じたことがあったか。今、取り上げられると分かったから、慌てて生にしがみついてはいるが、真垣のことは断じて許せないし、道子や子どもたちのことだって、気がかりではあるのだが、それらを全部取り払って、俺自身のことだけを考えたときに、俺は、なおも生き延びようと思うだけの理由を、持っているか。

——分からない。

こうして、これまでの人生を、何の脈絡もなく、ただ散乱する光のように蘇らせて、あれこれと眺めてきても、その都度、様々な年齢の俺が、あらゆる場面で、あらゆる人間と関わり合ってきた光景を思い出しても、それらに、どういう意味があったのか、俺にはそれが分からない。

結局、俺は、幸福だったのだろうか。

または、誰かひとりでも、幸福にすることが出来たのだろうか。

俺の行動、俺の決断が、何かの喜ばしい実を結んだことなど、一度でもあっただろうか。

蘇るのは、泣き顔ばかりなのだ。膨れ面、怒鳴り声、恨み言、そして、最後には後ろ姿。誰もが俺に背を向けて、俺から去っていった。それが世の常だと思っては来たが、それにしても、ああ、あの時は良かった、楽しかったよなと、そう思えることが、どうして、これほどまでにないんだ。一体、俺は何をしてきたんだ。

——まったく、おまえっていう奴は。呆れてものが言えないよ。

もう、俺には分かっている。この台詞は、俺がガキの頃に、親父からさんざん言われ続けた言葉だった。俺は、そっくりそのままを、真垣にぶつけていただけだ。まるで気づいていなかった、すっかり忘れていたが、結局は、そういうことだった。俺は、あんなにも疎ましく思い、嫌い続けてきた親父に、そっくりな男になっちまってる。そうさ、あんまりこっぴどく叱られたときなんか、俺はよく、思ってた。くそ親父、ぶっ殺してやるってな。あんな親父は、殺されても当然だって。

そんな風に思い続けてた親父に、俺はそっくりになった。そして、あの親父以上に激しく、身勝手に、自分の感情をさらけ出して来た。こと、真垣だけに対して。

「僕、的場さんと知り合えて、本当によかったと思います」

少年の真垣が、はにかんだ笑顔で俺に言う。あんたなんかと、付き合わなければよかったわ、あなたと知り合ったのが、間違いだったのよ、どうやら私は、選択を誤ったらしいわね——そんな台詞ばかりが飛び交う俺の過去の中で、真垣だけが、常に俺の方を向いている。ときには怯えたように、ときには当惑した表情で、それでも、あいつだけは、俺から目を逸らすことがなかった。

「ほら、こっちを見ろって、言ってんだろう！」

竹製の定規で、青年は徹の頭を叩く。徹は首をすくめ、いかにも痛そうな顔をする。

「いいか、根性入れて、いくからな」

「——はい」

「俺だけが一生懸命になってたって、駄目なんだぞっ。おまえが、気合いを入れなきゃ、駄目なんだ」

「はいっ」

「ようし、ここまで出来るようになるまで、今日は終わらないからなっ」

「——はい」

徹は、不器用な少年だった。だが、とにかくひたむきだった。青年は、最初は自分が熱心に家庭教師をしていることを、徹の家族にアピールしたいために、そうすれば、夜食にありつけることを期待して、わざと大きな声を出し、時間をオーバーするまで勉強を見続けた。だが、いつの間にか、少年と向かい合うのが、楽しみでならなくなったのだ。自分の指導で、確実に実力を伸ばしていく徹を見ているのが、嬉しかった。心の底から、こいつを希望の高校に受からせてやりたいと思うようになっていた。こいつが成長するところを見ていたい、まっすぐに、今のままで伸びて欲しい。それは、弟にも感じたことのない、不思議な感覚だった。

——あいつ、指紋も拭き取らずに帰りやがったんだよな。俺のすぐ脇には、奴の会社の封筒が、そのまま置きっぱなしにされているはずだ。

捕まるぞ、おい。いいのか？

俺が、今日、この家に来てるってことは、家族が知ってる。明日になっても、明後日になっても帰らなけりゃあ、女房が必ずどこかに連絡をするだろう。何せ、普段はあれだけ落ち着き払ってる女だが、さすがに夫婦だからか、あいつはさっき、確かに虫の知らせっていうものを感じ取ったはずだ。俺が発見されるのは、時間の問題だろう。

おおごとになるぞ。このあたりは、まだまだ平和な田舎町だ。空き巣が入ったって、大騒ぎになるような一帯だ。そんな土地で、殺人事件が起こったとなれば、町の人たちは、上を下への大騒ぎになることは、間違いない。

警察が来るだろうな。そして、ようやく俺は、運び出される。だが、既に手遅れ。さすがの俺だって、こんな状態のままで、あと一昼夜も放っておかれれば、もう生き返る望みは、まずありはしない。それでも、まあ、このまま放って置かれるよりは、ましなんだろう。それから、具体的に何が始まるかは、俺にもおおよその察しはついている。だが、それは俺の肉体についてのことに過ぎない。残された俺、ここで、こうしてあれこれと思いを巡らしている、この俺自身は、どうなるのだろうか。この先、俺には何かの選択の余地が残されているだろうか。あるとしたら、どういう場面なのだろう。

ちりん

俺は感じ始めている。この肉体に封じ込められていたときよりは、俺は、遥かに身軽だ。長年の肩凝りも、膝の痛みも、嘘のように消えている。まるで、全身が鳥の羽になったような軽やかさを感じているのだ。それだけでも、俺は自由になったことになる。ついさっき、真垣から受けたはずの痛みすらも、感覚的に痛みの記憶があるだけに過ぎないのだ。ひょっとすると、俺はようやく解放されたのかも知れないと思う。これで、真垣のことや、家族のことが、やがて記憶から薄れていけば、俺は本当に、呑気で気楽な存在になれるのかも知れないと感じている。そして、案外冷静に、俺は自身の葬式の場面でも眺めることになるかも知れない。

俺の葬式。

俺は、全てを真垣に託したいと思っていた。無論、遠い将来のことだとは思っていたが、それが、俺の最後の望みだった。

だが、警察がここへ踏み込んでくれば、そこから真垣の元へたどり着くのは、時間の問題だ。俺の身体が、方々をいじくり回され、あちこち移動して、ようやく、通夜だ、葬式だという場面まで達する間に、真垣は捕まるだろうか。さっきの同級生だって、おそらく証言をするだろう。そうなれば、真垣はすぐに捕まっちまう。つまり、万に一つも、あいつは俺の葬式には出られないということだ。仕切るどころの話じゃない。

逮捕されるとはな。あの、真垣が。裁かれるとはな。殺人者として。あんなに、まっすぐに育ったはずの男が。

これから、真垣に残された道には、選択の余地はない。奴は、拘置所に入れられ、裁判所に引きずり出され、刑務所に放り込まれる。冷静に考えて、死刑ということはないだろうから、そこで何年かを過ごし、そして、前科者として社会に戻る。当然のことながら、それまでの社会的地位は失われているだろう。ムショ帰りの人間に、どういう世界が開けているものか、俺にはとんと想像がつかないが、とにかく分かっていることは、俺をこんな目に遭わせた代償は、それなりに大きいということだ。奴は、これまでの人生を完全にドブに捨てた。

馬鹿だよなあ、馬鹿だよ、おまえ。

少し考えれば分かることじゃないか。どうして、そこまでする必要があった？　そんなにしてまでも、俺が憎かったか。何もかもを犠牲にするほどに、俺を殺したかったのか。

俺は、淋しくなる。ああ、何てえこった、と思う。もはや、諦めるしかないとは分かっていながら、もう少し、何とかならなかったものだろうか。筋が通らないとは思うが、なぜ、俺に相談してくれなかったのだろうかとまで、考えてしまう。

もともと、おまえは思い詰めるタイプなんだよな。下らないことに拘って、そのくせ、妙に我慢しちまうから、こういうことになるんじゃないか。ほら、昔から、何度となく俺が言ってきただろう？　考え過ぎるな、思ってることがあったら、口に出して言ってみろって。それを、しないから悪いんだ。

ああ、もしもおまえが、誰か他の奴を殺したんだったらな。俺は、事件を聞きつけたら、その場でおまえの元に飛んでいってやるのに。急いで最高の弁護士を手配して、差し入れもして、出来る限りのことをしてやるのに。何しろ、おまえは独り身だからな。こんな時には、心細くもなるだろう。

ああ、俺は、何ていう馬鹿馬鹿しいことを考えているのだろうか。自分のおめでたさに、笑い出したくなる。誰に対して、そんな思いを抱いているのだ、誰を、何とかしてやろうと思っているのだ？

分かっている。真垣だ。俺を殺した男だ。

俺は、ますます淋しくなる。情けない、悔しい、悲しくて、たまらない。俺は、俺の隣にうずくまる。

こんな目に遭ってまで、俺を殺した張本人のことしか考えられないなんてな。

こんなことなら、もう少し、ましなことを思い出す人生にしときゃあ、良かったかなと思う。何度も味わい、そっと舌の上で転がせるような、そんな過去を作っておくべきだった。ちりちりと鳴る小さな鈴みたいな、そんな思い出が、欲しかった。それなのに、あれだけ命がけだったつもりの仕事の場面は、まるで蘇っても来ず、その都度、華やぎを持ち、それなりにドラマチックに燃えていたはずの、女たちとの関わりは、どれも陳腐な絵空事にしか見えず、ただ、熱が冷めたあとの白けた気分ばかりが思い出されるのだ。冒険心に溢れていたと思われた青春時代は、ひたすら無鉄砲で恥ずかしいばかり、わずかに心を潤す記憶と言えば、家族のことを除けば、全てが真垣と絡んでいる場面ではないか。

今となっては、憎んでも余りある、それこそ、取り憑いてやりたいほどに許せない野郎しか、俺の心を支えてはいなかった。あいつとの出逢い、真垣の存在なくしては、俺の人生は語れないということだ。

何てえこった。これが、因縁ていう奴なんだろうか。

俺は、別段悪人だったってわけじゃない。罪人になったことも、ありゃしない。極めて当たり前の、普通の生き方をしてきただけのことだ。むしろ、そこいら辺にいる連中よりは、ずっと前向きで、積極的だったとも、思ってる。

だが、それが何を生んだかってことになると、分からなくなる。今さら、それを考えたところで、どうしようもないってことだけ、分かっている。

ちりん　りん

さっきから聞こえるあの音が、徐々に俺に近づいてきている。分かってる。ありゃあ、間違いなく、りんの音だ。弔いの鈴の音だ。誰かが傍にいるのだろうか？　だが、俺には分からない。俺は、誰の気配を感じることも出来ない。

俺は、ひっそりと闇の底にうずくまる。心のどこかじゃあ、まだ負けるものかと思ってる。ここで眠ったりするもんか、諦めてたまるかと、自分に言い聞かせようとする。

だが、あれこれと考えを巡らすのには、もう疲れ果てていた。どうせ、情けなさが募るだけ、誰にも届かない叫び声を上げたくなるだけなのだ。とにかく、今の俺に分かっていること、どうやら、今回の人生は、失敗だったらしいということ。

最初から、やり直せるものなら、それも良いと思う。だが、それは、あまりにも面倒だ。また、あの親父に怒鳴られて、物欲し気な子ども時代を送るのか？　アルバイトを続けて、金のことばかり考えるのか？　何とかしてのし上がりたくて、なりふり構わずに走り続けるのか？　そして、また真垣と出逢うのか？

やり直すのなら、どこを直せばいいんだ。所詮は、無理な話だ。もはや、全ては流れ去った。今さら、そんなことをするくらいなら、ここで、闇に溶けていく方が、余程いいかも知れないと、俺は思い始めている。

なつき。

さやか。

——道子。

もう一度、会いたかったよ。もっと、いろんな話をしたかった。もう少し、皆に好かれるパパで、いたかった。

真垣。

まったく、おまえって奴は。本当に馬鹿だね。普通の人間が背負わないような重荷を背負って、おまえは、どこまでいくつもりなんだ。もう、俺はお役ご免だ。おまえは完全に、俺を踏み越えていったんだからな。

壁の時計が、かちり、と密かな音をたてて針を進める。時が流れている。俺は、抜け殻になった俺の肉体に寄り添いながら、その音を聞く。高さも深さも分からない闇の中で、意識は、ひっそりとうずくまる。

解説

人間、この無気味なもの

木田　元（哲学者）

うちの近所の本屋では、文庫本の棚は出版社を無視して作家別に並べている。新潮文庫も角川文庫も講談社文庫もごしゃまぜにして、同じ作家のものをまとめて並べているのだ。買い手にとってはすこぶる便利である。今度もこの解説を書くのに、念のためと思ってその本屋にいってみたが、「乃南アサ」の棚を見て驚いた。二十冊近くずらっと並んでいる。こんなに多作な作家だとは思っていなかった。

これだけあるとなると、私は彼女の作品はほとんど読んでいないに等しい。すっかり自信をなくしてしまったが、それでもまるっきり読んでいないというわけでもなさそうだ。数年前、たぶん直木賞を受賞する直前に、噂につられて『凍える牙』を読み、この作家について、大変な筆力だが、少し重くて暗いかなといったイメージをつくったが、間もなく『花散る頃の殺人』でみごとにそのイメージを打ちこわされ、ずいぶん多様な作風をもった人なんだなと驚かされたおぼえがある。そのときも、もっと読めばもっと違った作風にいくらでも出会わされそうだという予感はあったが、今度『殺意』と『鬼哭』をまとめて読んで、この作家の多才さにあらためて感嘆した。いや、多才などと言うべきではあるまい。底力とでも言わねばならないところだろう。

この二作、共に一九九六年に書かれている。『殺意』がこの年の『小説推理』の二月号三月号に分載されて六月に本になり、『鬼哭』が十月号に掲載されてすぐ本になっているのだが、なんと、そのあいだに『凍える牙』が発表されているのである。充実した年だったにちがいない。

むろんこの二作、はじめから計画されて書かれたものであろう。同じ殺人事件の、一方は加害者の独白であり、一方は被害者が刺されてから息を引きとるまでの三分間の意識の流れを追ったものだからである。これには驚嘆させられた。おそらくミステリー史上、かつてない試みであろう。いや、これをミステリーと言ってよいかどうか。少なくとも、エンターテインメントの域をはるかに越え出た力業（ちからわざ）である。乃南アサの作品のなかでも異色のものではなかろうか。この二作を一冊の文庫にまとめようというのは、おそらく双葉社の当初からの計画だったのだろうが、そうすることによって、この二つの作品、いっそう迫力を増すに違いない。

二作とも、いわゆる謎解きミステリーではないから、プロットにふれてもルール違反にはなるまい。以下いささか興覚めな蛇足をくわえることになるが、その方が初めての読者にとってはとっつきやすくなるのではないか、と思ってのことである。

主役は二人、加害者と被害者、殺す者と殺される者である。事件が起こったとき、『殺意』の主人公、加害者の真垣徹は三十六歳、『鬼哭』の主人公、被害者の的場直弘は四十歳。二人は、郷里の静岡市で真垣が十四歳、中学三年のときに、土地の大学に入ったばかりの的場がその家庭教師をして以来、二十年を越える付き合いである。

貧しい家に生まれ育った的場は、大学卒業後東京の小さな会社に就職し、一時は営業で活躍したらしいが、付いていた部長の失脚と共にいまは窓際に追いやられ、屈辱に耐えている。逆転のチャンスを窺っているんだと口では強がりを言うが、部下にもあまり信頼されていない。妻と二人の娘がいるが、家庭でも孤立している。

そこそこ豊かな家庭に育った真垣は、高校卒業後的場を追うようにして東京の大学に入り、そこを卒業後一部上場の食品会社に入社。穏やかな性格で、同期の出世頭、上司からも部下からも信望が厚い。妻とは二年前に離婚、子どもはいない。

粗暴な的場が嵩(かさ)にかかり、真垣がおとなしく従うという、昔の先生と教え子そのままの親密な関係が東京に出てきてからもずっと続き、傍目(はため)には兄弟以上の親しい間柄にも見えた。

事件は、的場が空き家のままになっている生家に風を入れようと帰郷するのに真垣を誘い、二人でそこに着いたところで起こる。的場が学生時代に大事にし、そのまま生家に残しておいたナイフで、突然真垣が的場の背中を刺し、さらに首筋に切りつけたのである。的場は血まみれになって倒れる。真垣は落ち着いて流しでナイフを洗い元の場所にもどして、指紋も消さなければ、社名の入った茶封筒も残したまま、車で東京に帰っていく。これが、二作を読み合わせて、私が苦心して(?)辿った事件の顚末である。

『殺意』の方は、事件の三年前に的場からかかってきた一本の電話、的場が「呆れてものが言えねえよっ!」という捨てぜりふを残し、受話器を叩きつけるようにして一方的に切った一本の電話が、真垣のうちに殺意を芽生えさせたところからはじまる。

「それは「殺意」などという、生やさしいものではなかったと思う。殺したいという希望や、殺してしまおうという意志ではなく、殺すのだ、という決意だった。」

「殺すしか、ない。

それは、あまりにも唐突に起こった意志だった。意識された瞬間に、既に動かし難い決意となっていた。自分の内に、そのような激しい衝動が存在することすら、意識したことも考えたこともなかったというのに、驚くほどすんなりと、それは私を支配していた。躊躇も逡巡も、まったくなかった。」

真垣はこの殺意を三年間かけて自分のうちで冷静に育てあげていく。離婚も、そのための手続きの一つだった。だから、この殺人はけっして激情に駆られておこなわれたわけでもなければ、その場のゆきがかりで衝動的におこなわれたわけでもない。事件後、真垣はすぐに逮捕され、殺害を自供するが、取調べの検事も、旧友の弁護士も、精神鑑定に当たった医師も懸命にこの殺人の動機をさぐろうとする。だが、どうしてもさぐり当てられない。真垣は、犯行は認めるのに、動機についてはいっさい語ろうとしない。いや、自分でも語れないのだ。

裁判が終わり、八年の刑を受け、刑務所に入ってから、真垣にはやっと分かる。

「……歴史を見れば明らかなように、人類は、相手を攻め滅ぼし、その種族を根絶やしにすることによって、自分たちの種を守り、生き延びてきた。ネアンデルタール人は、殺意を持っていなかったからこそ滅んだ。殺意は、必要不可欠のものであったはずだ。讃えられることはあっても、責められることなどなかった時代は、つい最近まで続いてきた。」

「私の内のそれを的場が目覚めさせた。発生したのではなく、「目覚めた」のだ。時を追うに従って、私は徐々にそのことに気づいていった。知性、常識、自制心——長い歴史に培われた現代社会への適応力が、私の核を何層にも包み込んで、荒々しい本能を覆い隠してはいたが、それは、密かに息づき続けていたということだ。」

したがって、真垣に罪悪感はない。

「的場が息絶えたと知ったとき、私は、満足しきっていた。あれほどひんやりとした満足感を、経験したことはない。」

私が少年期青年期を過した戦中戦後の時代は、肉体的暴力が日常茶飯事だった。満洲（現中国東北部）の中学校でも、軍隊の一部だった海軍兵学校でも、上級生にさんざんなぐられたし、戦後の闇市時代は、一時期テキ屋の手先をしたり闇屋をしたりしていたので、今度はこっちが結構暴力をふるった。眼が合った、肩がふれたといった程度のことで、簡単に喧嘩になるものだった。まだ刃物を持ち出すのは卑怯だという意識が一般的であり、たいていは素手のなぐりあいだったから、殺意とまではいかないが、攻撃本能が大幅に解放された時代だったのだろう。そんな時代を生きてきた私には、真垣の言い分も分からないではない。

『殺意』は、八年の刑を受けた真垣が、七年で仮出所になろうとするその時点で、殺意が芽生えて以来、殺害、逮捕、訊問、裁判、精神鑑定、判決、受刑、と仮出所までの十年間をふりかえってのその回想で綴られている。彼はまったく後悔も反省もしていない。「——今度は、そう簡単には捕まらない」、綿密に計画し、準備をし、うまくやる。むろん、逃げるためではない。「殺したいからだ。一人でも多く。」すでに次の標的の目星もついている。なんと持続する意志であろうか。

それに比べて、『鬼哭』の的場は哀れである。思いもしなかった「親友」の真垣に刺され、血まみれになって倒れながらも、いったい何が起こったのか、まだ納得できないでいる。こちらは息絶えるまでの三分間の的場の意識の流れを描いている。高い崖から転落した登山家や首を吊ったり溺れかけて生きかえった人たちが、ほんの数秒間に自分の全生涯を起こったとおりの順序で思い起こしたと語っているそうである。ベルクソン(『物質と記憶』『思想と動くもの』)やアンブローズ・ビアス(『生のさなかにも』のなかの「アウル・クリーク橋の一事件」)がそれを伝えているし、それを漱石もどこかで引き合いに出していた。それに比べれば三分間は十分に長い。的場が自分の生涯を――起こったとおりの順序でではないが――たっぷり思い起こしても不思議ではないのかもしれない。

『殺意』と『鬼哭』のこの二作をまとめて読んで、なによりも思ったのは、それぞれの人間が生きている時間の幅の違いである。芽生えた殺意を三年がかりで育てあげ、冷静に実行に移す真垣の生きる時間の幅と、場あたりにしか生きられない的場の生きる時間の幅の違い、結局この二人のあいだには、殺害というこの出来事以外、なに一つ通い合うものはなかったのではなかろうか。いつか読んだ『人間、この無気味なもの』という本の題を、ひんやりした気持で思い出した。

乃南アサは、これからもまだまだわれわれを脅やかす作品をいくつも書いてくれるにちがいない。

『殺意・鬼哭』おことわり

本作品中には、殺人犯の精神鑑定をした結果として、「精神分裂病」という病名が使われております。これは、作品が刊行された一九九六年には精神医学会も含め、広く人口に膾炙されていたことから、作品の社会的背景として使用されたものです。

現在は、「分裂病」という呼称が誤解や偏見を招き、患者の社会復帰を阻害するということで「統合失調症」と改められておりますが、該当部分のみを変更しますと、刊行当時の社会背景を表した他の表現との整合性がとれなくなってしまうこと、また、作品自体が誤解や偏見、差別を助長する意図で書かれたものではないため、そのまま使用しました。

読者のみなさまのご理解を賜りたく存じます。

編集部

本書は、二〇〇〇年五月に小社より文庫判で刊行された同名作品の新装版です。
作中の人物、団体名はすべて架空です。

の-03-13

殺意・鬼哭〈新装版〉
さつい　きこく　しんそうばん

2019年9月15日　第1刷発行

【著者】
乃南アサ
のなみあさ

【発行者】
箕浦克史

【発行所】
株式会社双葉社
〒162-8540 東京都新宿区東五軒町3番28号
［電話］03-5261-4818(営業)　03-5261-4840(編集)
www.futabasha.co.jp
(双葉社の書籍・コミックが買えます)

【印刷所】
大日本印刷株式会社

【製本所】
大日本印刷株式会社

【表紙・扉絵】南伸坊
【フォーマット・デザイン】日下潤一
【フォーマットデジタル印字】恒和プロセス

落丁・乱丁の場合は送料双葉社負担でお取り替えいたします。
「製作部」宛にお送りください。
ただし、古書店で購入したものについてはお取り替えできません。
［電話］03-5261-4822(製作部)

ISBN978-4-575-52263-1 C0193
Printed in Japan

双葉文庫・乃南アサの本

ピリオド

乃南アサ

その古い家には、かつて連続殺人犯が住んでいた……。〝静かな物語〟の向こうにあるカタルシス。捲むしかない日常に射す一瞬の光。

双葉文庫・乃南アサの本

ウツボカズラの夢

乃南アサ

物語の最後に待ち受けるのは「崩壊」か「誕生」か。ある家庭の日常を通して描く、人間の欲と真実の姿.